을천과 사에나가 마지막으로 사랑을 나눈 보스탕 호수.
사람 키만큼 자란 갈대숲이 계속되고 저 멀리 초르 탁이 보인다.

고구려 임시정부 지역과 독립전쟁지

을천의 행로

서튀르크

시르다리아강

발하시호

알타이산맥

항가이산맥
외퇴켄산
(튀르크의 수도)

오르혼강

홍안

그디아나

무다리아강

부하라

탈라스 천천 신성

수이압

키산

악시칸트

타쉬켄트 페르가나 계곡

사마르칸트

테미르카피그(철문)

천산산맥

나가르강

카쉬가르

아르칸트강

파미르고원

호탄

곤륜산맥

우룸치

이식쿨 아수 쿠차

악수강

타림강

투르판

보스탕호수

돈황

로프호

다클라마칸사막

호탄강

티벳

튀르크(돌궐)

음산산맥

하서주랑

토욕혼 짐마콜(청해호)

난주

낙양

장안

황하

양자강

타림 강은 타클라마칸 사막의 서쪽 끝에서 근 삼천 리를 횡단하여 동쪽의 로프 호수로 흘러드는 참으로 기나긴 강이다. 카쉬가르 강·아르칸트 강·호탄 강·약수 강이 합류하여 타림 강을 이룬다.

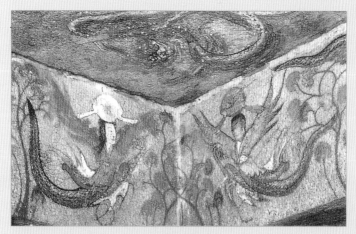

'머리는 사람이요 몸뚱이는 뱀' 모양을 한 복희여왜도(고구려 집안 4호 분 벽화).
우리 것은 윗옷 소맷자락이 '깃털' 형식으로 표현되어 있다.

강의라의 사업상 경쟁자, 장례신(張禮臣)의 묘(투르판 아스타나 공동묘지)에서 출토된 암페라 문서.
암페라는 죽은 시체를 눕히는 깔판이다(현 국립중앙박물관 소장).

당(唐)대 타부(駝夫 : 낙타 끄는 인부)와 낙타
(중국 섬서성 예천현 출토).

단군신화를 상징하는 벽화로, 좌측의 곰은 치우(蚩尤)
(중국 산동 무씨 사당 석실 벽화).

장대타기를 하는 인형(투르판 아스타나 306호 묘).
사에나의 하녀 파랑기스의 애인도 이 장대타기의 명수였다.

투르판 아스타나 206호 묘 출토 인형.
한국의 국립중앙박물관에 소장된 오타니 컬렉션의 인형은
소설 속에서 사에나의 분신으로 활약한다.

울란바토르 근교에 있는 튀르크의 군사령관 톤유쿠크의 비문.
비문은 톤유쿠크가 창안한 고대 튀르크 문자로 씌어 있다.

김영종 장편역사소설 **빛의 바다**

빛의 바다 하

1998년 6월 30일 1판 1쇄

지은이: 김영종
펴낸이: 강맑실
펴낸곳: (주)사계절출판사
편집: 최옥미
표지 및 본문 디자인: 김영철
지도 및 화보 편집: 홍수진
표지 사진: 배병우
인물 사진: 손승현

주소: (우) 110-062 서울시 종로구 신문로 2가 1-181
전화: (02)736-9380 / 팩스: (02)737-8595
등록: 제 8-48호
ⓒ 김영종, 1998

사계절출판사는 성장의 의미를 생각합니다.
사계절출판사는 독자 여러분의 의견에 항상 귀 기울이고 있습니다.
천리안, 하이텔, 나우누리 ID : sakyejul
http ://www.sakyejul.co.kr
e·mail : sakyejul@soback.kornet.nm.kr

김영종 장편역사소설 **빛의 바다**   하

모든 생명을 지으시고 거두시는 하느님께 이 책을 바칩니다

차례

하

상

꿈길에서

— 저예요.

— 누구지?

인기척이 없다. 이 밤중에, 분명 여자의 목소리 같은데……. 하지만 어디서 들은 듯한 귀에 익은 목소리였다. 을천은 소리의 임자를 찾아 사방을 두리번거렸다.

— 저——예요.

또다시 들려오는 음성.

— 누구?

똑똑치가 않아 알아들을 수가 없었다. 눈앞엔 바람만 휘영할 뿐. 을천은 괴이한 생각이 들어 문을 박차고 밖으로 나갔다. 헌데 이게 어찌 된 일인가? 두 발이 모두 깊은 나락으로 허우적대며 끝도 없이 떨어지는 게 아닌가.

오락가락하는 빗발은 때로는 장대처럼 퍼붓고, 때로는 는개로 변했다. 거룻배 한 척이 강가에 떠 있는데, 붉덩물이 장빗 위로 콸콸 넘쳐서 배를 이리저리 흔들어놓는다. 마침 떠내려온 잡풀 한 더미가 장빗에 걸려 산발한 미친년 머리카락마냥 마구 다팔댔다.

여인은 거기서 시선을 떼어 누런 강물을 바라보았다. 먹질을 하듯 윤기 나는 몸뚱어리를 꿈틀대며 빗속을 흐르고 있는 저 강(江). 물이 불어나 더욱 도도해 보이지만, 웬일인지 그럴수록 정욕의 거칠음이 송두리째 전해왔다.

투두둑투두둑. 순식간에 굵어진 빗방울이 삿갓 위로 쏟아지자, 그녀는 차라리 도롱이 안의 속곳마저 저 강물에 내던지고 싶은 충동을 느꼈다. 후련해서였을까, 아니면 답답해서였을까? 편 손바닥 위로 떨어진 따앗한 비의 감촉 속에 그녀는 그대로 얼굴을 묻었다.

찬 느낌이 가시고 제 손의 따스함이 보드라운 피부 속으로 파고들었다. 다시 그리움이 와락 쏟아졌다. 산발된 마음이 무엇으로도 추려지지가 않았다. 못됐어, 넌 정말 못됐어. 마음이 아파 못 견디겠어. 이제 볼을 타고 흐르는 눈물이 거꾸로 제 손의 남은 차가움을 덥힌다.

그녀는 저기 강 건너 산등성이에 즐비한 석굴 속의 부처님을 왜 엄마나 언니가 찾아다녔는지 알 수 있었다. 어스름보다 더 일찍 찾아온 강폭의 물안개가 그 비원과 목마름 위로 덮쳐내렸다. 그 순간 입술에 묻은 짠맛이 애통해하는 육신을 다시금 또렷이 눈앞에 그려놓았다. 나는 누구에게 빌어야 할까? 비는 게 중요하지 누구든 상관없어. 아니야, 제일 힘센 분이어야 해. 보고 싶은 마음이 인력으로 안 되듯, 이전에 일없던 신들일망정 이젠 무조건 매달리고 싶을 뿐이었다.

    새 봄옷 단장해도
    시름에 차 누웠는데
    떨어진 추억들만
    눈에 지르 밟히누나
    쏟아지는 빗속을

18

님의 홍루 앞에서 서성이다
초롱 하나 들고
혼자서 돌아오네

먼 길이 슬픈
날 저문 봄날 밤
새벽이 되어
꿨던 꿈도 어렴풋이
옥 귀걸이, 봉한 편지
누가 가져다줄까, 내 님에게
만리 비단구름을
한 마리 기러기 날으노라

「春雨」, 당의 시인 이상은(李商隱)

여인은 서서히 안개에 자욱이 묻혀갔다. 무슨 신비한 일이라도 일어날 듯했다. 이곳의 이름대로 용문(龍門)이라도 열리려는 걸까? 하기야 여기서 십 리만 가면 진짜 용이 살지. 그러나 당신이야, 내가 원하는 기적은. 여인은 피식 웃었다. 용 따위가 아니라구. 앞을 분간 못 할 안개더미에 싸여 그녀는 편안함을 느꼈다.

— 을천——

여인은 그 편안함이 금방이라도 사라져버릴 것 같아 소리 죽여 불러보았다.

— 누구야?

아아, 이게 어찌 된 일인가? 분명히 을천이 목소리였다. 기적이 일어난 것이다.

— 저예요, 청이에요.

애절하게 대답했다.

아직 목소리밖에는 아무것도 보이지 않았다. 안개구름은 더욱 부풀어 아마 하늘까지도 닿았을 성싶다. 환상이든 기적이든 여인은 안개를 헤치고 장빗을 저어 앞으로 나아갔다. 그런데 그것은 갈수록 솜덩이처럼 농밀해져서 아예 걸어서도 갈 수 있을 것 같았다.

— 저, 여기예요.

이제는 조금도 두렵지 않았다. 여인의 지남침은 이곳에 을천이라는 사랑하는 남자의 자석이 있다는 걸 정확히 가리키고 있었다. 그 남자는 지금 나에게로 오고 있다. 그래, 더 크게 말하자.

— 을천——여기야.

맑은 목소리가 솜덩이들을 밀치며 퍼져나갔다.

이때 어렴풋하나마 틀림없이 무슨 소린가가 들려왔다.

청이 외쳤다.

— 나야, 나!

청은 이미 구름 속으로 뛰어들었다. 물자루 위를 걷듯 낭창낭창 탄력을 받으며 마치 곡예사처럼 뛰어갔다. 삿갓도 도롱이도 신발도 벗어던졌다. 얼마쯤 갔을까? 누군가 보였다. 멀리서 자기를 부르며 달려오는 사람이 있었다. 틀림없었다. 을천이었다.

청의 눈에 눈물이 고였다. 비에 젖은 몸에는 김이 피었다. 뜨거운 차를 마실 때처럼 온몸에 따뜻한 기운이 돌았다. 비 오는 날 강물 위로 날쳐오른 은어처럼 그녀는 싱싱하게 되살아났다.

시간이 흘렀다.

……

한참을 말이 없이, 아니 수없는 말을 하면서 마주한 남녀는 온몸에 솟
는 야릇한 설레임을 느꼈다. 두 사람의 눈에 불꽃이 피었다.

— 어떻게 된 거야?

— 내가 물어보고 싶은 건데?

을천이 말했다.

— 그런데 여기가 어디야?

— 맞춰봐?

을천은 정말 모르겠다는 듯이 고개를 흔들었다.

— 뭐예요, 시시하게.

곱살스럽게 대드는 몸짓보다 확 풍겨오는 여체의 내음이 더욱 육감적
이었다.

— 여기서 십 리만 가면 낙양이야.

을천은 소스라치게 놀랐다. 꿈인가 생신가?

이수(伊水)의 강물은 아는지 모르는지 그 사이로 유유히 흘러갔다.

정말 예쁘다, 너는. 여기가 낙양 땅이면, 이 강은 낙수(洛水)와 합해
지지. 견우와 직녀처럼? 설핏 웃음이 새어나왔다.

— 꿈이야?

— 아니.

청의 눈은 더없이 맑았다.

— 난……

— 말해봐.

— 그런 건 생각 안 했으면 좋겠어.

젖은 입술은 호소하고 있었다. 아니, 젖은 건 그것만이 아니었다. 촉촉한 눈망울 속에 살포시 분홍빛 꽃물이 비치었다.

을천은 저도 모르게 고개를 끄덕였다. 그래, 너의 시선을 차마 견딜 수가 없구나. 그는 패랭이꽃 얘기를 떠올렸다. 하지만 오늘만은 잊고 싶었다.

― 많이 젖었어.

여인의 물 묻은 머리카락을 쓰다듬는 그의 손끝이 떨렸다.

청은 배시시 웃었다.

― 보고…….

― 쉿! 조용.

그의 제지에 청은 고개를 아이처럼 크게 끄덕였다. 귓불 밑으로 을천의 손길이 살며시 다가왔다. 뽑힌 무우처럼 청은 송두리째 제 몸이 들리는 느낌이었다.

을천은 이상하게 그녀의 젖은 맨발을 몹시 껴안고 싶었다. 무 밑동의 파릇한 싱싱함 혹은 그 안쓰러움 같은 것 때문이었을까? 가만히 그녀의 코끝까지 다가갔다. 청은 눈물이 핑그르르 돌면서 해사하게 웃었다. 그는 살포시 얼굴을 포갰다. 숨이 막혔다. 안개비에 젖은 풋풋한 살내음이었다. 보드라운 입술이 달싹거렸다. 뜨거운 숨결이 확 밀려왔다. 가슴에 몽클몽클한 젖무덤이 느껴지고, 녹실한 여체가 품속에서 감미롭게 꿈틀거렸다. 달아오른 두 육체는 서로의 몸이 밀착된 곳에서 생물의 밀어를 나누었다.

강바람이 찼다. 인생이란 강물처럼 흘러가는 거야, 두 사람은 더욱 깊이 껴안았다. 물결인지 구름결인지에 실려 두둥실 떠내려갔다.

― 난 비바람이 좋아.

청은 소담스럽게 말했다.

— 난 비바람을 맞는 강이 좋아.

— 피——

— 허허.

청은 애교스럽게 을천을 꼬집었다. 강물은 하염없이 흘러갔다. 붉은 주렴에서 등잔빛이 새어나왔다.

— 저기가 어딜까?

— 낙양성하고도 우리 방(坊).

— 뭐어?

순간 두 사람은 깔깔대고 웃었다.

— 우리 가볼래?

— 어떻게?

— 꽃마차라도 타고 가려고? 그냥 걸어가면 돼. 지금처럼.

을천이 말했다.

— 호호, 맞아. 지금 우리가 구름 위에 떠 있는 거지?

청이 감격스러운 듯 말했다.

— 어쩜 이럴 수 있어?

— 생각하지 말자구선.

— 호, 그렇지.

청은 다시 을천의 품에 안겼다. 이대로 죽어버렸음 좋겠다고 생각했다.

— 안 가?

— 그래 가보자. 혹 알아? 정말 우리를 맞아줄 방이 있을지.

청이 먼저 일어섰다. 두 사람은 구름을 밟고 갔다. 한참 뒤에 하늘로 가는 길(天津街)이 나왔다.

— 재밌어.

— 뭐가?

— 사람들 생각이.

— 어떤 생각이?

— 황제가 사는 곳을 하늘나라로 믿게 하는 사람들 생각. 우리가 지금 용의 문을 통과했잖아. 이제 천진가를 지나면 은하(당시는 낙수를 그렇게 불렀다)가 나올 거야. 거기서 다리(天津橋)를 건너. 그러면 하늘나라로 갈 수 있어. 그런데 들어가려면 문(應天門)을 지나야 하거든. 하늘나라 문. 그곳을 거쳐야 명당(明堂)이 있고, 더 가면 천당(天堂)이 나와.

— 가봤어?

— 응.

청은 고개를 까닥였다.

— 거기에 용이 있어. 이 나라 황제. 암용이야, 암컷 용.

— 그런데 오늘은 왜?

가봤다면서 또 갈 거냐는 얘기였다.

— 오늘은 달라…….

잠시 말이 없었다. 두 사람은 오솔한 하늘길을 걷고 있었다. 은하수 앞에 이르렀다.

— 우리 저쪽으로 해서 들어갈까?

— 그래.

을천이 말했다.

— 근데 여기서 보니, 저 황금 봉황이 정말 멋지구나.

이백구십사 척 높이의 삼층 명당 위에 키가 한 장(丈 = 3m)이나 되는 봉황이 비상하려는 듯 앉아 있었다.

24

— 다 소꿉장난이야.

— 뭐? 허허.

— 을천 당신 때문이지.

을천이 청을 꼭 껴안았다. 찰싹 살가움이 느껴왔다.

— 아아, 좋아.

청이 배시시 웃는다.

두 사람은 걸었다. 얼마 안 있어 저 봉황은 틀림없이 날아가버릴 거라는 까닭 모를 예감이 을천의 뇌리를 스쳐갔다.

옛 중교(中橋)라는 다리 앞에 이르렀다. 발 아래 운하 같은 도랑이 멋지게 펼쳐졌다. 물에 비친 홍루의 등불들이 색색으로 물결을 쳐 무척이나 아름다웠다. 이른바 조거(漕渠 : 도랑의 이름)의 홍등가였다. 여기서부터 국제 무역 시장인 입덕방(立德坊)까지 그 호사함은 가히 일언을 금했다. 불야성을 이루고 있는 시가지가 눈에 들어왔다. 그곳은 자유와 활기, 수많은 종교, 예술과 사랑, 그리고 무엇보다 돈이 넘치는 일종의 외교 특구였다.

지금 세계의 중심지는 장안에서 이곳 낙양으로 벌써 오래 전에 옮겨왔다. 그러나 실제로는 불과 사 년 전(690년), 무측천이 당(唐)의 국호를 주(周)로 혁명하고 스스로를 성신 황제라 칭하며, 측천 문자를 반포하고 낙양을 신도(神都)라 하여 이곳에서 중원의 사슴을 잡은 원년, 천수(天授) 개원년부터였다.

— 낙양성 우리 방이 어디야?

을천은 씨익 웃으며 개구맞게 물었다.

— 저어기.

청이 입술을 쭉 내밀었다.

— 그래?

을천의 얼굴에서 웃음이 떠나질 않는다.

— 어디서 목 좀 축이고 갈까?

비 온 뒤에 부는 초저녁 봄바람은 쌉쌀했다. 싱둥겅둥한 가슴을 톡톡
건드리는 날씨였다.

— 좋아. 그런데 어떻게 내려가지? 사람들 눈에 우리가 보일까?

청이 혼자말 하듯 말했다.

— 보일 수도 있고, 안 보일 수도 있어.

— 무슨 소리야?

— 꿈인지 생신지 모르잖아.

왠지 그녀는 내려가면 다시는 못 돌아올 것 같은 예감이 들었다.

— 뭐 그럼 그냥 있지.

— 근데 이렇게 내려다만 봐가지곤 재미가 없네, 응?

— 난 재밌는데?

청은 시큰둥하니 대꾸했다.

— 그래도 모험을 하면 더 재밌잖아.

— 싫어.

— 보자구. 꿈이면 깨나면 그만이고, 생시면…….

— 생시면?

을천은 우물쭈물했다.

— 그것봐.

그는 다시 결심을 한 듯 말했다.

— 아냐, 생시면 함께 도망치는 거지 뭐.

청은 재밌어 죽겠다고 연발 호호거렸다. 하지만 속내는 오달지게 꼭

꼭 채워지는 실살스런 마음이었다. 을천도 허허 웃었다.

— 아니, 가만.

청이 웃다 말고 뭔가 번뜩한 게 있는 모양이었다.

— 근데 왜 우리가 도망가지?

— 어허 참, 그러네?

이때 이들이 걷고 있는 구름길에 바람이 한 차례 휙 일었다. 하얀 연무가 솜처럼 날렸다. 모시빛 견사 치마 밖으로 청의 무릎한 발이 허옇게 드러났다.

— 저 아래 좀 봐.

황홀의 경(境)이었다. 도시를 빙 둘러 항구처럼 돛대를 세운 배들이 정박해 있고, 못 위의 구름 다리엔 연인들이 쌍쌍으로 눈에 띄었다. 더욱이 다리 아래 찰랑이는 녹유리빛 물결에 이슬람 사원의 그림자가 길게 드리워, 끝이 뾰쪽한 흰색의 둥근 지붕이 마치 요술 남포처럼 아름답게 흔들리고 있었다.

두 사람은 내려왔다.

— 아니!

방금 사온 샤오빙(燒餠)을 한 입 베다 말고 을천은 깜짝 놀랐다.

— 왜 그래?

— 가만 있어봐.

을천의 눈은 비상히 무언가를 좇고 있었다. 그가 향한 시선은 배들이 정박한 곳이었다. 흰잿빛의 어둠이 내려서 형체들이 명료해 보이진 않았지만, 윤곽선을 따라 잘 들여다보면 그 특징쯤은 포착할 수 있었다. 더욱이 평소에 잘 아는 자의 경우는 별 문제가 아니었다.

두 패의 사람들이 몇 번이나 허리를 구부리며 서로 공손히 인사를 나누었다. 이제들 곧 헤어질 모양이다. 수풀에 몸을 가린 두 사람은 상대를 관찰하는 데 더없이 유리한 위치에 있었다.

— 저만큼 가보자.

을천이와 청은 살금살금 다가갔다.

— 맛이 어때?

순간 을천은 실소를 금치 못하고 제 손에 든 과자를 얼른 청에게 주었다.

— 호호.

청은 따라가며 재미있다는 듯이 몸을 달싹거렸다. 을천은 긴장이 좀 숙지는 걸 느끼며, 넌 역시 재치 있는 여자야, 라고 생각했다.

이때였다. 한 사람이 푹 쓰러졌다.

— 누구얏!

고함이 터져나왔다. 그곳은 삽시간에 살인의 현장으로 돌변했다. 당사자들은 반사적으로 몸을 도사렸다. 그중 누군가가 쓰러진 이를 황급히 끌어안았다. 몇 명은 칼을 빼들고 살벌하게 주위를 겨누었다. 그러나 아직 저격범은 기척조차 없었다.

청은 어둠 속에서 을천의 손을 찾았다. 부접 못 하는 마음을 의지할 사람이 옆에 있다는 게 든든했다. 이 모든 게 눈 깜짝할 사이에 일어난 일이었다.

소란한 소리를 듣고 사람들이 몰려들었다. 수풀 속의 목격자는 배 안으로 미끄러지듯 사라지는 한 사람의 뒷모습을 눈으로 잡았다. 그러나 을천의 손은 청에게 잡혀 있었다.

— 나 갔다올게. 여기서 기다리고 있어.

차마 뿌리치지 못하고 달래듯 말했다.

그녀는 입술을 꼭 물고 완강히 고개를 흔들었다.

— 같이 가.

— 그러면 아무 일도 못 해.

— 난 잘 할 수 있어. 그리고 약속했잖아.

더 지체할 수 없어 을천은 달렸다. 청은 그의 손을 마치 요술 지팡이처럼 잡고서 날아가듯 바람 속을 통과했다. 곧장 두 사람은 사뿐하게 배 안으로 넘어들어갔다.

아무도 없었다. 밖에서 떠들썩한 소리가 젖은 공기에 묻어 눅눅하게 들려올 뿐이었다.

— 이 사람들을 알아요?

— 응. 쓰러진 사람만.

— 누군데?

— 영주 사람인데 상인이야.

— 잘 알어?

을천은 고개를 끄덕끄덕하며 씁쓸하게 말했다.

— 고구려 사람. 이름은 나믈이라고…….

그 순간 을천이 다급하게 소리쳤다.

— 엎드려!

그는 청을 끌어안고 바닥에 뒹굴었다. 표창 두 개가 아슬아슬하게 선창에 가서 꽂혔다. 을천은 자리를 박차고 일어나 허리춤에서 단도를 뽑아들었다.

잠시 정적이 흘렀다.

— 넌 누구냐?

얼굴 없는 목소리가 흘러나왔다. 을천은 소리의 향방을 찾으려고 애썼다. 다시 어둠을 가르고 표창이 날아왔다. 기막힌 솜씨였다. 그는 잽싸게 몸을 피했다. 그러나 스스슥, 살아 있는 독사의 대가리처럼 맹렬히 그를 쫓아왔다. 혼비백산할 일이었다. 을천은 있는 힘을 다해 칼서슬에 불을 뿜었다. 그런데 이게 웬일인가? 그 표창이 이번에는 수백 수천 개로 보이는 게 아닌가. 제 발로 귀신배에 찾아 들어온 게 틀림없었다. 이건 오갈 데 없는 귀신밥 신세였다.

이제 이판사판이었다. 그는 눈 딱 감고 거침없이 칼을 휘둘렀다.

……보이는 것은 보이지 않은 것의 변화요, 보지 않은 것은 보이지 않은 것을 보는 길이다. 보지 않으려면 눈으로 보지 말고 마음으로 보라. 허나 눈으로 보지 않은 것이 곧 마음으로 보는 것은 아니니, 마음으로 보는 것은 눈을 뜨든 감든 무슨 상관이 있겠는가. 모든 일에 붙잡힌 바 되어서는 아니 되느라…….

신기하게도 을천은 자신도 모르는 사이 한발짝 한발짝 칼의 길로 나아가고 있었다. 요란하게 날름거리던 요마의 혓바닥은 마침내 을천의 검광(劍光) 아래 마치 춘삼월 벚꽃처럼 순식간에 피었다 졌다. 때론 사람의 목숨이란 게 이런 불가사의한 힘을 발휘하기도 한다.

을천은 조용히 감은 눈을 떴다. 어슴푸레 청의 모습이 보였다.

— 괜찮아?

청은 놀란 눈을 하고 고개를 끄덕였다.

— 후——

잠시 안도한 듯 서로 웃었다. 을천은 우리들이 어떻게 된 거냐고 묻고 싶었지만 그만두었다.

사방을 찬찬히 둘러보았다. 어떻게든 적을 눈앞으로 끌어내야 했다. 하지만 놈은 좀체로 기척을 드러내지 않았다. 보이지 않는 적과 싸운다는 건 그야말로 바보짓이었다. 그렇지만 우선 맘이 놓였다. 청의 얼굴에 비지땀이 배인 걸 보면 알 수 있었다. 보통 이런 상황에서 여자들은 대체로 두 가지로 반응한다. 얼어붙어서 오그라들거나, 떨면서 땀을 낸다. 전자는 이미 초반에 기를 제압당했다는 얘기며, 후자는 끝까지 싸우고 있다는 증거다. 전연 칼을 모르는 여자라도 사랑하는 남자가 싸울 땐 거기에 함께 있는 법이다. 마치 아내의 순산을 남편의 얼굴에서 짐작할 수 있듯이……

을천은 청을 보고 말없이 고개를 까닥였다. 청이 같은 동작으로 화답했다. 무엇이 오고 갔을까?

을천이 갑자기 갑판을 향하여 뛰어나갔다. 청도 뒤따라 달렸다. 그때 아니나다를까 놈이 청의 뒷덜미를 낚아챘다.

— 으아악!

청이 있는 힘을 다해 소리를 지르며 발악을 했다. 놈이 청의 저항을 제압하는 사이, 그녀는 무조건 놈의 불알이 있을 것으로 예측되는 곳을 향하여 있는 힘을 다해 뒷발로 걷어찼다. 이때를 놓칠 리 없는 을천이 전광석화처럼 놈의 늑골 사이로 단검을 찔러넣었다. 정확히 가늑골의 제십번 뼈밑을 파고들었다. 이제 그의 생사입판은 칼자루의 방향에 따라 달려 있었다. 칼끝을 모로 세울 땐 살아날 길이 없고, 그대로 쑥 빼다면 목숨엔 지장이 없었다.

— 알지?

을천은 칼끝을 살짝 치켜올리며 물었다. 놈은 전신을 치는 통증에 숨이 넘어갈 듯 자지러졌다.

— 묻는 말에 거짓없이만 대답해. 그럼 목숨은 살려준다, 알겠지?

관자놀이를 타고 진물처럼 흐르는 땀발 사이로 놈의 체념과 비굴이

구더기처럼 기어다녔다.

— 알겠냐니깐?

놈은 헉헉거리며 떨고만 있었다.

— 네가 죽였지?

그는 간신히 고개를 끄덕였다.

— 말해보란 말이야!

— 네에.

— 누가 시킨 거야?

— 부르카이…….

— 부르카이가 누구야?

— 이다조 장군의 내간(內間)입니다.

을천은 저도 모르게 신음이 새어나왔다.

— 그자도 거기 있었나?

놈은 그렇다고 겁 질린 눈을 꺼먹거렸다.

밖에서는 이미 수색이 시작되었다. 이젠 이리로 밀어닥치는 건 시간 문제였다. 청이 몹시 재촉하는 눈빛으로 서성였다.

— 혀를 냇!

놈이 애원했다.

— 자, 빨리! 시간이 없어. 그렇지 않으면 목숨까지 잃게 돼.

겁 질린 눈을 스르르 감으며 놈은 시키는 대로 했다. 을천은 번개처럼 칼을 뽑아서 그의 혓바닥을 단칼에 두 동강으로 잘라버렸다.

— 멀리 도망쳐라. 다시 한 번 이 짓을 하면 그땐 내 앞에서 죽는 거야, 알겠지?

놈은 덜덜 떨며 피로 범벅이 된 혀 토막을 손에 들고 정신 나간 사람처럼 고개를 연방 끄덕였다.

— 그럼 가!

놈이 비척비척 도망가는 걸 청은 한쪽 구석에서 떨며 보고 있었다. 수색자들의 발소리가 귓전까지 왔음을 직감한 을천은 낚아채듯 청을 데리고 사라졌다.

— 구름 위로 다시 올라갈까?

— …….

— 왜?

— 말할 기분이 아냐.

— 실은 나도 그래.

— 못됐어. 그럴 필요까진 없었잖아.

청은 화가 나 있었다.

— 그 얘긴 그만 해.

청은 못 먹을 걸 삼킨 사람처럼 목젖을 꿀꺽대며 섬뜩했던 기분을 감추지 못하고 있었다. 을천이 가던 발걸음을 멈추고 섰다. 그리고 청을 빤히 들여다보았다. 그녀의 새까만 눈동자 속에 정말 모래알같이 작은 사람이 있었다. 인간이란 게 다 그래. 모래알처럼 많은 사람들이 있지만 제 눈 안에 넣지 않으면 무슨 상관이 있어? 네 눈 속의 나하고 여기 있는 나하고 어떤 게 진짜일까?

— 어떤 게 진짤까?

— 못된 게 진짜지.

을천은 후욱, 웃음이 새어나왔다. 어허, 똑같은 생각을 했단 말이야?

— 그럼 가짜는 버려.

일순간 씩씩 화를 내던 청의 눈에 눈물이 번졌다.

— 어떻게 버려?

그녀의 목소리가 조금 떨려나왔다.

— 내 진짜를 봐달라는 얘기지.

— 그게 뭔데?

을천은 약간 당황했다.

— 그게 아니라…….

— 뭐가?

반은 울먹거렸다.

을천은 일이 이렇게 되어갈 줄은 꿈에도 몰랐다. 그는 지금까지 청의 이런 모습을 한 번도 본 적이 없었다.

— 나는 청이 지금 왜 이러는지 모르겠어.

그건 을천이 하려던 말이 아니었다. 뭔가 자꾸 방향이 틀어지고 있었다.

— …….

흑흑—— 그녀는 마침내 울음을 터뜨렸다.

을천은 도리없이 한숨을 쉬었다. 이것이 그녀를 더욱 자극했다.

— 그래. 하지만 나도 알아.

청이 흐느끼며 말했다.

그는 이게 무슨 말일까 생각해보고 있었다. 도무지 감이 잡히지 않았다. 한동안 침묵이 흘렀다.

— 그게 정말이야?

눈물에 젖은 그녀는 슬픈 눈을 하고 물었다. 그리고는 이내 다시 혼자 말처럼 중얼거렸다.

— 나도 이런 내가 싫단 말이야.

을천은 참지 못하고 물었다.

— 뭐가?

— 몰라?

— 응.

못내 억울하다는 표정으로, 을천은 똑똑하게 고개를 끄덕였다.

한데 어찌 된 셈인지 그 순간 청의 먹구름에 설핏 한 줄기 환한 빛이 비쳤다. 그러나 눈물은 이미 눈물을 부르고 있었다.

청이 물었다.

— 당신을 어떻게 버리냐구?

청은 또다시 물었다.

— 아님 나를 버릴 거냐구?

그녀의 볼에 뜨거운 눈물이 주르르 흘러내렸다.

이 바보, 을천은 속으로 울화통이 터졌지만 안쓰러움이 그 위를 밀물처럼 덮쳐버렸다.

— 무슨 소릴 하는 거야. 난 널 사랑해. 이런…….

청의 얼굴은 참으로 복잡했다. 짠 눈물이 고인 입술을 쎌룩쎌룩하다가, 물커진 눈시울 끝이 시큼한지 코를 움찔하기도 하고, 눈물 때문인지 볼을 옴죽거리기도 했다. 그러나 그 눈물의 끝은, 마치 고인 물이 주르륵 떨어진 처마 너머의 하늘처럼, 맑은 샘물 같은 청량감이 감돌았다.

엉엉 울다 웃다 이거 말이 아니군, 그녀의 눈물자국 위에 핀 다채로운 꽃들을 보면서, 을천은 빙시레 웃음이 나왔다. 그는 살며시 청을 껴안았다.

— 갈까?

— 응.

불이야! 불이야!

치솟는 불길은 궁성 쪽에서 일어났다. 멀리서 시커멓게 하늘을 뒤덮은 연기가 벌써 은하까지 몰려오고 있었다. 떼몰림, 혼란, 복잡, 아우성은 이제 따로 곳이 없었다.

청은 엉뚱하게도 강 건너의 하늘을 손가락으로 가리켰다.

— 저기 좀 봐!

불기둥이 치솟는 궁성과는 정반대 방향이었다.

— 뭘?

그녀의 떨리는 손끝은 창백한 보름달과 이를 두어 뼘쯤 사이에 두고 따라가는 아기별을 가리키고 있었다.

을천은 그런 그녀를 조금 걱정스러운 듯 쳐다보았다. 그의 등 뒤로 복대기치는 사람들이 수도 없이 식솔과 짐보따리들을 싸가지고 지나갔다.

— 안 보여?

청은 을천의 말에 대꾸도 없이 입술을 깨물고 눈을 꼬옥 감았다.

— 이 사람들이 안 보이냔 말이야.

— 알아. 하지만 저 하늘을 잠깐 봐.

그녀는 갑자기 고개를 푹 떨구었다. 곧 주저앉을 것만 같았다.

— ……?

— 우리 엄마가 돌아가셨을 것만 같아.

— 뭐엇?

— 완아 언니 만나러 오늘 궁성에 들어가셨어.

을천은 황급히 궁성 쪽을 돌아보았다. 불의 노도는 걷잡을 수 없었다. 어마어마한 화염을 뿜어내는 불바다. 이미 황성과 궁성을 살라먹고, 마지막 남은 명당의 꼭대기를 향해 부산히 혀를 날름거렸다. 황금색 봉황은 광폭하게 날름거리는 불길 속에 앉아 자신의 최후를 기다리고 있었다.

을천은 청의 가녀린 어깨를 들어올렸다.

— 가——

— …….

그는 잽싸게 청을 들쳐업었다. 이곳을 불길이 덮치는 건 시간 문제였
다. 이미 긴 은하(銀河)는 피난 인파로 발디딜 틈이 없었다. 하늘 강은
이처럼 이승으로 가려는 천국 사람들로 아수라장이 되어버렸다. 이러다
가는 한 식경도 채 못 돼 불에 삼켜질 게 뻔했다. 어떡해야 하나? 이미
꿈속으로 갈 구름 같은 건 없었다.

그는 차라리 강을 건너지 말고 곧장 둑을 따라 달려가기로 했다. 하지
만 그것도 맘 같지가 않았다. 사람에 치여서 뛰어도 거의 제자리였다.
이미 불길은 널름널름 등덜미까지 다가왔다. 더 이상 망설일 수 없는 을
천은 다급히 강물로 뛰어들었다. 불덩이에 삼켜지고 물 속에 빠진 사람
들의 아비규환이 온 강을 메웠다.

을천은 물 속을 헤엄치며, 걸리는 대로 사람들을 타고 넘어 미친 듯이
앞을 향해 나아갔다. 그러나 아무리 가도 끝없는 사람 바다, 불바다였
다. 순간 갑자기 청이 생각났다. 등 뒤를 더듬어보았다. 없었다. 아아
니! 청이 없었다. 없었다. 이게 어찌 된 일인가? 아아! 아으! 그는 정신
없이 사방을 휘둘러보았다. 사람, 불, 사람, 불, 사람, 불……. 그는 수
없이 청을 찾아 물 속을 빠졌다 나왔다 하며 발광하듯 허우적거렸다.

아흐 아아아 아아아아 —— 울부짖었다. 끝없는 절망. 하늘이여! 찾아
내주소서! 데려갔으면 돌려주소서! 아아아아아 —— 하늘이여! 아아아
아아 —— 발버둥치며, 파들파들 떨며, 서서히 서서히 그는 깊은 심연의
소용돌이 속으로 빠져들어갔다.

— 왜 그래? 어어, 이봐.

누군가 을천을 심하게 흔들어 깨웠다. 하지만 좀처럼 깨어나질 않았다.

— 어서 일어나봐.

식은땀으로 먹질한 채 뭐라고 계속 헛소리만 하는 그를 그대로 둘 수 없었던지, 찬물을 가져다 눈가에 확 뿌렸다.

— 으흐——

몸을 꿈틀하며 눈만 떴다가 감아버린다. 하지만 정신을 잡으려 애쓰는 게 역력했다. 얼마 안 있어 감은 눈을 옴직옴직하더니 소스라치며 튕기듯 몸을 일으켰다.

— 허허.

— 아니, 여기가 어디지?

— 자네 무슨 꿈을 그렇게 꾸어?

을천은 세차게 고개를 흔들어보았다.

— 근데 청이가 누구야?

— 흐음……

을천은 길게 신음소리를 내며, 자신이 그랬었냐고 되물었다.

그자는 한참 동안 너스레를 늘어놓았다.

— 지금 몇 경이나 됐을까?

— 아마 사경은 들어갔지 싶네.

그는 문을 밀치고 밖으로 나왔다. 흰 산, 검은 하늘에 보름달이 창백하게 떠 있었다. 아! 그런데 정말로 두 뼘쯤 떨어져 따라가는 아기별이 보였다.

청은 엄마를 따라간 걸까? 꿈속의 애잔한 여운이 달라붙어서 영 떠나질 않았다. 그는 세 살 적에 이곳 영주로 엄마 손 잡고 오던 자신의 모습을 그 위에 얹어보았다.

지금은 차라리 오장육부를 꽁꽁 얼어붙게 하는 한밤중의 냉기가 더없이 좋았다. 절망보다 더 깊고 고통스러운 건 없을 거라고 생각했다. 비록 꿈이었지만, 자신이 청을 그토록 깊이 생각하고 있는지 스스로도 몰랐다.

이날 아침, 을천은 이진충의 충복 에사헤이가 피살당했다는 정보를 접수받고 영주를 떠났다. 이렇게 되면 이중간첩인 나믈의 목숨도 이제 얼마 남지 않았다고 생각했다.

고구려 첩자 나믈은 이다조의 부하인 에사헤이(암호는 칭타이)를 내간(內間 : 적국의 요직에 있는 간첩)으로 이용해왔다. 그런데 그 에사헤이는 키타이의 이진충이 가장 아끼는 총신으로, 칙명에 따라 병사를 이끌고 이다조 군대에 파견되어 있었다. 이다조는 나믈에 관한 정보를 입수하고, 오히려 그를 반간(反間)으로 역이용하였다. 이 계책은 예부터 '반간고육(反間苦肉)의 계'라 하여, 간첩인 줄 알면서도 일부러 속아주어 그를 다시 간첩으로 쓰는 최고의 용간법(用間法)이었다. 결국 나믈은 자신도 모르는 사이에 이중간첩이 되어버렸다. 그러나 에사헤이의 죽음은 무엇보다도 키타이의 왕 이진충의 제거가 이제 코앞까지 임박했음을 알리는 가히 충격적인 신호탄이었다.

낙타의 길

1

비잔틴 역사서에 기록된 타우가스, 후에 아라비아 지리서에 나오는 탐가지는, 당시 모두 중국을 가리킨 타브가치란 말에서 비롯하였다. 원래 이것은 선비족의 한 씨족인 탁발부를 칭하던 말로서, 탁(拓)은 흙, 발(跋)은 신령을 뜻하는 그들의 고유 언어였는데, 이를 보다 원음에 가깝게 부른 것이 타브가치였다. 탁발부는 북중국을 장악하여 이른바 남북조 시대를 열고, 자신의 태반에서 수와 당을 탄생시켰다. 이를테면 개국자인 수문제와 당고조가 모두 선비 성(姓)을 썼던 자들이고, 그들의 처와 어머니가 선비의 명문 가문 출신이었다. 거슬러올라가면 흥안령 기슭에서 성장한 선비족은 차츰 모용부·탁발부·토욕혼부로 씨족 분열을 하더니, 마침내 각기 연·북위·토욕혼이라는 나라를 세웠다. 이때 모용부의 연(燕)은 고구려와 오랫동안 상쟁하였고, 토욕혼부는 멀리 만여 리를 이동하여 코코노르(靑海湖)에 정착, 서쪽으로 티벳과 연하게 되었다. …… 이후 선비족의 후예는 키(해), 키타이(거란), 시르비, 몽골로 이어지는 거대하고 연면한 족적을 역사 속에 남겼다.

타브가치가 서방세계에 알려진 게 동서로 수만 리를 뻗은 무역의 길, 즉 낙타의 길을 통해서였지만, 비단길에 점점이 흩어져 있는 진주 같은 오아시스들은 또한 남북을 잇는 전쟁의 길, 즉 말의 길과도 교차하는 이른바 문명의 십자로였다.

고대의 역사 속에서, 가장 두드러진 문명의 십자로 중의 하나였던 토욕혼은 세로로 몽골고원과 양자강 이남의 남조를 잇고, 가로로 서방세계와 중국을 연결하는 (남북과 동서의) 일종의 거대한 합류점이기도 했다. 그런 만큼 여러 세력의 각축장이 되었던 이곳은 마침내 7세기 이후 동쪽의 당제국과 서쪽의 신흥 티벳이 맞붙은 가공할 격전의 장소로 변하였다.

잠시 역사적 경과를 살펴보면, 당은 635년 이곳의 토욕혼을 정벌하여 그 카간 복윤(伏允)을 폐하고, 괴뢰정권을 세워 기미하였다. 이에 토욕혼 내부는 친당파와 친티벳파로 나뉘어 상쟁하다가, 마침내 663년 티벳에 의해 멸망케 되었다.

돈황에서 발견된 티벳문 『연대기』 사본의 기록은 다음과 같이 전한다.

말띠 해(670년) 왕이 우당에 머물러 계실 때, 짐마콜(대비천)에서는 수많은 중국인을 죽였다.

이것은 당나라가 실지를 탈환하기 위해 설인귀를 총사령관으로 한 십수 만의 토벌군을 토욕혼에 진격시켰으나, 오히려 가르 친링이 이끄는 티벳 군대에게 수도 짐마콜에서 무참히 패배당하고, 그 결과 티벳이 전 토욕혼을 확고히 지배했다는 기사이다.

그후 이 지역을 통한 티벳의 진출은, 678년 백제 출신 흑치상지가 티벳군을 반격하여 승리를 거둔 이후에야 일단 소강 국면을 맞게 되었다.

티벳어로 '아쟈의 길'이라 불리는 토욕혼 로(路)는 시선(詩仙) 이백이 다섯 살의 나이로 만 리가 넘는 장정 끝에 지나갔던 길이다. 이백은 701

년 천산산맥 속에 박힌 수정 같은 호수, 이식쿨에서 흘러나오는 츄 강변의 국제 무역 도시 수이압(碎葉 : 오늘날 키르기스탄의 토크마크)에서 태어났다. 그의 선조는 여기서 장사를 하며 살다가, 당이 이곳을 빼앗기자 다시 낙타에 몸을 싣고 고국으로 돌아갔다.

소년 이백의 만리 장정길은 격변의 시대, 소용돌이치는 격류 바로 그것이었다. 이를테면 수이압과 토욕혼 로, 그리고 정확히 그 중간에 있는 오아시스 국가 호탄, 이 세 곳은 이 시기의 정세를 이해하는 결정적인 장소이다.

이백의 시 「전성남(戰城南)」은 이렇게 전한다.

작년에는 상건하(桑乾河)
올해는 카쉬가르하(葱河)
해마다 전쟁은 그칠 새 없네
병사는 소그드의 푸른 물에 얼굴을 씻고
군마는 눈 덮인 천산의 금빛 초원을 고갯짓한다

만리를 넘어 끝없는 전쟁
삼군(三軍)은 지치고 늙었는데
흉노는 살육을 농사짓듯 하는구나
예부터 황막한 사막에 나뒹구는 건 백골뿐

진나라는 장성을 쌓고
한나라는 봉화를 올려
오랑캐와 싸웠는데

전쟁터의 봉홧불은 꺼진 적이 없고
만리 원정 멎은 적이 없다

야전에선 주인 잃은 말 비명소리 하늘을 찌르는데
죽은 시체는 말이 없고
날아가는 까마귀와 솔개가
창자를 쪼아내어
고목나무 가지 위에 걸어놓누나

병사들의 피가 초원을 물들여도
장군들은 전쟁을 그칠 줄 모른다
창칼은 사람 죽이는 흉기인데
알지 못하는구나
성군(聖君)은 부득이할 때만 그것을 쓰는 법이거늘

한편 이백은 「새하곡(塞下曲)」에서는 이렇게 노래한다.

백마 타고 황금새(黃金塞)로 떠나신 뒤
구름 같은 사막이 꿈결에도 나타나
외로운 이 계절을 어이 견디겠어요
변성(邊城)의 님 멀리서 그리워할 뿐

가을 창 앞엔 반딧불 어지럽고
달마저 서리치는 여자의 침방을

붙잡는 듯 더디 지면
오동잎 스산하고
사당나무 가지엔 바람소리만 쓸쓸한데

기약없는 님 자꾸만 그리워져
부질없이 흐르는 눈물 어이합니까

창자 걸린 고목나무와 오동잎 스산한 여자의 침방. 전쟁은 이런 것이었다. 만일 그 목적이 부강(富强)에 있었다면, 이렇듯 낙타의 길은 무역과 전쟁의 길이었고, 백성들의 피와 절규가 스며 있는 절절히 한맺힌 길이었다.

당시의 이 길을 명징하게 밝히는 데 우리 앞에 두 개의 사료가 있다.

1. 돈황에서 발견된 티벳문『연대기』의 기록
말의 해(694년)에 …… 가르 타 구는 소그드인에게 체포되었다. 겨울, 왕은 라싸에 머물고 계셨는데, 톤 야브구 카간이 신례(臣禮)를 표하러 왔다.

2. 중국 사료『자치통감』의 기록
연재 원년(694년) 이월, 무위도총관 왕효걸이 토번(티벳)의 발론찬인(教論贊刃)과 돌궐 카간 부자(俘子) 등을 냉천, 대령에서 크게 격파하니, 그 수가 각각 삼만여 명이었다. 수이압(碎葉)의 진수사 한사충은 니숙 사근 등 만여 명을 격파하였다.

이를 다른 사료들과 함께 검토해보면,

1의 톤 야브구 카간은 2의 돌궐 카간 부자(俘子)란 인물로, 티벳에 의

해 책립된 서퇴르크의 카간이었다. 그리고 2의 발론찬인은 티벳 이름이 가르 첸낸 궁통인데, 1의 가르 타 구의 동생이었으며, 그가 총독으로 있던 호탄에서는 가르 롱 첸 옌 궁 톤(여기서 롱 첸 옌은 발론찬인에 대응된다)으로 불렸다.

그런데 바로 이 사료 속의 사건과 직접 관련을 가진 자가 다름 아닌 을천의 주인 위러스뒤판(강의라)의 사업상 경쟁자, 장례신의 부(父) 장회숙(長懷淑)이었다.

우연히도 금세기 투르판 출토의 장회숙 묘지명에는 적두파론(賊頭跛論)이란 이름이 제17행에 보이는데, 그가 바로 2의 발론찬인, 즉 가르 첸낸 궁통이었다. 묘지명의 내용은 장회숙이 왕효걸의 군을 따라 전공을 세웠다는 공덕문으로, 2의 기록을 그 배경으로 하였다.

(한국의 국립중앙박물관에는 유물번호 3978(共 2)로 위 장례신의 묘에서 출토된 유물이 수장되어 있다. 이 유물은 소위 「암페라 문서」라는 것으로, 발굴된 투르판 문서군(群) 중에서 관문서로 분류되는 사료이다. 암페라란 죽은 시체를 눕히는 일종의 깔판인데, 현 유물은 이 위에 문서가 겹쳐진 상태로 부착되어 있다.)

689년, 당시 장례신과 거래를 하고 있던 안서 대도호 염온고는 가르 친링이 이끄는 티벳군과의 전쟁에서 대패해 결국 본국에서 참수형을 당했고, 부도호였던 당휴경은 서주(투르판) 도독으로 좌천되었으나, 이미 안서 4진을 모두 티벳의 손에 빼앗긴 상태여서 도호는 필요없는 존재였다. 하지만 당은 이를 되찾기 위해 692년부터 시작하여 2에 기록된 694년 2월까지 전쟁을 계속하였는데(여기에 당휴경, 장회숙 등이 참전하였다), 당은 이때 수이압 등 안서 4진을 복구하고, 도호부를 투르판에서 다시 쿠차로 옮기는 획기적인 대승을 거두었다.

그런데 그 이면에는 국제역학상의 결정적 변수가 작용하였다. 서튀르크에 대한 대대적인 공습이 튀르크의 일테리시 카간에 의해 690년에 행해졌던 것이다. 그 결과 나약한 당의 괴뢰정권——누시피(서부) 5성 카간은 6, 7만의 무리와 함께 당에 망명하고, 돌륙(동부) 5성 카간은 이미 티벳군에 포로로 잡혔다가 겨우 풀려나 당시 장안에 망명와 있는 상태였다——은 여지없이 무너지고 말았다.

바로 이와 때를 같이해 튀르기시(돌륙 5성에 속한 한 부족)가 그 족장 오질륵(烏質勒)을 중심으로 크게 일어나 혼란에 빠진 서튀르크를 대체하니, 당은 이 신흥세력과 손을 잡고 참으로 오랜만에 692년 튀르기시의 부장(部將) 아사나 충절과 함께 티벳을 격퇴시켰던 것이다.

중국 사료 『신당서』는 이 사정을 다음과 같이 전한다.

…… 장수 원년(692년) 우응양위장군 왕효걸은 무위도 행군총관이 되어 서주 도독 당휴경과 좌무위대장군 아사나 충절을 데리고 티벳을 공격, 그 무리들을 대파하였다. 이어 4진(쿠차 · 호탄 · 카쉬가르 · 수이압)을 수복하고, 안서도호부를 다시 쿠차에 두어 군사를 주둔시킴으로써 진수하였다.

2

강의라는 사태의 급변을 예의 주시했다. 무엇을 선취한다는 것과 용의주도한 것은 마치 칼의 양날과 같아서, 어느 쪽으로든 날이 넘으면 성급한 것이 되거나 혹은 실기(失期)한 것이 되고 만다. 그는 이것을 누구보다도 잘 알고 있었다. ……이미 저울의 한 칭(秤)이 장씨 일가에 의해서 급속히 기울고 있었던 것이다.

마니교도인 그는 마음의 평정을 찾기 위해 오늘도 사원을 찾았다. 몸을 청결히 씻고 며칠째 금욕을 하며 욕망의 사슬을 끊어버리려 애썼다. 언제나 어려움이 닥치면 한 발 물러나 마니에게로 갔다. 오십 년 넘게 자기를 지켜준 마니였다. 그는 세속의 일이 자신을 옥죌 때, 바로 그것을 암흑으로 간주하고 빛을 찾아 마음의 때를 벗겨내곤 하였다. 그러면 장사도 잘 풀리고 모든 게 순조롭게 되어갔다.

그는 지금 자신 앞에 닥친 시련의 정체를 바라보았다. 타브가치의 승리가 왜 그를 곤경에 빠뜨리는가? 이율배반이었다. 이거야말로 자신이 악에 갇혀 있다는 증거였다. 이 모순은 어디서 나오는 것인가? 자신이 소그드인이기 때문인가? 그러나 자신은 어느 누구보다도 타브가치를 위해 충성해온 귀화민의 대표가 아닌가? 문제는 그런 게 아니라 이익에 있었고, 그것의 증감은 힘의 출처에 따라 변한다는 것이었다. 그래서 그는 이 변화에 대처하지 못하게 하는 것이야말로 악이라고 생각했다. 사실 오늘날 이만한 자리에 이른 것도 모두 그 악을 끝없이 제거해온 결과였다.

그의 머릿속에 서서히 빛이 비쳐들기 시작했다. 고향에 가봐야겠다는 생각이 정말로 오랜만에 뇌리를 파고들었다. 기회에 임하고 변화에 응하라. 이것이 그의 좌우명이었다. 다시없는 기회가 그의 고향에서 미소 짓고 있는 것이었다. 생신을 맞은 아프라시압 왕이 전에 없이 대대적인 기념식 —— 아마도 급변한 주변정세, 특히 임박한 이슬람의 침략에 대응하기 위해—— 을 거행할 예정이었다.

세계무역의 중심지 소그디아나, 그리고 아시아 내륙 각지에 그 촉수를 뻗치고 있는 소그드 취락들은 국제정세 변동에 성감대처럼 민감히 반응했다. 해외의 이 거류촌들은 본국과 체신망(遞信網)을 갖추고 긴밀히 정보를 교환하며 상업활동을 하였다.

아라비아어로 마 워라앗 나흐르('강 사이의 땅'이라는 뜻), 그리스어로 트랜스 옥시아나(옥서스 강 너머의 땅, 여기서 옥서스 강은 '아무다리아'임)라 부르는 소그디아나는 파미르 고원에서 흘러나온 아무다리아와 시르다리아 사이에 사는 소그드인들의 땅을 말했다. 여기에는 강력한 통일 국가는 존재하지 않고, 수많은 오아시스 국가들이 여러 개의 완만한 동맹체를 이루고 있을 뿐이었다. 그러나 이들 사이에도 통치의 위계질서는 존재하였는데, 왕(이흐시드) → 영주(아프신) → 수장($\gamma\omega\beta\omega$)의 구조였다.

아프라시압 왕 바르후만은 아프신의 칭호로 자기 성을 다스리고, 이흐시드의 칭호로 전 소그드를 지배한 최대의 강자였다. 어쩌면 지금 소그디아나가 누리는 최성기는 태풍의 눈 속 같은 평화——국제세력의 완충지로서 갖는 최후의 번영과 자유—— 일 거라고 왕은 느끼고 있었다.

전통적으로 소그드인들은 북방 유목세력과 공생관계라는 이중 구조를 받아들여왔다. 유목 기마 민족의 무력과 자신들의 상술의 결합은 후자에게는 통상권의 확대와 상업활동의 안전이 보장되고, 전자에게는 통행세, 보호세를 비롯하여 이들을 매개로 한 무역 이익이 막대하였던 것이다.

따라서 소그드 사회에는 정치적 귀족으로서 튀르크인과 상업적 귀족으로서 소그드 대상(隊商)이 맨 상층에, 상인·수공업자·농민 등의 납세자층이 그 다음, 맨 하층에는 각종 노예가 존재했다. 사실 소그디아나의 개개 도시국가는 주변의 많은 농업 취락들을 거느린 일종의 독립된 장원국가(莊園國家)였다. 특히 이곳에서 상업을 우대한 것은 오아시스 농경지가 수량(水量)의 한계 때문에 수용하지 못한 초과 인구를 수공업이나 상업으로 배출할 수밖에 없는 조건이 크게 작용한 결과다. 해외에 세워진 소그드 취락들 또한 바로 이 본국의 구조를 그대로 옮겨 심었다. 강의라가 거주하는 투르판의 숭화향도 바로 그런 곳이었다. 다만 다른 것이 있다면 튀르크의 지배를 받는 곳에서는 튀르크의 이름과 소그드 이름을 같이 쓰는 반면, 중국에서는 중국 이름과 소그드 이름을 같이 쓰는 정도랄까.

강의라는 이번 행로를 안서도호부가 옮겨간 쿠차로 해서 수이압을 들러 아프라시압으로 갈 계획이었다. 여기에는 중국의 승리를 진심으로 축하한다는 것을 몸소 알리는 뜻과, 특히 본국의 거래선인 자신의 대부(代父) 후라슈타단을 만나 심중을 깊숙이 상의할 목적이 있었다. 그는 앞으로 보름 후에 떠나기로 작정하고 만반의 준비에 들어갔다.

3

수이압→ 천천→ 탈라스(고선지 장군이 이곳에서 패한 이후 중국은 두 번 다시 파미르 이서를 넘어본 적이 없다)로 이어지는 서천산 북록(北麓)의 이 오아시스들은 전통적인 유목세력의 중심지였다. 유목과 농경, 동과 서, 남과 북의 이질적인 힘들이 계측되는 천칭과도 같은 곳이었다.

특히 그 동단(東端) 수이압은 초원길을 통해 몽골로, 오아시스길을 통해 중국으로, 산악길을 통해 인도로, 서로는 탈라스에서 아프라시압을 지나 이슬람과 비잔틴으로 이어지는 여러 문명의 교차로였다.

여기에는 수많은 소그드 촌락들이 산재했고, 튀르크인 · 중국인 · 페르시아인 · 시리아인들이 혼재해 살았으며, 국제 상업과 정치 그리고 여러 종류의 종교 문화가 꽃피었다.

다시 사료로 돌아가서 살펴보면, 2의 니숙 사근은 천천(千泉 : 현지명 메르케, 한때 서튀르크의 수도)의 성주로, 1의 티벳군의 장(長) 가르 타 구와 연합하여 당군과 싸웠으나 결국 패하고 말았다. 이때 가르 타 구를 체포한 1의 소그드인은 당시 수이압, 천천 등 서튀르크의 중심지에서 일종의 소그드 거류촌을 건설하여 상업을 하던 자들이었다.

이들에 대해서는 소위 세미례체(七河 지방)에서 다수 발굴된 튀르기시 화폐를 통해 당시의 역관계의 변화를 해석할 수 있다.

1단계 : 서튀르크와 튀르기시의 세력 교체기로, 소그드 거류촌의 수장이 본국(소그디아나)의 화폐를 본받아 자기 이름으로 동전을 주조, 발행하는 독자적인 권리를 가졌다.

2단계 : 그들이 튀르기시의 지배하에 들어간 초기로, 동전의 다른 한 면에 '하늘이신 튀르기시 카간의 동전'이란 표기를 병존한 간접 지배의 시기였다.

3단계 : 튀르기시의 권력이 공고화된 시기로, 주화엔 오직 '하늘이신 튀르기시 카간의 동전'이라고만 표기하였다.

『연대기』에 따르면, 가르 타 구가 체포된 시기는 1단계에 해당하며, 사실상 이 전쟁은 당 + 튀르기시 + 소그드의 연합세력이, 티벳 + (톤 야브구 카간의) 서튀르크 부흥군의 연합세력에 대해 승리를 거둔 일종의 국제전적인 성격의 사건이었다. 이후 여기에 두 개의 거대한 세력이 더 참여하였는데, 그것이 이슬람과 튀르크였다.

4

호탄은 현장 법사의 여행기에 의해서 구살단나(瞿薩旦那 : 산스크리트어 go '땅' + stana '유방'을 음역)로 알려진 오아시스인데, 정말 두 개의 젖줄이 여기서 흘러나와 죽음의 사막 타클라마칸을 횡단하여 악수와 쿠차에 이르는 신비의 땅이다.

호탄국의 왕가는 울지(尉遲)씨로, 이것은 선비족의 토욕혼계였다. 『자치통감』에, ……우전(호탄)에 침입하여, 그 왕을 죽이고 그 땅을 차지하였다……는 이 기사는 445년 토욕혼이 북위의 탁발씨에게 쫓겨 본국에서 밀려나면서 호탄을 병탄한 내용이다.

청을 매료시킨 화가 울지을승이 호탄국의 울지씨 출신이며, 사마광(司馬光)은 을지문덕을 터무니없이 울지문덕이라 기록하기도 했다.

2의 발론찬인 = 가르 첸낸 궁통 = 가르 롱 첸 엔 궁 톤은 적어도 티벳 『연대기』에 의하면 패전의 책임을 지고 다음해인 695년 라싸에서 처형당했다고 전해진다. 호탄의 총독(당시 호탄 왕은 울지경 尉遲璥이었다)이었던 그에게는, 특히 티벳의 서역 지배를 위한 이 전진기지의 상실이 아마도 가장 치명적인 사건이었던 것 같다.

잠시 티벳의 역사적 경과를 개괄해보면,

티벳의 국가 통일이라는 대업을 완수한 초대 왕 송첸감뽀는 살아 있는 관세음보살이라고 칭송받던 인물이었다. 그는 전통 종교인 본(Bon)교(샤머니즘의 일종)를 불교로 대체하고, 중국과 외교관계를 수립하여 화친책을 취해왔다. 그런데 그의 사후 줄곧 나이 어린 왕자들이 첸뽀(왕)에 오르자, 론(재상)인 가르 돈첸 유루숭 일족이 실권을 잡고서 대내외 정책을 집행하게 되었다.

때는 650년, 이로부터 대략 삼십 년 간은 왕권을 제압한 론(재상)의 시대였다. 특히 초대 재상 가르 돈첸 유루숭이 죽은 667년 이후에는, 그의 아들 오형제가 전단적(專斷的)으로 사회개혁과 대외팽창책을 강력히 추진하였다. 이들이 불교를 억압하고 전통 신앙을 존중한 것은 튀르크의 톤유쿠크나 고구려의 연개소문과 그 맥을 같이한 것으로 보인다.

이 시기 가르 오형제의 참전을 보면, 설인귀를 짐마콜에서 대패시킨 자는 차남(次男) 가르 친링이고, 1의 가르 타 구는 넷째 아들이며, 2의 발론찬인은 다섯째 아들 가르 첸낸 궁통이었다.

이들이 주축이 된 티벳의 대당 전쟁사에서 670년은 가장 영광스러운 한 해이자 하나의 획을 긋는 시기였다. 앞서 보았듯이 이 해에는 토욕혼을 완전히 장악했고, 서역에선 호탄을 함몰시킨 후 쿠차를 공략, 안서도호부를 서주(투르판의 야르호토)로 후퇴시켜 안서 4진을 모두 획득한 쾌거를 올렸다.

이렇듯 티벳은 670년에 이른바 두 개의 전선, 서역 전선과 토욕혼 전선에서 모두 승리한 것이었다. 티벳의 수도 라싸에서 얄룽 첸뽀 강을 따라 서북상하여 파미르 고원을 넘어 호탄에 이르는 길을 서역행 대로(大路)라 하고, 라싸에서 동북상하여 차이담 분지의 하변을 따라 짐마콜에 이르는 길은 토욕혼행 대로라 할 수 있었다.

티벳측에서 볼 때는, 이백이 지나온 세 곳 중에서 서역 경략의 전진기
지인 호탄이야말로 수이압과 토욕혼을 날개의 양 끝으로 하는 매의 부
리, 바로 그것이었다.

보스탕 호수에서

바람이 불어왔다. 사람 키만큼 자란 갈대숲이 아까부터 계속되었다. 푸른 잎들은 뜨거운 태양 아래 시원한 그림자를 물결 위로 드리우고, 호리병 속처럼 점점 넓어지는 호수 너머로 흰 눈 덮인 보그다 봉이 멀리서 보였다. 초록 융단을 깔아놓은 듯한 개구리밥과 검정말, 부레옥잠 같은 물풀들이 그늘 속에 숨어 있는가 하면, 넓은 수면 위로는 썩썩한 하얀 연꽃과 넓은 잎들이 평화롭게 떠 있었다. 차양을 친 놀잇배에서 유쾌한 웃음소리가 흘러나왔다.

— 오늘은 바람이 웬일로 이렇게 시원할까?

뱃전에서 부서진 물방울들이 상큼하게 두 사람의 얼굴을 때렸다.

— 음—— 좋아.

사에나는 숨을 크게 들이쉬었다.

보스탕은 말뜻처럼 수목으로 둘러싸인 낙원이었다. 사막의 나그네들은 비취빛이 영롱한 이 보석을 멀리서 처음 발견하고서, 이 세상에 푸른 색이 저토록 아름다울 수 있을까, 하고 누구나 감탄했다.

을천도 처음에 그랬다. 그리고 이곳에 오면 항상 더러운 마음의 때가 씻기는 듯한 세례의 느낌을 받았다. 사에나는 지금 모그타셀레(물로 몸을 씻는 종교적 의식)의 정신 상태에 빠져들고 있었다.

엷은 망사를 쓴 그녀의 모습을 보면서, 청이하고는 참 다르다고 을천
은 생각했다.

— 오빠.

사에나의 뺨에 설핏 수줍음이 스쳤다.

— 나 오래 전부터 오빠라고 불러보고 싶었어요.

을천은 잠시 당황했다.

— 한집에 살면서도 많은 얘길 못 나눈 것 같아요.

을천은 뱃바닥을 내려다보며 웃었다.

— 하긴 그래.

그는 야릇한 흥분을 감추려는 듯 일부러 좀 컬컬하게 말했다.

— 사에나랑 이렇게 있으니 괜히 두근거리는데?

뗏목으로 겯고 난간을 두른 배가 서너 길 떨어져 옆으로 지나갔다.

— 아버지는 이번 길에 절 데려가시려고 그래요.

— 왜에?

— …….

사에나의 결곡한 코끝에 어떤 결심이 엿보인다.

을천은 고개를 갸우뚱하면서 무심코 뱃전에 일고 있는 물보라를 보며
말했다.

— 나한테는 그런 말씀이 없으셨는데…….

— 아마 그러셨을 거예요.

— …….

— 궁금하세요?

을천은 고개를 끄덕였다. 그러나 사에나는 말이 없다.

— 정말 궁금한데?

여인은 쟁반 같은 연잎 사이로 미끄러지는 뱃머리를 한동안 말끄러미 내려다보았다.

— 절 시집보내시려나 봐요.

을천은 처음으로 그녀의 얼굴을 찬찬히 들여다보았다.

— 그게 사실이야?

사에나는 고개를 끄덕거렸다.

— 가기 싫다고 말씀드렸어요.

이때 퍼드덕하고 물새가 날아올랐다. 푸른 하늘엔 흰 구름이 청춘의 꿈처럼 펼쳐 있었다.

— ……동생 디그트곤치를 보내는 게 어떠냐고 여쭸더니,

을천의 눈은 그 뒷말을 캐묻고 있었다.

— 저보고는 어떡할 거냐고 물으셨어요.

사에나는 잠시 말문을 닫았다.

— 그래 뭐라고 했어?

— …….

을천은 그녀의 입술을 보면서, 혹 노 젓는 소리 때문에 안 들리는 걸까, 생각했다.

— 오빠하고…….

그러나 그녀의 목소리는 잠시 후 똑똑히 들려왔다.

— 결혼하고 싶다고 말씀드렸어요.

강의라의 큰딸인 그녀가 을천을 처음 본 게 대여섯 살 때쯤이었으니 벌써 십오 년이 넘는 세월을 함께 지내온 셈이다. 사에나는 지금 스물두 살, 을천과는 다섯 살 차이였다.

을천은 순간 눈을 감았다.

— …….

무슨 말을 해야 할까, 네가 내 색시가 되겠다고? 어떻게 그런 맘을 먹었니, 난 네가 생각하는 그런 사람이 아니야, ……난 결혼 같은 건 할 수 없어. 가슴속에선 억수 같은 비가 쏟아지고 있었다. 넌 참 바보로구나…….

— 아버지 말씀이 동생보다 언니가 먼저 가야 하지 않겠냐구 하셨지만, 전 그러면 육신의 고통에서 영원히 벗어나버리겠다고 했어요.

사에나의 눈은 흔들림이 없었다. 을천의 눈과 사에나의 눈이 부딪쳤다.

— 아버지는 그 말에 무척 화를 내셨어요. 태어난 것 자체가 고통이지만 스스로 목숨을 끊으면 그거야말로 영원히 암흑에 갇히는 거라시면서.

— 그래서 결국 가게 됐어?

사에나는 아니라는 듯 고개를 저었다.

그럼 어떡할 건데……, 을천은 자꾸 되뇌여질 뿐 말이 되어 밖으로 나오질 않았다.

— 전 안 갈 거예요.

— 어디서 그런 힘이 나오지?

그녀는 슬프지 않은 미소를 흐듯이 지었다. 을천은 무즈알마라는 천산의 얼음사과를 떠올리며 말했다.

— 난 결혼할 수 없어.

— 괜찮아요.

그녀가 손을 뻗쳐 노란 오제개연꽃을 간지럽히자, 노에서 튄 물방울이 머리에 쓴 망사 위로 송알송알 맺혔다.

— 아버님은 나에 대해 뭐라고 하셔?

— 다른 말씀은 없고 안 된다고만 하셨어요.

— 어머니는?

— 어머닌 이유도 묻지 않으세요. 무조건 아버지 말씀에 복종해야 한다고…….

— 그 얘길 언제 했는데?

— 며칠 전에요.

— 그렇게 고집피워도 돼?

— 전 고집이 아닌데…….

— 어떻게 견디려고?

그녀의 눈 속에 타고 있는 촛불은 마음의 평정을 말해주고 있었다.

— 날마다 기도해요.

— 사에나는 어렸을 때부터 신심이 두터웠지.

을천은 두 손을 비비며 말했다.

— 기억나? 열 살이 채 안 됐을 때지, 아마?

정원은 아주 넓었고, 과실나무가 셀 수 없을 정도로 많았다. 한여름이었는데, 미르끄(오아시스식 과일 저장)를 할 시기였다. 사람들이 오얏을 따서 미르끄를 하고 남은 것을 바닥에 말리고 있었다. 워낙 볕이 좋아서 금방 며칠 새 쫀득거리면서 새콤달콤한 게 맛이 일품이었다.

사에나는 동생 디그트곤치하고 나무에 올라가서 놀다가 그만 발이 미끄러져 땅에 떨어지고 말았다. 날은 이미 저물고 주위에는 아무도 없었다. 디그트곤치만 언니 곁에서 울고 있었다. 사에나는 몸을 움직거려보았으나 꿈쩍도 하지 않았다. 그때 우연히 두고 간 물건을 찾으러 을천이 그 자리를 지나가게 되었다.

— 디그트곤치야, 울지 마. 언닌 괜찮아. 마니님이 지켜주시니까.

— 그럼 언니가 지금 안 죽는 거야?

— 으응. 가서 엄마한테 얘기해. 언닌 아무렇지도 않다구.

— 그럼 같이 가야지.

동생은 끝없이 울먹거렸다.

— 혼자 가기 무서워.

— 괜찮아, 마니님이 네 곁에 계시니까.

— 마니님이 어디 있어?

— 네 곁에.

— 아무도 없잖아.

— 아니야, 네가 못 보니까 그래. 분명히 계셔.

— 아하, 여기 계시잖아!

그때 을천이 웃으며 나타났다.

— 아저씨잖아?

— 마니님이 보내신거야.

사에나가 보란 듯이 말했다.

— 아저씨, 그게 맞아요?

— 암, 맞고말고.

— 그럼 언니도 다 나았어요?

— 사에나가 많이 다쳤니?

을천은 자세히 들여다보고 깜짝 놀랐다. 다리가 부러졌는지 꼼짝을
못 했다. 웬만하려니 했는데 몸을 이렇게 다치고서도 그토록 태연했단
말인가, 어린 소녀가?

열다섯 살짜리 아저씨는 조심스럽게 소녀를 업고서 걸어갔다. 그의 등
에서 찰싹거리는, 벌써 봉긋해진 젖무덤이 여체의 느낌으로 다가왔다.

― 안 아프니?

― 아파.

― 많이 아파?

― 응.

― 너같이 잘 참는 앤 첨 봤다.

그때 사에나가 목을 확 끌어안는 걸 느낄 수 있었다. 을천은 지금까지도 그 느낌을 지울 수 없고, 그 이유를 알 수 없다.

― 기억나요. 그때 오빠가 얼마나 고마웠는지.

― 어떻게 그렇게 잘 참았지?

― 마니님이 지켜주시잖아.

― 그때도 꼭 그렇게 말했었지.

― 전 제 마음속의 빛을 찾았어요, 아주 어렸을 때부터. 그땐 오빠가 아저씨였지, 호호. 그날 나타난 오빨 보고서 정말 마니님이 보내신 거라 생각했어요.

― 나랑 결혼하려는 것도 그래서야?

사에나는 기분이 좀 상한 듯 피식 웃었다.

― 오빠 얘기 좀 해봐요.

을천은 물 위로 고르게 올라와 있는 갈대의 황금색 줄기가 참 아름답다고 느끼며 호수의 물을 손바닥으로 쳐올렸다.

― 넌 이상하게도 힘들 때면 내 마음속에 찾아와. 한두 번이 아니야. 그리고 때때로 어머니 얼굴하고 겹쳐지기도 하고.

이 호수보다 맑은 눈동자가 그녀의 금색 망사 속에서 숨쉬고 있었다. 두 사람은 무한히 넓어지는 호수의 아득한 수평선을 말없이 바라보았다.

— 그때마다 난 너에 대한 감정이 뭘까 하고 스스로에게 물어보았어.

— …….

— 다른 여자도 있었으니까.

— …….

— 사에난 신비한 힘을 가지고 있어. 네 곁에 있으면 오아시스 같은 평안함을 느끼거든.

을천은 사에나의 손을 살며시 잡았다.

— 토끼귀처럼 머릴 쫑긋 묶어가지고 다닌 것 기억나?

— 응.

— 그때 내 등에 업혀갈 때도 그랬는데, 정말 예뻤어.

사에나는 비로소 얼굴에 웃음기가 돌았다.

— 지금은?

— 더 예뻐.

— 누가 더 예뻐?

— 누구?

— 그 여자하고…….

— 허허. 그대가.

— 피—— 거짓말.

— 시 한 수 읊어줄까?

— 아니, 먼저 듣고 싶은 말이 있어요.

— 뭔데?

— 그 여자 때문에 나랑 결혼 못 한다는 건 아니지요?

을천은 좀 심각히 고개를 끄덕였다.

— 난 결혼할 수 없어.

— 그 이유를 말해줄 수 있나요?

— 지금은 아니야.

— 더 이상 묻지 않을래요.

사에나는 함초롬히 웃었다.

— 저 붉은 산들 사이사이로 생명의 물이 흐른다는 게 참 신기하지?

을천은 멀리 푸른 녹색의 띠 너머로 불그죽죽하게 치솟은 초르 탁의 산줄기를 가리키며 말했다.

— 정말 그래요.

— 사에나에게 생명의 물은 바로 성수(聖水)겠지?

그녀는 종교가 다른 남자의 이 한 마디가 그렇게 고마울 수가 없었다.

— 내 스승님께서 하신 말씀이 생각나.

을천은 말을 계속했다.

— 물의 길을 따라가면 사람의 길이 나온다고.

사에나의 손은 을천의 손 안에서 조금씩 꿈틀거렸다. 을천이 그녀의 손을 더 꼬옥 쥐었다.

— 시 읊어줄래요?

— 그럴까?

그는 먼 하늘의 띠구름을 보며 운을 뗐다.

과수나무에 오얏이 열렸네
계집아이는 노는 데 정신이 팔려
미르끄 만드는 인부들 떠난 후에야
달근달근한 맘으로
나무에서 내려오다 미끄러졌지

그때 빛처럼 한 청년 나타나
다친 소녀 업고 가는데
등 뒤에서 여인의 숨결 느꼈네
계집아인 그 순간
아픔을 참으며 무슨 꿈을 꾸었을까?

십 년을 가꾸어
석류나무가 된 소녀의 꿈은
달디단 열매 속에
보금자리 만들어
단잠도 자고 사랑을 속삭이는 것

설산(雪山)에 영근 얼음사과(무즈알마)처럼
정조 지켜온
그녀의 차가운 싱그러움이
사막의 호수에서
어린 시절의 청년 만나 오빠라 부르네

빛으로 가득 찬 눈망울은
두려움없이 손을 내미네
옥수 같은 그녀의 손길은 차라리
활활 타오르는 오빠의 가슴에
모그타셀레의 성수(聖水)와 언약을
각인하네

뱃전에 찰랑이는 보스탕의 물
아아, 사랑하는 여인아
물 속에 몸을 담궈
언약을 하자
하지만 세상에서는 이루어질 수 없는 사랑
하나 될 수 없는 사랑

물떼새가 수면 위를 낮게 날고 있었다. 가까이 다가갈수록 새의 댕기 머리는 고구려 모자의 깃털처럼 보였다. 청동색 날개를 활짝 펴고 넘실거리는 푸른 물에 흰 뱃가죽이 달 듯 말 듯 하며 열심히 먹이를 찾는 모습이 늠연했다.

— 잘 견딜 수 있겠어?

그는 벌써 세 번쨴가 물었다.

— 걱정이 안 돼요.

사에나가 말했다.

— 오빠?

— 응——

사에나는 이미 그의 시를 을천의 고백이라 느끼고 있었다.

— 오빠가 옆에 안 계신 건 괜찮지만, 없는 건 안 돼요.

— ……

을천의 눈에 설핏 물기가 번졌다.

— 이번에 오빠도 가시지요?

— 그래.

— 조심하…….

64

사에나는 더 이상 말을 잇지 못했다.

— 난 길 따라 살아온 인생이야. 사막이든 초원이든 산이든 그 먼 길을 맘속의 길동무 없인 힘들어서 못 가. 그건 등불이고 꿈이지. 실제로 나는 길을 갈 때 네가 곁에 있는 걸 항상 느껴. 그래서 이야기도 하고, 웃기도 하고……. 근데 참 이상하지? 아무리 보고 싶어도 넌 마주 보이는 법이 없어. 실제 그런 날이면 길을 잃고 해골로 묻히기 십상이지. 길은 앞을 보고 가야지 달리 갈 순 없으니까.

그녀의 눈물이 을천의 손등에 떨어졌다.

— 그래도 쉴 땐 마주 보세요.

사에나의 얼굴에 순간 해사한 웃음이 번졌다. 그러나 무슨 말인가를 꿀꺽 삼킨 뒤였다.

— 뭐 안 좋은 게 있어?

그녀는 고개를 흔들었다.

— 아무튼 이번 길은 조심하세요.

을천의 얼굴도 긴장이 감돌았다. 말은 하지 않았지만 두 사람은 같은 느낌을 가지고 있었다.

— 만일,

그는 잠시 말을 멈추었다.

— 혹시 일이 생기면 날 잊어버려.

사에나의 시선은 초조했으나, 표정은 동요하지 않았다.

— 제가 그럴 수 있을까요?

사에나는 안간힘을 쓰며 태연히 말했다.

— 저보다는 오빠가 몸조심하세요.

신기한 건 사에나가 아무것도 모르면서 다 알고 있다는 것이었다. 그것에 익숙한 을천은 이번에도 그렇게 짐작하고 있었다.

—사에난 참 좋은 여자야.

—그러면 정말 울어버릴 거예요.

을천이 웃었다.

—오빠의 매력이 뭔지 아세요?

그는 고개를 저었다.

—부드러우면서도 거칠고, 순진하면서도 영리하고, 냉정하면서 열정적이고…….

—그만.

을천은 웃으며 손을 내저었다.

—한 가지 아쉬운 게 있다면…….

—그게 뭔데?

—호호, 그만두라면서요?

을천도 웃었다.

—저한테 적극적이지 못하잖아요.

—하하.

을천은 시원하게 웃음을 터뜨렸다. 그러나 눈빛은 젖어 있었다.

놀잇배는 원을 크게 그리며 머리를 되돌렸다. 새들이 두 사람의 머리 위로 날아올랐다. 눈부신 햇살이 날개에 부서져 오색의 구슬처럼 떠다녔다. 푸른 하늘은 호수 색깔보다 투명하고 단순했다. 만일 빛이 없었다면 이런 원색의 아름다움을 어떻게 볼 수 있었을까? 그런데 향기와 소리는 무엇이 전해주는 걸까? 팔뚝만한 잉어가 수면 위로 뻐끔뻐끔 입질을 하는 게 보였다. 물풀 속에 숨어 있는 물고기들은 꼼짝 않고 노리고 있는 물총새의 먹잇감이었다. 배가 서서히 갈대의 그늘 속으로 들어갔다.

— 내 친구 파리후드는 항상 도타르를 가지고 다니지.

갈대 한 잎을 꺾으니 대가 부스스하며 휘청했다.

— 자기에게는 예쁜 꽃이 한 송이 있는데 끊임없이 그 꽃을 위해 연주한다거든.

을천이 갈대잎을 사에나의 망사 위에 꽂아주며 말한다.

— 내게도 꽃이 있지…….

혼자말처럼 중얼거렸다.

— 나는 슬프지 않아. 그 향기는 내가 죽어서도 내 곁에 있을 거니까.

— 오빠.

— …….

— 울지 마. ……오빠 우는 거 처음 본다.

세상의 모든 존재는 화음을 낼 줄 안다. 아니, 그것이 본성이다. 불협화음도 화음에 속하니까. 어쩌면 이 청춘의 사연은 물과 하늘과 갈대와 바람과 새와 이런 생물들이 있기에 더 슬픈 것인지 모른다.

— 오빠에겐 꽃을 키우는 시(詩)가 있잖아?

— 시는 누굴 위해 있는 걸까?

그는 자문자답하듯 말했다.

— 나의 꽃을 위해서, 내가 맡을 수 있는 하나뿐인 향기를 위해서지. 나는 많은 향기를 맡고 다른 사람도 내 꽃의 향기를 맡지만, 내가 맡는 내 꽃의 향기는 세상에 단 하나뿐이야.

사에나는 마음이 둥개는지 자꾸 치마를 조몰락거렸다.

— 나에게 시는 파리후드에게서처럼 소리야. 보이지 않는 세상에 하나뿐인 걸 노래하는, 그러나 글자로 된 소리. 그건 나의 간절한 주문이기도 해.

— 오빠 그 시를 왜 나에게는 한 번도 주지 않나요?

— 미안해.

그는 정색하며 말한다.

— 이제 줄게. 반드시 줄게. 반드시…….

을천은 뭔가를 확인하려는 듯이 그 말만을 되뇌인다.

아프라시압 궁전에서

1

안개에 젖은 이식쿨은 아름다웠다. 일행은 행장을 풀었다.

— 어이, 시원하다.

강의라는 얼굴에 물을 가만히 댔다. 호숫가에 까칠까칠하게 머리를 내민 키 작은 갈대들이 그의 하반신을 반쯤 가려주었다. 그는 눈을 들어 앞을 보았다. 시야가 뿌유스름했다. 칠순을 바라보는 나이 탓이 아니라 해를 감추고 있는 물안개 때문이었다. 밤새 쉬지 않고 산길을 넘어왔으니 피로가 엄습하기도 했다.

— 멱을 감지 그러느냐?

강의라의 목소리는 그러나 아직 탱탱했다.

— 네.

을천이었다.

후덥지근한 바람이지만 제법 시원하게 불어왔다. 허락이 떨어지자 사람들이 와락 물 속으로 뛰어들었다. 호숫물은 한참을 달려가도 겨우 발목 근처에서 찰랑거렸다. 그러나 어느덧 이들의 모습은 멀리서 묵화처럼 번져 보였다.

어푸어푸, 물고기처럼 자맥질을 하던 을천은 온몸이 심하게 따끔거리는 걸 느꼈다. 일종의 쾌감이었다. 눈을 뜨니 물방울 사이로 현실의 세계가 환상처럼 펼쳐 있었다. 그는 이럴 때가 가장 두려웠다. 특히 요즘 들어 부쩍 그랬다. 지금도 사에나의 모습이 어른거린다. 사에나의 고집 대로 동생 디그트곤치가 대신 왔다……. 그는 다시 물 속으로 몸을 숨겼다.

푸후——

이번에는 눈을 좀더 부릅떴다. 그리고 고개를 세차게 흔들었다. 물방울이 사방으로 떨어져나갔다. 기분 탓인지 몰라도 아까보다 시야가 훨씬 투명해졌다. 어느 새 수면 위에는 황금비늘처럼 수없이 반짝거리는 빛의 무도가 펼쳐졌다. 멀리로 산등성이가 희미하게 모습을 드러냈다. 그런데 저만치에서 흰 새가 퍼드덕거리며 계속 먹이를 노리고 있었다. 곤두박질하다 솟구치고, 곤두질하다 또 솟구고……. 아! 그걸 본 순간, 을천은 본능적으로 신변의 위협을 느꼈다. 눈에서 물을 쭉 훑어내며 앞을 똑똑히 응시했다. 변한 건 없었다. 하지만 물 속에 더 있기는 싫었다.

걸어나오는데 옆 얼굴이 따가워지면서 물기가 확 달아나는 걸 느낄 수 있었다. 해가 물안개를 밀치고 훨씬 가깝게 다가온 것이다. 왠지 마음이 더욱 초조해졌다. 눈은 강의라를 찾고 있었다. 노정에서도 그의 눈빛을 살폈다. 달라진 건 없지만 아무튼 느낌만은 예전과 달랐다. 비록 그것이 선입견일지라도.

강의라는 차양 밑에 조용히 앉아 있었다. 그러나 노인답지 않게 눈빛이 몹시 날카로웠다.

— 이제 열흘 안에 닿겠지?

그는 혼자말처럼 중얼거렸다.

— 언제 봐도 이처럼 큰 호수는 없는 것 같구나.

— 여기서 엿새는 더 가야 겨우 호수가 끝나고 츄 강이 나오니까요.

— 츄 강은 참으로 아름다워.

노인은 잠시 추억을 더듬는 듯했다. 눈썹 위로 내려앉은 흰 서리는 회한의 깊이를 전했다.

'아들이 없어 몹시 허전해하시는구나. 나마저 떠나가면 아무리 천하의 강의라지만 받쳐줄 주춧돌이 없는걸.' 을천은 속으로 생각했다. 그래도 거반 이십 성상이나 이 집 일을 보아온 터라 결코 맘이 무관치 않았다.

물안개는 걷혔지만, 천산의 동쪽(東天山)과는 달리 시야가 청청하게 탁 트이지 못했다. 그 탓에 물가에서 훨쩍 나가 있는 사람들은 윤곽마저도 희미했다. 을천은 쓸쓸히 제 맘속의 그늘을 돌아보며 투명한 것보다는 차라리 이편이 낫다는 생각을 했다. 그는 왠지 여기서 빨리 떠나고 싶었다.

— 언제쯤 떠나시렵니까?

— 네 생각은 어떠냐?

— 지금이 좋겠습니다.

— 피곤치는 않느냐?

— 아니면 계속 밤을 새워야 합니다.

— 하긴 그렇지. 험한 길은 다 지나왔으니…….

— 그렇습니다. 지금부터는 줄곧 물가로 가니까요.

땅그랑 땅그랑…… 낙타 방울소리에 따라 대열은 서서히 움직였다. 그러나 사람 소리는 들리지 않았다. 침묵은 이들에게 법이었고, 또 대단히 엄중했다. 뜨거운 햇살이 갈수록 세차게 쏟아졌다.

수이압 성에서 서쪽으로 츄 강을 따라 삼십여 리쯤 들어가면, 나비가트(新城)라는 새로 생긴 소그드의 도시가 나온다. 성주는 와흐자나크인데, 오랫동안 카라반을 끌고 다니던 사르타바호(카라반 대장)였다. 그는 강의라와는 형 아우 하는 사이여서, 투르판을 지날 때면 비단 거래관계가 아니더라도 반드시 들러서 갔었다. ……그러나 지금은 강의라가 바로 이 아우라는 사람을 찾아가는 길이었다.

허나 강의라의 주목적은 실로 사마르칸드에 있는 와흐자나크의 아버지 후라슈타단에게 있었다. 이 사람은 소그디아나에선 둘째 가라면 서운해할 유력자로, 수십 년 간이나 뒤에서 강의라의 막강한 후원자가 되어준, 이를테면 대부나 다름없는 인물이었다.

실제, 그의 아들인 와흐자나크가 새로 만든 이 성(新城)의 성주가 된 데에도 물론 아들의 재력이 크게 한몫은 했겠지만, 그보다 부친의 힘이 결정적으로 작용했던 것은 의심의 여지가 없다.

지금 강의라가 근 달반을 내달려서 여기까지 온 것도 따지고 보면 이 사람을 찾아가 제 문제를 상의하자는 데 있었으니, 의제(義弟)인 신성의 성주를 만나는 것은 그 중간 업무에 불과했다. 그렇다고 그에게 순전히 인사일 뿐 아무 볼일이 없는 것이냐 하면, 결코 그런 건 아니었다. 아니, 오히려 볼일로만 친다면 이편이 더 주된 일일지도 모른다.

그 일은 다름 아닌 데리고 온 둘째 딸의 혼사였다. 그것은 다각적인 포석이고, 말할 것도 없이 그 끈은 대부에게까지 연결된 대사였지만, 애비로서 자신을 위해 딸을 희생시킨다고 생각하긴 싫었다. 그러니 자연히 딸의 행복에 대한 걱정이 없을 수 없고, 사위 될 사람인 의조카(성주의 아들이자 대부의 손자)에 대하여 자꾸 의심이 솟는 것이었다. 그러나 한편으로는 그건 기우에 불과할 뿐이라고 스스로 위로하고 있었다.

계곡은 갈수록 넓어지더니, 이제부터는 호활한 대평원이었다. 풍요하고 아름다운 초지였다. 어느 모로 보나 서튀르크의 본거지로서 전연 손색이 없었다. 수많은 말들이 한가롭게 풀을 뜯고 있는 광경을 보면서, 을천은 이런저런 생각에 빠져들었다.

본시 좋은 말이란 머리가 높고, 다리는 길며, 갈기는 엷고 부드러우며 가늘고, 얼굴은 가죽을 벗긴 토끼 얼굴 같고, 눈은 늘어뜨린 방울 같으며, 귀는 깎은 대쪽 같아야 한다. 볼때기는 넓되 볼의 뼈는 높아야 하고, 코는 넓으면서 크고, 윗입술은 네모나고, 아랫입술은 뚜렷해야 하며, 목은 길고 활처럼 굽어야 한다. 허나 이 모든 것 중에서도 으뜸은 역시 눈이다. 사람처럼 눈이 좋으면 간이 튼튼해서 기백이 펄펄 날고, 더욱이 촉기까지 갖추면 상황 판단이 빨라서 명마 될 조건으로 더없이 충분하다.

예로부터 이곳 서천산(西天山)의 명마는 '하늘의 말'이라 해서 천마, 하루에 천 리를 달린다 하여 천리마, 달릴 때 피땀을 토한다고 해서 한혈마라 했다. 한무제의 「서극천마가(西極天馬歌)」나 두보의 「방병조호마시(房兵曹胡馬詩)」는 이를 극찬한 대표적인 찬시였다.

을천은 부러운 듯 말들을 보고 있었다. 그는 저 말들을 타고 조국의 독립을 위해 전쟁하는 모습을 상상해보았다. 말은 곧 군사력이었으니.

요즘같이 하루가 다르게 세상이 바뀌는 때에는, 기회를 잘 타지 않으면 망하기 십상이었다. 장사도 전쟁도 다 마찬가지로 정확한 정보를 제때에 신속히 전달하는 게 무엇보다 중요했다. 을천은 저도 모르게 눈을 감았다. 불현듯 역참(驛站)이 생각나고 말과 정보의 관계가 따져지며, 정보는 기동성이라는 사실이 절감되더니 이윽고 자신이 몸담고 있는 첩보조직의 허술함이 새삼 사무쳐왔다. 이렇게 해서 우리가 전쟁에서 이길 수 있을까? 을천은 우울한 낯빛을 도무지 감출 수 없었다.

한여름인데 대지는 신기하게도 황금색의 풀들로 눈부셨다. 저 멀리 수이압 성이 보였다. 아주 기다란 강의라의 대열은 그 아름다운 초원의 길을 따라 걷고 있었다. 비록 내쏘는 태양의 볕은 말할 수 없이 따갑지만, 귓가로 줄곧 들려오는 청랭한 물소리는 한결 견딜 힘을 주었다.

콸콸콸——

대열이 검푸른 츄 강을 따라 북상하던 중 이들은 통행세를 내느라고 잠시 정지해 있었다. 갑자기 돌개바람이 한 차례 몰아쳐왔다.

— 어떻게 수이압 성에 들렀다 가실 건지요?

느낌이 좀 이상해서 을천이 물었다. 여느 때 같으면 지금처럼 목적지를 앞두고 이미 최종 지시를 내렸을 노인이었다.

— 그냥 가도록 하자!

숨을 몰아쉬며 노인이 말했다.

원래는 수이압 성에 들러 관리들에게 인사치례를 하려고 했던 모양인데, 왜 급작스레 마음을 바꿔먹게 되었는지 당자말고는 아무도 알 수 없었다.

타부(낙타꾼)들은 바람에 견딜 양으로 모자를 깊숙이 눌러쓰고 눈만 빼꼼이 내놓았다. 을천이 지시를 내리니, 긴 대열은 마치 꼬리에 꼬리를 문 송충이의 행렬처럼 낙타의 걸음 동작에 맞추어 뒤뚝뒤뚝 움직여 나갔다.

어느덧 석양이 찾아왔다. 지나온 길, 이식쿨 쪽으로 지름 길이가 사람 키만한 둥근 달이 바싹 풀 위로 올라섰는데, 너무 커서 그런지 벌건 칠을 하다 만 듯한 자국이 군데군데 남아 있어 칙칙해 보였다.

나비가트(신성)도 이제 한 오 리밖에는 안 남았다. 사람도 사람이려니와 낙타가 많이 지쳤다. 카라반으로 잔뼈가 굵은 강의라가 지금 그답지 않은 모험을 감행하고 있는 것이다.

낙타란 것이 사막의 배니 뭐니 하지만, 생각과는 딴판으로 여름에는 무력하여 노역을 전혀 견디지 못했다. 그래서 여름에는 되도록 가볍게 부리는 게 상책이었다. 더욱이 이때가 탈모(脫毛)의 시기라 병에 걸리기도 쉬웠다. 그러니 지금처럼 무거운 짐에 장거리를 쉬지 않고 강행하면, 정작 써먹어야 할 겨울철에는 전혀 쓸모없게 되는 건 물론이려니와 잘못하다간 떼로 죽여낼 수도 있으니, 낙타로 업을 하는 이가 이게 해서는 안 될 모험이 아니고 무엇이랴!

강의라가 당하는 정세의 급박함은 을천에게도 다가왔다. 첩보활동을 하는 그로선 위기감이 그의 뼈끝까지 쳐오는 건 당연한 동물적 육감이었다. 특히 좀 전에 수이압을 통과할 때, 강의라의 이름 석 자가 단박 먹히지 않은 사건은 아무래도 심상찮은 이상 신호였다.

을천은 차가워진 밤공기를 폐부 깊숙이 몰아넣으며 뒤돌아보았다. 그의 시선은 반물빛(紺色)의 대기 속을 무언가를 끄집어낼 듯이 초조히 헤집고 있었다.

묵묵히 가고 있는 행렬은 마치 팽팽한 줄 위를 건너가는 것처럼 위태롭게 보였다. 아아, 이래서는 안 되는데……. 을천은 제 마음을 다잡으려고 애썼다.

검은 능선, 번한 하늘, 한 무더기의 구름, 어둠에 잠긴 대지. 이런 풍경들 속으로 들어가면서, 을천은 긴장 저편에서 하나의 얼굴을 흐뭇이 떠올렸다. 파리후드였다. 이제 조금 후면, 성주 와흐자나크의 집사인 그를 볼 수 있으리라.

— 어허, 이게 얼마 만인가?
도타르의 명수가 모자를 흔들면서 반겼다.
— 여전하군. 그대로야, 그대로.

— 네이, 이 사람. 자네야말로 여전하네그려.

— 아냐.

을천은 말할 틈을 주지 않고 놀리듯 감탄을 연발하며 그를 뚫어지게 쳐다보았다.

— 네이, 이 사람.

파리후드는 그 말만 습관적으로 반복하던 끝에,

— 왔어 …… 사마르칸드에 …… 두 사람이 …… 며칠 안 돼.

조용하면서도 다급하게 몇 마디를 내뱉었다. 모두가 토막이어서 하나도 문장이 되지 않았지만, 을천의 얼굴빛은 단번에 달라졌다.

을천은 파리후드의 멋지게 꼬아올린 콧수염을 날카롭게 쳐다보고 있었다.

— 이 사람아.

파리후드는 마치 잠자는 사람을 깨우듯 을천의 어깨를 흔들었다.

— 음.

목과 코의 중간쯤에서 흘러나오는 신음소리였다. 이어 을천의 얼굴이 서서히 풀리고, 미소가 소리없이 번져나갔다.

— 알려줄 게 있어.

을천의 말에 파리후드는 눈을 빛냈다.

— 뭔데?

— 나쓰린이…….

나쓰린은 사에나의 친구이자 하녀였다.

— 흐흐.

— 무던히 좋아하는군.

— 뭐라 하던가?

— 속차리고…….

— 에에라.

파리후드가 치려고 달려들었다.

— 허허, 이 친구. 말로 하라구, 말로.

을천은 몸을 활처럼 휘며 피하다가, 결국 서로 한데 엉겨 뒹굴었다. 체온은 살아 있다는 증거였다. 땀 섞인 살냄새가 우정을 실감케 했다. 을천은 가슴속에서 무언가 와락 솟구치는 걸 느꼈다.

— 낙타똥 냄새가 구수하군.

파리후드가 쿵쿵거리며 말했다.

— 그러니 자넨 낙타똥 친구지.

— 맞아, 우린 똥친구야.

똥친구란 말이 순간적으로 참 잘 어울린다고 을천은 생각했다.

— 그래, 똥친구. 하하.

두 사람은 유쾌하게 웃으며 떨어졌다. 등잔에서 흘러나오는 벌그레한 색조가 이들 위로 드리워졌다.

방바닥에 떨어져 있는 파리후드의 모자에서 불빛에 드러난 삼각형의 흰 천이 마치 먹기 좋은 참외처럼 감노랗게 보였다. 을천은 팔을 뻗쳐 그걸 만지작거리며 말했다.

— 자네 이 모자 참 여전하군.

— 이 사람아, 그게 내 애인이라구.

— 나쓰린은 어떻게 하고?

— 알았어. 이제 그만 놀리고 말해줘, 응? 뭐라든가?

을천은 마치 사랑의 전령사라도 된 듯이 제 흥까지 곁들여가며 나쓰린의 소식을 전해주었다.

파리후드는 꿈을 꾸듯 불빛 저편의 어둠 속을 촉촉한 눈빛으로 더듬었다.

— ……동생 디그트곤치가 대신 오게 됐어.

어차피 이야기는 사에나에게까지 가지 않을 수 없었다.

을천은 말을 이었다.

— 언젠가 자네 신셀 져야 할지 모르겠어.

— 뭘 말인가?

을천이 머뭇머뭇하다 대답한다.

— 글쎄, 그때 말하지.

— 싱겁긴…….

잠시 후에 파리후드가 물었다.

— 근데 을천이 자네도 사에나를 그렇게 사랑하나?

을천은 한참을 말없이 있다가 고개만 끄덕였다.

— 눕지.

— 그래.

눕다 말고 을천이 말했다.

— 우리 그 이야기 좀 할까?

파리후드는 다 알고 있는 듯 한동안 생각 끝에 말했다.

— 지금? ……내일 하세. 내가 틈을 봄세.

을천은 순간 누가 자기네들을 주시하고 있지나 않을까 하는 의구심이 일었다.

이튿날이었다.

성주의 아들 체르는 어젯밤, 그것도 한밤중에 자신이 결혼해야 한다는 소식을 처음 접했을 때의 황당함 때문인지 지금까지도 분을 삼키지 못하고 어처구니없어 했다.

하긴 설령 정략결혼이라도 그렇게 서두를 순 없었다. 여자편에서야 청혼을 하는 것이니 상관이 없다 쳐도, 남자편에선 여하간 ──마지못 한 것이든, 주는 떡 먹고 보자는 것이든── 뇌물성이란 혐의를 들쓰기 십상이었다. 더욱이 두 주혼자는 떡 본 김에 제사 지낸다고 그 밤중에 혼인 날짜까지 잡아버렸던 것이다.

── 도대체 이게 무슨 별난 일인가요?

체르는 어머니를 향해 따지듯 물었다.

── 글쎄 말이다. 하지만 아버지가 하시는 일이라…….

부인은 아들을 물끄러미 들여다보다가 하던 말을 멈춰버렸다. 그의 얼굴이 심히 일그러져 있었기 때문이다.

── 체르, 왜 그러느냐?

그는 잠깐 동안 부인을 사나운 눈길로 바라보다가 마침내 이런 소릴 내지르고 후닥닥 밖으로 나가버렸다.

── 전 그 여잘 죽일지도 모릅니다!

씩씩거리는 저주의 뒷끝에,

── 결혼만 하고 보라지…….

하는 독설을 방안에 꼬리처럼 길게 남겼다.

부인은 망연자실해서, 이 일을 어떡한담, 하는 말만 되뇌이며 허둥지 둥 나갔다.

그러거나 말거나 벌써 반나절 안에 혼인 문서는 만들어졌다. 그것은 관례대로 조로아스터교의 사원에서 튀르크 법에 따라 작성되었다. 서명 을 마친 세 사람은 모두 만족스럽게 웃었다.

혼인 계약서

신랑 체르와 신부 디그트곤치는 남편과 아내로서 서로 사랑하고 존경할 것을 서약한다.

만약 신랑 체르가 이후부터 부인 디그트곤치의 동의없이 다른 여인을 얻는다면, 남편은 응당 아내에게 300드라훔(당시 암소 한 마리에 11드라훔, 말 한 필에 200드라훔)을 지불해야 한다.

만약 신랑 체르가 신부 디그트곤치와 이혼을 하고자 하면, 신랑은 음식물 외에 결혼 생활을 하는 동안 신부에게 받은 물건과 돈을 모두 돌려준 후에 이혼할 수가 있다.

반면 신부 디그트곤치가 신랑 체르를 더 이상 남편으로 받들지 않겠다면, 신부는 신랑에게 결혼 생활을 하는 동안 받은 의복과 패물을 모두 돌려주어야 한다.

말의 해(694년) 6월 23일 금요일

신랑	체르
신랑의 부	와흐자나크 서명
신부	디그트곤치
신부의 부	위러스뒤판(강의라) 서명
증인 사제	안다크한다 서명

― 허허, 이제 아우님이 사돈이 됐구만.

― 형님이 아니면 어디 가서 저런 훌륭한 맏며느릴 얻겠습니까? 둘째만 해도 제가 이렇게까지 감사하진 않겠는데.

― 무슨 말씀을. 내 이번 기회를 놓쳤더라면 아우님한테 사돈 대접도 제대로 못 받았겠네.

와흐자나크는 손을 내저으며 부정했다.

― 허허, 절대로 그런 말씀이 아닙니다.

이때 조로아스터교 사제가 끼어들었다.

― 아아…… 아니, 가만들 계십시오. 아직 다 끝난 게 아닙니다.

조로아스터교의 사원을 중국말로 현사(祆祠)라 하는데, 이곳에 튀르크의 법령집이 보관되어 있어 흔히들 '법규의 장소'라고도 불렀다.

먼저 사제가 오른손을 내밀어 신부의 부친에게 왼손을 올려놓으라 한 뒤, 서로 쥐고서 혼인의 서약이 진실하다는 표시로 악수한 손을 세 번 흔들었다. 다음에는 똑같은 의례를 신랑의 부친과 진행했다. 끝으로 그는 양친을 나란히 세워 같은 동작을 취하게 한 다음, 그들의 등 뒤에서 팔을 뻗쳐 의식의 최종 마무리를 해주었다.

― 이제 마음껏 덕담들 나누시지요.

세 사람은 의논하듯 마주 보고 섰다.

― 그리고 신랑과 신부는 결혼식 때까지는 꼭 와서 서명토록 해주십시오.

사제가 빙긋이 웃으며 물러났다.

― 형님도 대단하십니다. 사위놈 낯바닥도 보지 않구서.

― 허허, 그 사람 낯이 소문대로 대단한가 보우.

강의라는 꼬집다 말고,

— 허긴 저도 어안이벙벙할 터이지.

하고 만다. 하지만 내내 잠재웠던 군걱정이 마들가릿불처럼 되살아나니 한편으로는 이 혼사를 당장 물리고도 싶었다.

파리후드는 마니교의 분파인 마즈닥교인(Mazdakite)이었다. 이를테면 종교적 공산주의자였다. 이 교리는 인류의 평등, 재산과 부녀의 공동 소유, 금욕 생활, 육식의 금지 등을 주창하고 있다. 그는 열렬한 광신자는 아니었고, 지금은 회의적이기까지 하다. 특히 여자의 공유는 받아들이기 힘들었다. 그러나 현세의 악을 낳는 사회적 모순과 인간적 증오, 싸움을 공산주의적으로 제거해야 한다는 교리의 원칙만은 깊이 공명하고 있었다.

크게 보아 조로아스터교의 빛과 어둠, 선과 악의 이원론에 기초한 이들 페르시아 태생의 종교들은, 절묘하게도 그 교리와 신도의 사회적 신분이 대체로 일치함을 보여주고 있었다. 이를테면 왕과 귀족들은 조로아스터교를, 상인들은 마니교를, 하층민들은 마즈닥교를 신봉하였다.

카와트 1세 땐 마즈닥교가 페르시아 전토를 휩쓸어 귀족과 관리의 집을 습격하고 여자를 약탈하는 대혼란을 겪기도 했다. 그후 호스라우 1세가 주창자 마즈닥을 붙잡아 처형한 뒤 세력이 크게 약화되었지만, 아직 밑바닥층에선 그 위세가 꺾이지 않고 있었다.

파리후드는 그의 신분 때문이라기보다는 성품상으로 공산주의적 이상에 심취할 소질이 다분했다. 그는 언제나 약자를 동정하고, 불의에 분노하며, 결벽증에 가까울 정도로 현실의 악을 미워했다. 그러나 과감하지 못하여 창백한 관념의 세계를 벗어나지 못하고 있었다.

출구를 찾지 못한 내면의 방황은 극에 다다라 인격 파탄을 일으키기 직전이었다. 세상의 악에 분노하는 자아와, 발버둥쳐도 그 자아가 끝없이 악을 저지르는 것을 혐오하며 바라보는 또 다른 자아.

그런데 그는 언제 보아도 밝고 쾌활하기 그지없었다. 시와 노래와 여자는 그의 곁을 떠나본 적이 없었다. 하지만 그의 내면세계에는 스스로도 명징하게 알 수 없는 공동(空洞)의 암흑이 있었는데, 이것을 메우기 위해 자꾸만 허기진 자의식이 도리어 그를 너울가지 좋은 사람처럼 보이게 했다.

그리고 그의 의식은 현저히 마즈닥교의 근본교리에 대응했다. 즉, 선과 악이 애초에 순수와 더러움이 뒤섞여 있는 속에서 그것의 분리를 통해 생겨났다는 교리에 의하면, 파리후드가 세상을 향해 자신을 내던져버릴 출구와 용기를 갖지 못하는 한 의식의 분열은 필연적이었고, 이제 그는 의식의 파탄에 직면해 있었던 것이다.

을천은 바로 그러한 그를 구원해주었다. 한 번은 이런 일이 있었다.

— 누구얏!

부스럭거리는 소리도 없었다.

— ……

몇 개의 눈동자가 야광 물질처럼 번득였다. 주위는 새까맸다.

— 제기랄.

중늙은이 하나가 긴장을 풀며 혼자말처럼 중얼거렸다.

— 귀신 곡할 노릇이구만.

발자국이 채 빠져나가기도 전에 픽, 소리와 함께 그는 고꾸라졌다.

칠흑 같은 어둠 속에서 건장한 사내들이 하던 일을 계속했다. 그들은 각자 맡은 일을 잽싸게 해치워나갔다.

늑대 울음소리가 음산하게 퍼져나갔다. 물론 그들 중의 한 사내가 낸 소리였다. 눈 깜짝할 사이 이들은 어깨와 들것에 무언가를 싣고서 사라졌다. 흰 무명천 한 조각이 그들이 떠난 어둠 속에 창백한 유서처럼 남겨져 있었다.

이튿날 아침, 카라반들의 숙소인 카라반 사라이가 발칵 뒤집혔다.

— 그놈들 짓이야, 그놈들!

새벽녘에야 제 정신이 돌아온 중늙은이는 목소리를 높여 소리쳤다. 아마도 카라반 사라이의 관리인쯤 되는 모양이었다.

— 맞아요, 그 죽일 놈들!

경쟁이라도 하듯 여기저기서 와자하니 떠들어댔으나, 실은 꿀 발린 강정처럼 속은 텅 비어 있었다.

'이놈들이 속으로는 아주 고소해하고 있으면서.'

중늙은이는 사방에서 소리없이 뻗쳐오는 독기에 반발하여, 목에 걸린 말 덩어리를 가래처럼 퉤 내뱉었다.

— 당신들 모두 다 도적놈들이야, 살인마들이얏!

그는 정말로 어젯밤의 침입자들을 찾아내겠다는 듯이 모여든 이들을 향해 눈을 희번덕거렸다. 와시글거리던 소란도 분위기가 어색해지면서 곧 주춤했다. 그때,

— 도대체 누가 도적놈이고 누가 살인마들이라는 거요?

어떤 청년이 담차게 나섰다. 청년은 무슨 일이든지 한꺼번에 해치우는 습성이 있는 듯 중늙은이에게 직격탄을 쏘아 돌연 주위를 긴장시켰다.

— 그러니까 우리더러 뭘 훔쳤다는 겁니까? 아니면 누굴 죽였다는 겁니까?

— 뭣? 이……이놈이 어쩌고 어째?

중늙은이는 악악 내지르는 자신의 김 빠진 소리가 차마 듣기 두려운 지 더욱 길길이 날뛰었다.

청년은 그 꼴을 보고 씨익 웃었다.

— 흥분만 하지 말고 정확한 얘길 해보십쇼!

— 너……너 이놈 누구야?

— 도적놈, 살인마라면서요?

— 그래 너 이 도적놈. 오늘이 네놈 날이다, 이놈!

이 카라반 사라이가 있는 곳은 천천(千泉)이라는 오아시스인데, 샘이 천 군데나 있다 해서 그렇게 불렸다. 파리후드는 그날 거기서 묵고 있었다.

밖이 떠들썩하여 그는 난간에 나와 구경하고 있었다. 한 청년의 출현으로 일은 그야말로 재미있게 되어갔다.

— 그러니 어떡할 거요?

청년의 눈만은 간담이 써늘할 정도로 매서웠다.

중늙은이가 청년의 먹살을 잡으려 손을 뻗쳤다. 동시에 카라반 사라이의 일을 보는 사내 몇 놈이 청년에게 달려들었다. 아직 이른 아침이라 악다구니하는 게 유별나게 선명해 보였다.

청년은 중늙은이만 빼놓고 나머지 녀석들을 어렵지 않게 처치해버렸다. 손목을 틀어잡힌 중늙은이는 겁이 잔뜩 나 마치 덜미 잡힌 닭구새끼처럼 소래기만 꽥꽥 질러댔다.

— 아이구, 이놈이 사람 죽이네. 사람 살려!

이렇게 난장 친 시간이 대략 두어 식경이나 지났을까, 누가 알렸는지 기마대가 들이닥쳤다. 차카르('용감한 전사'란 뜻의 소그드말)라고 부르는 군인들인데, 보통의 경우 이들이 출동하는 법은 거의 없었다.

청년은 자신을 결박하려는 군인들에게 거칠게 항의했다. 풀려난 중늙은이는 이때다 싶어 말이라고 생긴 말은 모두 쏟아부었다.

— 이눔이 제가 도적놈이라며 사람 패고 나선 놈이야. 그러니까 거 뭐야 강……강도, 바로 저눔이 강도라고!

대장이 말 위에서 물었다.

— 너말고 도적질한 놈이 또 누구야?

청년이, 무슨 말을 그렇게 하냐, 도적질하는 걸 봤느냐, 이럴 수가 있느냐고 마구 대들자, 군인이 칼자루로 뒷머리를 내리찍으니 둔탁한 소리와 함께 그대로 쓰러져버렸다.

어떻게 보면 일은 아주 싱겁게 끝나버릴 수도 있었다. 아침의 태양이 길게 뻗어버린 한 젊은 육신 위에 생기발랄한 빛을 뿌렸다. 구경하던 사람들은 분노 섞인 그러나 겁 질린 눈을 현장에서 떼지 못하고 있었다.

— 이놈을 어떻게 할까요?

대장의 눈이 잠시 망설이는 듯하다가 곧 무슨 지시를 내리는 모양이었다. 명령을 받은 군인이 앞으로 나와서 마치 포로를 대하듯 말했다.

— 여러분들 중에 이자의 죄를 본 대로 증언할 사람이 있습니까?

그는 마치 선착순이라도 받겠다는 듯이 의기양양해서 좌중을 둘러보았다.

— 상도 후히 줄 것이오.

그러나 그의 선심과는 달리 주위에는 무거운 긴장이 흘렀다. 군인은 몇 차례 더 재촉했다.

— 자, 어서.

— ……

침묵 속에서 수많은 눈동자들이 끔벅거리고 있었다. 사건의 목격자에서 당사자로 바뀐 이들은 이제 자신들을 대변했던 한 청년의 분신이 되어 다가올 끔찍한 일을 숨죽여 기다리고 있는 듯 보였다.

— 아무도 없으면,

대장과 다시 몇 마디 주고받은 그는 거만을 피우며 말했다.

— 여기서 다섯 사람을 내가 뽑겠다.

어느 새 말투가 살벌하게 바뀌었다.

'뽑힌 사람들은 어떻게 될까?' 공포가 승냥이처럼 이들의 눈앞을 홀러다녔다.

— 당신. 그리고 당신.

군인은 이렇게 다섯 명을 금방 채웠다.

이때 한 사람이 걸어나왔다.

— 저 사람은 도적질을 하지 않았습니다.

그는 쓰러져 있는 청년을 가리키며 말했다.

— 그는 어젯밤 나와 함께 있었습니다.

군인은 순간 흠칫한 듯했으나 곧 입가에 교활한 미소를 지었다.

— 당신은 누구요?

이층 난간에 서 있던 파리후드는 깜짝 놀랐다. 아니, 저 사람이! 그가 그라는 것도, 더욱이 그가 거기 있다는 사실도 까무러칠 일이었다.

— 나는 마즈닥교인이 아닙니다.

말끝에 이런 소리가 나왔다.

— 그런데 왜 두둔하고 나서는 거야?

군인은 그가 중국에서 온 대상(隊商)이란 걸 알았기 때문인지 함부로 다루지는 못했다.

— 난 다만 어젯밤……

— 좋아.

군인은 그의 말을 가차없이 끊었다.

— 자, 그럼 가서 조사해보자구.

이렇게 하여 군인들은 사람들을 데리고 떠났다. 남은 사람들은 뿔뿔이 흩어졌다.

그런데 그날 예상을 완전히 뒤엎고 잡혀갔던 사람들이 무사히 풀려나왔다. 순식간에 카라반 사라이 전체가 유언비어로 뒤집혔다. 그가 바로 마즈닥이 동방에 파견한 제자의 제자라는 둥, 그런 게 아니라 실제로 마즈닥이 현시한 거라는 둥, 제 귀로 똑똑히 들었는데 정말로 신이 내린 기막힌 언변가라는 둥 별별 소리가 다 나돌았다.

파리후드는 그날 밤 늦게 을천을 찾아가 물었다.

— 어떻게 된 일이오?

— 모르겠소.

— 당신이 모른다면 어떻게 되오?

— 원, 별 말씀을.

하지만 파리후드는 굽히지 않았다.

— 허허, 그러지 마시구려. 나도 다 생각이 있어 이러는 게 아니겠소?

— 무슨 생각인데요?

파리후드는 갑자기 목소리를 낮춰 모기 소리만하게 말했다.

— 난 마즈닥교인이오. 불안하면 지금 당장 신고해도 좋아요.

그의 말은 소리없이 이어졌다.

— 우리가 당신에게 빚을 졌으니, 내가 할 수 있는 한 당신을 돕고 싶어서 그러는 겁니다.

— 말씀은 고맙소만, 당신들이 내게 빚진 적도 없거니와 내가 당신의

도움을 받을 일도 없습니다.

설령 그렇다 해도 이건 너무 지나친 언사였다. 자연히 두 사람 사이에 어색한 긴장이 안개처럼 자욱이 깔렸다.

— 허허. 대단하오, 대단해.

파리후드는 안개 속을 젖히며 동업(同業)의 손길을 뻗쳤다. 사실 두 사람은 전부터 아는 사이였다. 각별하진 않아도, 자신들이 모시는 상전들이 형 아우 하는 사이니 자연 친밀할 수밖에 없었다. 당시는 파리후드의 주인이 아직 신성에 자리잡기 직전, 그러니까 사마르칸드에 살고 있던 때였다. 전날 밤 우연히도 두 사람은 약속이나 한 듯 천천의 카라반사라이에 묵게 되었는데, 을천은 사마르칸드로 가는 길이었고, 파리후드는 수이압으로 가는 길이었다.

— 그럼 잠시…….

파리후드는 도타르를 들고 왔다.

— 이거라도 선물하리다.

그의 노래는 여느 때와 달리 비장했다. 민중의 고통과 분노가 절절이 담겨 있었다. 특히 '빼앗는 그들의 손, 짓밟는 그들의 발, 속이는 그들의 혀, 간악한 그들의 눈, 파렴치한 그들의 심장에 공평의 비수를 꽂으리라'는 대목은 누가 들을까봐 섬뜩했다.

— 나의 낙타는 나의 인생과 노래를 실은 배인데, 당신의 낙타는 당신에게 무엇입니까?

— 그대는 시인이라 멋진 말을 합니다만, 내 입에선 돈 세는 숫자밖에 나오지 않소.

을천은 뭔가 크게 뒤틀린 사람처럼 말했다.

— 오늘은 피곤하니 이만 일어나시지요. 노래는 잘 들었습니다.

을천이 엉덩이를 들썩이며 말했다.

— 아아, 앉아봐요. 이런 법이 어디 있소. 서로 모르는 처지도 아니고…….

파리후드는 그를 주저앉히며 말을 이었다.

— 내 말 좀 들어봐요. 난 큰일은 꿈으로밖에 못 꾸지만, 그러나 작은 일은 할 수 있는 놈이요, 네?

— 난 큰일이고 작은 일이고 아무것도 모르는 사람이오.

을천은 냉차게 말하면서 이젠 그만 가달라는 듯 파리후드에게서 고개를 돌려버렸다.

그러나 이 일이 있고 나서부터 파리후드는 을천의 조직원이 되었다. 파리후드는 무척 쓸모 있는 인물이었다. 그의 인기는 카라반들 사이에서 대단했기 때문에, 세계적인 첩보망(카라반)을 이용하는 데는 그만이었다.

— 난 이 세상에서 제일 두려운 게 고문이네.

파리후드는 그때 일을 떠올리며 고백이라도 하려는 사람처럼 말을 꺼냈다.

— 그건 죽음하고도 다르고…….

을천은 그러한 그를 불안한 눈으로 바라보고 있었다.

— 내가 마즈닥교도로서 고문을 이겨낼 자신이 없었기 때문에 아무 행동도 못 한 거야. 그런데 자넨 그것에 맞설 용기를 가지고 있어. 내가 자네한테 반한 것도 그 때문이지. 안 그랬으면 이미 난…….

을천은 그의 말을 바로 잘랐다.

— 에이, 무슨 쓸데없는 소릴……. 쯧쯧.

츄 강이 황금빛 초원을 적시며 넘실넘실 흘러갔다. 두 사람에게 물소리는 위안도 되고 보안도 되었다.

— 몇 사람이나 왔는가?

을천이 물었다.

— 정식 사절은 두 명이고, 모두 해서 백여 명쯤 돼.

을천은 순간 양울력과 하달탄을 떠올렸다.

— 자넨 언제 봤지?

— 이레 됐네. 자네가 오거든 전해달라는 말이 있어.

을천은 긴장한 눈빛으로 물었다.

— 뭔데?

파리후드가 더욱 목소리를 낮추었다.

— 영주에서 나믈이 잡혔어!

나믈은 이중간첩이었다.

— 그리고 말이네, 조직을 다 불었다는구만.

을천은 고개를 끄덕였다.

— 알고 있어?

을천은 그렇다고 했다.

— 자네 신상에 무슨 이상한 낌새 같은 건 없었나?

— 글쎄, 아직까지는……. 사실 어제 밤새껏 생각해봤는데,

긴장한 두 사람 사이로 더운 바람이 지나갔다. 파리후드는 모자를 고쳐 썼다.

을천이 말을 이었다.

— 예감은 한 일이지만 조만간 들이닥칠 것 같구만. 그런데 혹시 자네도 뭐…….

— 이상한 게 없었냐는 거지?

파리후드가 그의 뒷말을 받았다.

— 없는 것 같아, 아직은. 하지만 한사람 한사람 붙잡혀가면 다 엮이는 거니까.

파리후드는 말끝에 을천을 근심스럽게 쳐다보았다.

— 그렇진 않을 걸세. 다 조처가 돼 있네.

을천이 단호하게 말했다. 파리후드는 속으로 놀랐는지 흠칫했다.

하늘은 흐린 남빛이었다. 키가 한 자 이상 자란 강가의 풀밭에 앉아서 얘기하는 두 청년은 그림 같았다.

— 앞으로 어떻게 할 건가? 여기서야 별일 있겠는가만, 돌아가면 문제지. 그러니 이 차제에 아예 뜨는 게 어떤가?

— ······.

— 임시정부에서 온 사람도 그 얘기네.

을천은 묵묵부답으로 고개만 끄덕거렸다.

— 그리고 스님이 지금 부하라에 와 계시네.

— 뭐라구?

을천은 벼락맞은 사람처럼 깜짝 놀랐다.

— 정말이야?

— 어허, 이 사람.

을천은 제 정신을 찾으려는 듯 숨을 몰아쉬며 말했다.

— 언제 오신 거야?

— 얼마 안 되셨어.

— 언제 떠나시는진 알아?

— 아마 한참 계실 거니까, 자네가 만나볼 순 있을 걸세.

을천이 후, 하고 한숨을 내쉬었다.

— 고맙네. 이렇게 소중한 얘기들을 전해줘서.

— 네이, 이 사람. 무슨 소릴 그렇게 하나.

하지만 파리후드는 그 말이 진심으로 고마웠고, 눈물까지 핑 돌았다. 그는 엄청나게 중요한 정보를 제가 감당하고 있다는 사실과 또 그것을 을천에게 알려주는 일에 스스로 감격하고 있었다.

— 그리고 내 어젯밤 자네한테 언젠가 신세질 일이 있다 했지?

— 그래 뭔가?

— 사에나에 관한 건데…….

파리후드는 나쓰린을 떠올리며 눈을 빛냈다.

— 나에게 무슨 일이 생기면,

을천의 표정은 사뭇 비장했다.

— 아니, 정확히 말해서 내가 저놈들 손에 잡혀 죽으면,

— 뭐……뭐?

파리후드가 겁을 잔뜩 집어먹었다.

— 이걸 사에나에게 비밀리에 전해주게.

을천의 손에 종이가 들려 있었다.

— 아니, 그게 무슨 소린가?

그러나 파리후드는 이미 그것을 호주머니에 집어넣고 있었다.

침묵이 두 사람 사이를 무겁게 흘렀다. 어느 새 태양은 강렬하게 비치고 있었다. 두 사람은 부신 눈을 가늘게 뜨고 묵묵히 앞만 바라보고 있었다. 망망대해처럼 펼쳐진 초원의 황금 풀밭 위에 부초같이 떠 있는 그들이었다.

딸의 결혼을 성사시킨 강의라는 서둘러 신성을 떴다. 스무 해 가까이 곁에 두고 키운 자식을 여기까지 제 손으로 데려와서 영원히 남겨두고 떠나는 맘이 무척 쓰리고 아팠다.

노인은 초원의 길을 따라 쉬지 않고 갔다. 눈가의 굵은 주름이 아직은 건강한 구릿빛으로 빛났다. 시간이 흐를수록 사에나라도 옆에 있다는 게 큰 위안이 되었다. 그리고 데릴사위를 들여야겠다는 생각이 점차 그의 마음속을 자리잡아가고 있었다. 그와 동시에 을천을 사위로 상상해 보는 기회를 비로소 갖게 되었다.

2

가마솥처럼 지글거리는 언덕 아래로 한 줄기 생명의 강이 흐르고 있었다. 낮에는 햇빛을 받아, 밤에는 달빛을 받아 쉴새없이 반짝거리는 이 강은 오랜 옛날부터 '황금가루를 뿌려놓은 강'이라 불려왔다. 그래서 이 강의 이름은 자라프샨(zarafshan)이었다.

기나긴 낙타의 행렬이 일 년 중 한 번도 보이지 않은 적이 없고, 그 방울소리 또한 멈춘 적이 없었다. 비단은 황금이 되고 황금은 다시 비단이 되는 그 즐거움을 세상의 무엇과도 바꿀 수 없는 사람들, 소그드인의 나라가 이 강을 따라 보석처럼 박혀 있었다. 판지켄트, 사마르칸드, 부하라가 그 대표적인 소그드의 도시국가였다. 그중 사마르칸드는 전 소그디아나의 맹주였다.

깎아지른 낭떠러지 위에 우뚝 서 있는 난공불락의 요새. 아프라시압

성이라고도 불리는 사마르칸드 성(城). 뜨거운 태양은 황톳빛의 성채를 더할 나위 없이 눈부시게 하고 있었다. 성 아래는 검푸른 물줄기가 비단 뱀처럼 절벽을 휘감고 넘실넘실 자라프샨 강으로 흘러들어갔다. 시압 천(川)이었다. 시압은 '검은 강'이라는 뜻이고, 아프라시압은 '검은 강 위의 성'이란 뜻이었다.

강의라 일행은 시압 천 다리를 건너 북문인 중국문(中國門)을 통과해 성 안으로 들어갔다. 사마르칸드는 정말 아름다운 도시였다. 오래 된 성벽들, 울창한 수림, 멋진 건축물, 변발에 앞이 트인 경쾌한 복장, 바퀴가 사람 키만한 수레, 여기저기서 들려오는 망치 두드리는 소리, 그늘에서 베 짜는 아낙들의 재빠른 손놀림, 마른 공기를 타고 흘러다니는 악기의 선율, 아이들의 떠드는 소리, 잘 꾸며진 저택의 정원…… 이런 것들이 한데 어우러진 도시 전체는 나그네들에게 낙원(파라두스)을 연상시켰다.

— 허, 내 오래 살고 볼 일이구나. 이게 얼마 만이냐?

강의라는 대부 후라슈타단에게 한쪽 무릎을 꾸부리고 인사를 올렸다.

— 네, 이리 오랜만에 찾아뵈어 죄송할 따름입니다.

— 거 무슨 소린고? 반갑다는 얘길 왜 그렇게 하나? 허허.

대부는 큰 소리로 웃었다.

— 그래 어떻게 지냈나?

— 저야, 뭐……. 아버님은 별고 없으셨나요?

— 그래. 그런데 앞으로 별고가 있으려고 하네.

— 네에?

강의라가 웃었다.

— 아니, 안 그런가?

— 아……아니오. 제가 감히 앞일을 어찌 알겠습니까?

— 하하, 자네도 참 겸손하이.

대부는 여든 중반의 나이에도 웃음소리가 빳빳하고, 아직도 자라프샨 강에서 수영을 즐겼다.

밤공기는 제법 차가웠다. 강의라는 어린 시절의 추억 속으로 빠져들고 싶은 충동을 느꼈다. 찌르륵찌르륵 풀벌레 소리가 들려왔다. 밤하늘의 별과 달은 꿈 많던 소년의 무한한 동경을 불러일으켰다. ……하지만 지금 강의라는 부풀어오르는 감정의 끈을 단단히 조여매고, 대부에게 자신의 어려움을 털어놓고 있었다.

— 오는 길에 아우에게 들러서 조카와 딸아이의 혼인을 치렀습니다.

대부의 얼굴에 허들진 웃음이 피었다.

— 오, 그래. 헌데 거꾸로 됐구만. 체르가 신부를 데리러가야지…….

말은 그리 하지만 대만족인 모양이었다.

— 하여튼 고맙네. 근데 이제 보니 사돈이 됐구만, 사돈. 허허, 자네가 이 늙은이 속맘을 그리 잘 알아주는데…… 나는 어떻게 해야 할꼬?

이렇게 하여 강의라의 상담은 시작되었다. 대부는 그의 말을 들은 뒤, 이미 짐작했던 일이라고 했다. 대부의 말은 이랬다. 지금은 한 치 앞을 볼 수 없는 세상이다, 이곳 나라들은 이슬람세력 앞에 덜덜 떨고 있다, 이들은 중국이나 튀르크하곤 달리 완전한 정복을 원하기 때문이다, 사마르칸드 왕은 그 때문에 자신을 강력히 지원하고 보호해줄 후견세력을 찾고 있다, 서튀르크는 불행히도 망했고, 가장 원하는 중국은 미온적이고, 그래서 부흥한 (동)튀르크에 기대를 거는데, 신흥 튀르기시의 방해가 이만저만이 아니다, 또 티벳은 어떠냐, 왕이 이번 행사를 최대한 거창하게 치르려고 하는 것도 이슬람에 대한 극적인 시위 효과를 노린 것이다, 그래서 많은 나라의 사절들이 올 것이다, 또 다른 효과는 지금처럼 후견국이 없어도 사마르칸드 왕은 전 소그드의 맹주로서 건재함을 과시하는 것이다. 하지만 사실 지금의 번영은 풍전등화와 같다. 지금과 같은 번영도 평화도 곧 사라질 것이다. 이런 속에선 무역 상인들은 섣불리 이편 저편에 붙지 말고 사태를 충분히 관망해야 한다. 특히 너 같은 처지에선 이럴 땐 장씨네하고 경쟁하지 말고 될 수 있으면 피해버려라. 이건 아주 극비인데 아라비아와의 거래를 염두에 두고 준비를 서서히 해야 한다. 물론 지금은 아니다. 그러나 곧 때가 온다. 그땐 세상이 완전히 달라진다. 아마 나는 죽고 없겠지만 넌 아직 늙지 않았으니 괜찮을 것이다. 네가 부탁한 일은 왕에게 말씀드려 보겠다. 아마 그 정도 선물이면 들어줄 것이다. 하지만 이건 지속될 것이 아니기 때문에 너에게 큰 도움은 될 것 같지 않다. 너에게 지금 제일 중요한 건 손해를 계속해서 감수할 수 있는 마음이다. 절대로 성급해서는 안 된다…….

구경꾼의 인파는 연일 계속되었다. 볼거리란 우선 신기하면 됐고, 호기심은 거기에 온갖 수식을 달고 다녔다. 하루가 멀다 않고 쏟아져 들어오는 외국 사절단들은 이들에게는 별수없이 대사건이었다.

거대한 역삼각형 땅의 꼭지점 위치에 세워진 케시문(케시국國으로 통하는 성의 남문) 안으로 또 하나의 볼거리가 막 고개를 쑤욱 들이밀었다.

여름과 가을의 경계가 희미한 이곳의 햇살은 빛을 폭우처럼 뿌리고 있었다. 흰 상아에 맞고 튀어나간 빛살에 눈을 찔린 사람들은 눈이 부시는지 아픈지 자꾸만 깜작거리며 저도 모르게 탄성을 흘렸다.

성 안으로 코끼리의 몸체가 완전히 모습을 드러내자, 등 위에 무지개 빛깔로 치장한 천개(天蓋)가 황홀하게 나타났다. 두 여인이 코끼리의 엉덩이께에 앉아서 정성스레 그 기둥을 감싸안 듯 잡고 있었다. 뒤이어

세 마리의 말을 탄 미모의 여인들이 뒤따랐다.

— 거참, 예쁘다!

— 저 안에 있는 여잔 굉장하겠지?

— 공주님 아니겠나?

— 말 탄 계집애들은 하녀 같지 않은데?

— 그렇지?

— 이거구 저거구 한번 품어라도 봤으면 좋겠는걸.

— 허허, 그래. 자네 말이 내 말일세.

— 근데 어디서 온 자들일까?

— 아마 차가니언 같지?

뒤이어 낙타 위의 두 사람이 노란 망토를 휘날리며 손에는 악어 머리 모양의 금색 곤봉을 들고 있었다. 붉은 옷을 입은 남자는 흰 두건을 하고, 흰 옷을 입은 남자는 붉은 두건을 하였다.

그뒤를 이어 마치 태양에서 막 뛰어내려온 것처럼 눈부신 금색 털을 가진 말이 지나갔다. 이마에는 횃불 장식을 달고, 발목과 꼬리는 예쁜 리본을 묶어 치장했다. 목 밑에 하얗고 큰 술, 밀치끈 아랜 그보다 작은 술, 그리고 붉은색 테두리 안에 멋진 염소들이 그려진 안장은 화려하고 위엄에 차 보였다. 마스크를 한 사나이가 이 금색 말의 고삐를 잡고서 걸어가고 있었다.

— 저게 뭐야?

— 날개 달린 낙타 아냐?

— 야아!

이들이 경악을 금치 못하는 새(鳥)가 바로 그 황금 말 옆을 조금 떨어져 나란히 가고 있었다. 네 마리의 타조였다. 이 신물(神物)의 호송원인 듯한 사람이 역시 마스크를 쓰고 그뒤를 따랐다.

다음으로 사절 단장이 황금 말과 똑같이 치장된 말을 타고 지나갔다. 이어 두 명의 기사가 빨간 장대에 금속의 술이 달린 분추크(權標 : 사절의 상징)를 치켜든 채 세 마리의 명마를 데리고 갔다.

이들이 온 챠가니언 지방은, '북쪽의 산속에 동굴이 하나 있는데, 거기에 천마가 살고 있었다. 사람들이 이 산에 암말을 방목시키면 천마의 피를 받은 한혈마가 태어난다'는 전설이 내려오는 명마의 고장이었다.

왕의 실력은 막강했다. 전 소그드의 맹주였기 때문에 소그디아나에서는 그, 바르후만의 이름으로 화폐를 주조했고, 그의 권위로 전 세계를 누비며 자유로운 무역을 했다. 중국에서는 그를 불호만(拂呼縵)이라 불렀다.

왕은 사절들의 알현을 받고 있었다. 정방형의 넓은 방이 꽉 들어찼다. 벽에 붙은 긴 의자에 왕 부부가 앉아 있고, 그 아래 횡렬로 신하들이 마주 보고 앉아 있었다. 깔고 앉은 방석의 무늬며 색깔은 모두 달랐다.

한 사절이 신하의 안내를 받으며 왕 앞에 공손히 고개를 숙였다. 도톰한 얼굴은 온통 구레나룻으로 덮여 있고, 푸른 멧돼지 머리 무늬가 들어 있는 차양 없는 모자는 그의 외모에 잘 어울렸다.

— 저는, 차가니언의 비서장 브카르자테입니다.

사절은 이어 한 번 더 머리를 숙인 후 아뢰었다.

— 저희 나라 튜란타쉬 왕께서 삼가 높으신 사마르칸드 왕 전에 신을 보내어, 이렇게 전하를 가까이서 뵈옵는 영광을 갖게 되었나이다. 지존하신 왕이시여, 저의 마음을 믿어 의심치 마옵소서.

잠시 더욱 경건한 자세로 아뢰었다.

— 사마르칸드의 신들, 그리고 사마르칸드의 문자에 대해 신은 잘 알고 있습니다. 이 위대한 나라의 왕께, 어떠한 음모나 배신도 있을 수 없음을 신은 감히 맹세드리옵니다.

그는 이때 한쪽 무릎을 꿇었다.

— 왕(이흐시드)이시여, 부디 만수무강하소서.

사절을 따라온 공주와 귀녀(貴女)들이 알현을 하고, 잠시 후 야홍타(紅寶)라는 소그디아나의 최고 가는 보석이 헌상물로 바쳐졌다.

왕의 우측에 아홉 개의 깃대가 꽂혀 있는데, 이는 자신에게 종속된 아홉 개의 영지를 의미했다. 차가니언은 그중 하나였으며, 이들의 알현은 그러기 때문에 가장 먼저 이루어졌다.

이들이 퇴장한 후, 외국 사절로는 첫번째로 중국 사절의 알현이 있었고 황제의 친서가 전달되었다. 중국 공주(降嫁公主 : 황실에서 정략적으로 시집보내는 공주)가 선녀처럼 머리 양쪽을 고리 모양으로 땋아올리고서 폭이 넓은 능라 자락을 하늘거리며 곱게 절을 올렸다. 비단, 생사, 옥, 도자기, 진귀한 과일 따위가 헌상되었다.

· · · · · ·

입구에서는 티벳의 사절들이 다음 알현의 절차를 밟고 있었다. 마지막 차례는 고구려 임시정부였다.

이 공식 사절들에 대한 의전 행사가 끝나면, 사적인 알현으로는 맨 처음으로 강의라가 들어갈 예정이었다. 이건 막강한 그의 대부 후라슈타단 덕이었고, 또 그 덕택에 을천은 강의라를 따라 궁실로 입실할 수 있었다.

왕은 고구려 임시정부 사절에게 다가갔다.

— 해와 달 같으신 왕이시여, 신은 해 뜨는 곳 뵈클리에서 왔사옵니다.

양울력이 말했다.

상투 튼 머리에 관을 쓰고 두 개의 깃털을 꽂은 양울력과 하달탄의 모습은 시무르그(神鳥)를 익히 아는 왕에게는 그리 낯설지 않았다.

— 저의 왕께선 사마르칸드를 마치 무지개의 서쪽 끝 같은 신기한 나라로 여기고 계시오며, 무지개의 동쪽 끝인 저희 나라와 지금처럼 끊이지 않는 왕래를 원하시옵니다.

그의 소그드말은 유창했다. 그는 무릎까지 내려오는 노란색 상의를 입고, 칼자루 끝이 유난히 크고 둥근 검은색 장검을 차고 있었다.

왕은 윤기가 자르르한 담비털을 헌상받고 매우 흡족해했다.

3

태양처럼 침묵 속에서 떠오르는 오아시스가 있었다. 그것은 붉은 사막(키질쿰)에 숨어 있는 은둔자의 샘 같은 존재였다. 무엇 때문인지 잘 알 수 없지만, 수피(이슬람 신비주의자)들이 모여드는 이곳을 사람들은 '고귀한 부하라'라 부르기 시작했다.

이슬람력 53년(서력 674년)은 소그디아나에서 두 번째로 큰 이 도시가 아라비아 군대에 점령당한 해였다. 물론 조로아스터교도의 저항은 대단히 거셌다. 이 년 뒤, 상징적인 사건이 지척의 사마르칸드에서 일어났다. ……하루는 도시의 근교에서 한 무슬림 성자가 숨어서 간절히 기도를 하고 있는 중이었다. 예언자 무함마드의 사촌인 쿠삼 이븐 압바스였다. 열광적인 조로아스터교도들은 이 사실을 알고서 기도중인 그를 습격하여 목을 베어버렸다. 그러나 놀랍게도 쿠삼은 기도를 계속했고, 눈 깜짝할 사이 잘린 머리를 집어든 채 근처의 샘으로 뛰어들었다. 그것은 다시 이슬람의 전사로 되돌아가기 위해서였다고 한다. 이후 쿠삼은 개 종한 백성들로부터 영원히 '살아 있는 왕'(샤히진다)이란 추앙을 받았 다…….

이 쿠삼의 전설은 소그디아나에서 이슬람이 국교인 조로아스터교에 대항해서 거둔 최초의 빛나는 정신적 승리였다.

부하라의 후다트 영주(아프신)는 최근 극도의 불안감에 휩싸여 있었 다. 아라비아의 두 번째 내란으로 겨우 식민지에서 벗어난 부하라는 또 다시 새 칼리프, 압드 알 말리크의 정복 앞에 직면했다. 그래서 영주는 사마르칸트를 중심으로 자국의 방위를 노심초사 강구하는 중이었다. 그 러나 이슬람으로의 개종자는 날로 늘어만 갔다…….

— 정말로 지금 세상은 천지개벽의 시대야.

스님이 말했다.

— 안 그런가?

— 맞습니다.

을천이 웃었다.

해가 뉘엿뉘엿 저물고 있었다. 층층으로 노을이 드리운 하늘에 개밥 바라기가 마중 나온 강아지처럼 예쁘게 모습을 드러냈다.

— 참 아름답지?

— 스님?

— ……?

— 오늘이 무슨 날인지 아시는지요.

— 으응?

스님은 어리둥절해하다 이내 고개를 끄덕거렸다.

— 스님 안색이 안 좋아 보입니다.

— 그래도 아들이 친구보다는 낫구만. 오늘이 네 아버지 제삿날인지도 몰랐다니.

스님이 말했다.

— 아닙니다.

을천이 부끄러운 듯 말했다.

달구어놓은 쇳덩이처럼 벌건 해가 사막의 붉은 모래 속으로 서서히 빠져들어갔다. 교합(交合), 그러니까 하늘과 땅이 붙고 있었다.

— 콘스탄티노플은 어떻습니까?

— 저 해를 거기서 바라보면 동쪽에 대한 동경이 생기지. 콘스탄티노플의 바다 너머로 떠오르는 해가 바로 고구려의 앞바다에서 시작한 것이라 생각해봐.

— 스님의 세계 견문을 정말 듣고 싶습니다. 그리고 반드시 그 내용을 글로 써서 남기셔야 합니다.

— 그렇잖아도 대강 써놓았네.

— 볼 수 있을까요?

— 그러지 뭐. 하지만 지금은 너무 산만하고 어설퍼서……

— 이제 찬찬히 정리하셔야겠지요.

스님의 글은 양피 가죽과 황마 종이, 나뭇조각 같은 곳에 어지럽게 적혀 있었으리라.

— 전 이곳에서 더 서쪽으로 가본 적이 없습니다만……

— 전혀 다른 세상이야. 이슬람은 지금 세상을 완전히 뒤바꾸고 있네.

알다시피 페르시아는 이미 점령됐고, 서쪽의 비잔틴도 지금 굉장한 위기에 처해 있다네.

— 아라비아가 수도를 시리아의 다마스커스로 옮겼다고 들었습니다.

— 그게 바로 서진정책 아니겠나? 그래 이집트의 알렉산드리아, 시리아의 안티옥을 빼앗겼으니, 비잔틴 제국이 맥을 못 추지.

— 스님, 이슬람이 그처럼 강력한 이유는 뭡니까?

— 내내 그 생각이야. 무력도 무력이지만, 호소(메시지) 때문일 거야.

— 그 호소가 그렇게 강력합니까?

— 그렇고말고.

을천이 고개를 갸우뚱했다.

— 움마(이슬람 공동체)……, 그게 무서운 것 같지?

— 그게 뭔데요?

— 이를테면 그게 천지개벽이라고. 움마는 특이해. 신앙적이면서 동시에 정치적이야. 이게 중요하다구. 하여튼 그런 조직체인데 대단히 공평하거든?

움마는 알라의 절대 의지가 지배하는 신권정치의 사회를 의미한다. 이는 작게는 가족과 씨족, 크게는 민족과 국가에 이르기까지 알라 아래서의 평등을 주창하는 이슬람 공동체이다.

— 하층민들의 호응이 좋겠군요.

— 아니, 그보다는 귀족을 포함해서 현 체제에 불만이 있거나 소외받은 사람들이지.

— 그러니까 정복이 쉽게 되는 거군요.

촛불이 꺼지듯 해는 사막 속으로 순식간에 사라져버렸다. 반물빛이 된 대기가 뜨거운 열정 뒤의 빈 무대처럼 열적어 보였다. 그것은 두 사람의 몸뚱이 위에도 내려앉아 있었다.

— 사막은 위대해.

을천도 그런 것 같다고 생각했다.

— 예수도 그렇고 무함마드도 그렇고…… 같은 신을 섬기면서 저렇게들 서로 다투는 것도 재밌고…….

스님은 말하는 중간중간에 큰기침을 했다.

— 어쨌든 예수는 쇠하고 무함마드는 승승장구하는 세상이야. 언젠가는 결판이 나겠어, 둘 중에 하나가. 허허.

— 근데 스님, 안색이 좋지 않으십니다.

을천은 아까부터 하고 싶은 말을 꺼냈다.

— 노독인 게지. 걱정할 건 없네.

— 아닙니다. 심각해 뵈요.

을천은 물러설 기세가 아니다. 파리한 얼굴이나 야윈 어깨는 어둠 덕에 많이 가려졌지만, 간헐적인 기침과 거친 숨소리만은 완연한 병세를 숨길 수 없었다.

— 정말이야. 내 걱정은 말게.

— 스님이 이러시다 무슨 일이라도 나면 지금까지 들인 공은 어떡하시려구요?

— 내가 무슨 공들인 게 있나?

— 왜 그런 말을 하십니까?

을천이 역정을 냈다.

— 하긴 좀 추운 느낌이 드는구만.

을천이 제 옷을 걸쳐주었다.

— 흐음, 오늘이 아버지 제삿날이랬지?

스님의 맑은 눈에 보이지 않은 파문이 일었다.

— 네.

을천이 웃으며 대답했다.

— 이제 돌아가시지요. 한동안 치료도 받고 쉬기도 하셔야죠.

— 아냐. 좀 있다 가자구. 방안은 갑갑해.

스님은 말머리를 돌렸다.

— 밤의 빛깔이 낮에 결코 뒤지지 않아. 전혀 딴 세상이라구.

을천은 하는 수 없이 그대로 있었다.

— 다채롭고 아름답지. 사람들은 그걸 한 색으로만 아는데……, 그리고 곧잘 어둠을 죽음에 비유하지. 난 아니야. 보라구, 이 밤의 빛깔이 얼마나 고운가. 안식과 약동이 있지 않은가. 이건 사망이 아니라 생명의 시간이고 빛깔이야.

누구보다도 을천은 밤을 잘 알았다. 그는 허다하게 밤길을 다녔다. 낙타 위에서 별과 함께 셀 수 없는 밤을 보냈다. 하얗게 지샌 밤은 그때마다 색다른 빛깔로 찾아오는 참으로 아름다운 밤이었다. 더욱이 낮에는 들을 수 없는 소리들이 밤이면 들려왔다.

— 어둠 속을 뚫고 가는 카라반의 대열은 마치 안개 속을 떠도는 흰 무명천 같은 느낌이 들어요.

— 무함마드도 그런 걸 본 게 아니었을까? 그 사람도 카라반이었으니 말이네.

— 아, 그래요?

을천이 자못 반색을 했다.

— 나도 그 무명천 한 조각을 붙들고 이 밤을 헤매고 있는 걸까?

— 허허, 스님도.

— 아니야. 자넨 시인이야.

— 별 말씀을요.

하지만 을천의 가슴은 울컥했다.

— 내가 알아. 자네 아버지도 시를 좋아하셨지.

— ······.

— 찬란한 빛이 새의 날개 위에 뿌려지고

　서서히 먹구름 물러가니

　번한 하늘에

　높은 성(城)이 보이네.

스님이 시를 읊었다.

— 내가 기억하는 부친의 시야.

을천은 청동 고마고리를 꺼냈다.

— 이게 아버님의 유품입니다.

스님은 받아들고 한참을 바라보았다.

— 이 기품을 좀 보게.

스님은 눈을 빛냈다.

— 금방이라도 날아오를 것만 같네. 자네와 우리 고구려의 수호신일
세. 허참, 이걸 어디서 났을까?

— 어머니도 모르나봐요.

스님은 눈을 들어 먼 하늘을 쳐다보았다. 동굴만한 크기의 횐잿빛 창
이 번하게 뚫려 있었다. 참 기이한 곡절이라 생각했다. 이 친구야, 그리
로 자네 새를 날려 보내줄까?

— 전 제삿날이면 이 새를 모셔놓고 절을 올립니다.

스님은 귀가 번쩍 띄었다.

— 그럼 우리 그렇게 하세.

을천이 미리 준비했던 술과 잔을 품에서 꺼냈다. 동쪽 하늘을 향해 청동 고마고리를 놓았다. 바닥에는 흰 무명 보자기를 깔았다. 두 사람은 차례로 술을 올리고 절을 했다.

— 어째 속이 시원하네.

— 이제 돌아가시지요.

— 아냐, 훨씬 좋아졌어. 아버지가 기운을 주나보네.

을천은 걱정스레 스님을 쳐다보았다.

— 정말이야.

— ……몸을 돌보셔야지요.

— 괜찮아. 오늘은 제삿날이니 부친 얘기나 좀 하세.

그는 갑자기 놓고 온 물건이라도 생각난 듯이

— 아, 그러고 보니 이역만리 부하라 땅에서 그 얘길 하는구만.

하고 말했다.

스님은 마음의 강을 헤엄쳐가고 있었다. 지칠 줄 모르고, 쇠약한 몸도 아랑곳없이. 육체의 둑을 무너뜨린 강물은 시간과 공간을 초월했다.

— 아버지와 난 그때 양 장군님의 밀명을 받아 신라로 갔네.

— 네?

— 우여곡절 끝에 신라 왕(문무왕)을 만나볼 수 있었지.

을천은 천만뜻밖이었다.

— 같이 싸우자고 했어. 신라도 그때가 절명의 위기였으니까. 왕도 찬밥 더운밥 가릴 형편이 못 됐지. 맞아, 그 직전에 당나라 놈들이 신라 사신을 감옥에 처넣고 죽이기까지 했으니 말이야.

스님은 잠시 숨을 돌렸다.

— 신라 왕은 일만 명의 군대를 보내주기로 약속했고, 우리 임무는 성공한 거지.

을천은 그런 일도 있었냐고 되물었다. 스님은 그건 대단히 중요한 전투였다고 했다.

— 만일 거기서 이겼더라면 안시성은 안 무너졌네.

맺혀 있는 목소리였다.

— 그런데 졌으니까……. 우린 곧바로 대붉산으로 갔지. 양 대인(양만춘의 아들)님을 모시고. 그야말로 극비리에 진행된 작업이었네.

대붉산 얘긴 을천도 후에 대강은 알게 된 내용이었다.

— 그런데 그전에 말이야, 양 장군님이 신라하고 협력했다는 게 알려지면 얼마나 난리가 났겠는가? 이겼으면 상관이 없지만 말이야.

— 그랬겠습니다.

— 양 장군님은 나라를 다시 살리기 위해선 장렬한 최후가 필요하다고 하셨지.

— 장렬한 최후요?

— 아니, 불멸의 최후.

을천은 생각에 잠긴 채 끄덕거렸다.

— 그때 자네 아버지도 함께했네.

스님은 당시를 그림처럼 이야기했다. 어둠 속에서 그의 숨소리와 표정은 을천에게 무한한 상상력을 불러일으켰다.

— 그러니까 두 분이 신라에 밀사로 가셨던 일은 끝내 비밀로 붙여졌군요.

을천의 눈은 청동 고마고리를 하염없이 보고 있었다.

— 임시정부를 위해서지. 출발부터 오해가 있으면 안 되니까. 백성들

이 신라를 간사한 들쥐 새끼라고 혐오하고 있는데.

스님은 숨을 몰아쉬었다.

— 지금도 신라 얘긴 꺼내지도 못하잖아? 말만 나와도 치를 떠니까.
허나 최소한 지도자들은 그래선 안 되지……. 정말 안타까운 일이야.
하지만 양 장군님은 사람들을 설득하려 하지 않았네. 그때는 오히려 그
들의 적개심을 미래를 위해 최대한 폭발시킨 거야. 내 말 알아듣겠나.

— 네.

— 그러니까 신라와의 문제는 자네들 몫이야. 반드시 해결해야 한다구.

— 저희들도…….

을천은 잠시 말을 머뭇거렸다.

— 희망을 갖게. 반드시.

사막의 밤에 부는 바람은 때로 독수리의 부리처럼 심장의 살점을 쪼
아먹었다. 그것을 바라보는 눈동자는 결코 허물어져서는 안 되는 딴딴
한 눈껍질 속에 박혀 있어야 했다.

— 뭐가 보이는가?

앞을 응시하고 있는 을천에게 물었다.

— 바람이…….

— 그래.

스님이 다시 물었다.

— 아버지도 보이는가?

— 네.

— 나도 보이네.

스님이 말했다.

— 아버지를 불러보게.

을천이 망설였다.

— 뭘 머뭇거리나?

아무래도 소리가 나오지 않았다. 겨우 입안에서만 뱅뱅 돌 뿐이었다.

— 자네 안 되겠구만. 자식이 아버지 부르는 걸 그렇게 힘들어해? 원, 사람도.

스님이 하도 채근을 하는 바람에 '아버지' 소리가 튀어나왔다.

— 글쎄 그렇게 해봐. 큰 소리로.

— 아――버――지――

— 아――버――지――

을천은 그날 밤 스님을 숙소에 모셔다드리고, 사마르칸드로 되돌아갔다.

4

강의라 일행은 페르가나의 악시칸트(西鞬城)에 도착했다. 넘실거리며 흘러가는 시르다리아가 붉은 흙덩이로 이루어진 낭떠러지를 철썩철썩 때리고 있었다. 천산산맥과 파미르 알라이 산맥에 둘러싸여 있는 거대한 페르가나 계곡은 여자의 자궁처럼 비옥하고 기름졌다.

8세기 초 이곳을 지나간 신라 승 혜초는 『왕오천축국전』에 다음과 같이 썼다.

…… 또 강국(康國, 사마르칸드)에서 동쪽으로 가면 곧 발하나국(跋賀那國, 페르가나)이다. 그곳에는 두 왕이 있다. 박차(縛叉, 시르다리아)라는 큰 강이 복판을 뚫고 서쪽으로 흐르는데 강 남쪽에 한 왕이 있어 대식국(大食國, 아라비아)에 예속되어 있고, 강 북쪽에는 한 왕이 있어 돌궐(突厥, 튀르크)의 통치를 받고 있다. 그 나라에서도 낙타, 노새, 양, 말, 전포 등류가 생산된다. 의복은 가죽옷과 전포옷을 입고, 음식은 대개 떡과 보릿가루를 먹는다. 언어는 각기 달라 다른 나라와 같지 않다. 불법을 알지 못하여 절도 없고 중도 없다. ……

큰 성이 여섯 개, 작은 성이 백 개를 넘는 이 계곡(분지)을 강의라 일행이 지나가는 동안, 단 한 사람의 그림자도 구경할 수가 없었다.

— 처참하군.

강의라가 내뱉은 한 마디였다.

불타다 남은 집, 널려 있는 시체, 곤두박질친 우마차, 들끓는 쥐, 썩은 냄새, 까마귀 울음소리…….

연이어 세 차례에 걸친 전쟁의 결과였다.

일차는 남과 북의 전쟁, 이차는 당 · 튀르기시 연합군의 침탈, 삼차는 당 · 튀르기시 연합군 대(對) 티벳 · 서튀르크 연합군의 전쟁 ——올해(694년) 이월에 일어난—— 이었다.

폐허가 된 악시칸트는 참으로 오랫동안 ——거의 천여 년이나—— 페르가나의 중심 성(城)이었다. 푸른 시르다리아를 따라 일직선으로 끝없이 뻗은 천연의 붉은 절벽은 이 성을 위엄과 아름다움에 젖어들게 한 장본인이었다.

— 복구가 늦는구나.

강의라가 혼자말 하듯 말했다.

— 우선 사람이 없으니까요. 카라반들이 애 좀 먹겠습니다.

— 막대한 손실이지. 이쪽으로 와보길 잘 했다. 실정을 알아야지, 암. 그게 중요해.

— 어른께서 길을 잘 잡으셨습니다.

강의라는 흐뭇한지 미소를 띠었다.

— 고생은 돼도 그렇지.

— 뭐, 먹는 것만 며칠 참으면 되지요.

— 하긴 그래. 길이 얼마나 단축되드냐.

강의라는 이어 말했다.

— 다 목구멍이니 전쟁이 잦을 수밖에.

— 이곳도 하서주랑(河西走廊) 같은 곳이어서요.

중국과 서역을 이어주는 돈황에서 난주로 빠지는 긴 복도식의 계곡을 하서주랑이라 한다. 흔히 이곳을 중국으로 들어오는 목구멍에 비유했는데, 역대로 쟁탈전이 끊이지 않았다.

을천은 이어 정말 그렇다고 하면서, 앞으로 페르가나는 카쉬가르에서 관할할 것이라고 말했다.

— 그럴 테지.

— 카산은 들러갈 필요가 없겠습니까?

카산(渴塞城)은 악시칸트의 서북쪽에 새로 옮긴 북국(北國)의 수도였다.

— 음.

강의라는 고개를 끄덕거렸다.

— 알겠습니다. 그럼 오늘은 조금만 더 나가서 야영을 치겠습니다.

바람이 잔잔하여 시르다리아는 물결도 없이 묵묵히 흐르고 있었다. 관목 덤불 밑에서 가끔 물고기들이 퍼덕거리며 입질을 하는 게 보였다.

전쟁이 할퀴고 간 자국이 미치지 않은 지극히 평화로운 오후의 자연이었다. 을천은 타부들을 데리고 야영할 자리를 보고 있었다. 그들은 강에서 조금 떨어진 땅바닥에 허옇게 드러난 구지르(자연히 만들어진 소금)를 발견하고 낙타떼를 데려갔다. 구지르는 낙타가 더없이 좋아하는 기호 음식일 뿐 아니라, 한 달에 두세 번은 반드시 먹어야 하는 필수 식품이기도 했다.

야영할 준비를 마치고, 이들은 강으로 나가 몸을 씻었다. 해는 어느덧 멀리 보이는 성벽과 망루 사이로 뉘엿뉘엿 저물고 있었다. 타부들은 웃고 떠들었다.

이때 하늘이 갑자기 어두워졌다. 강 건너편은 벌써 새까맸다.

— 이게 뭐야?

놀란 목소리들이 튀어나왔다.

먹구름이라기보다는 저편에 있는 하늘과 땅 사이의 공간 전체가 이리로 떠밀려오는 듯했다.

순식간에 타부들은 낙타에게로 줄달음을 쳤다. 낙타들은 잔뜩 겁을 집어먹은 채 안절부절못하고 서성대고 있었다.

— 야, 이거 큰일났다!

만일 낙타가 한 놈이라도 울부짖고 달려나가는 날이면 이놈들 전체가 날뛰며 난장 칠 판이었다. 낙타는 덩치만 컸지 참새 한 마리가 날아올라도 기겁을 하는 동물이다. 타부들이 가까스로 달래어 옆으로 엎드리게 했다.

— 폭풍우가 몰려오는데요.

이 순간 그걸 모르는 사람은 없었다.

— 섣불리 움직이다간 큰일나겠다.

— 보세요. 워낙 커요.

강의라의 눈빛은 초조했다.

— 여기선 뭐든 모조리 다 날아가버리겠어요.

바람은 갈수록 넓은 강판을 흔들어대는 것처럼 날카롭고 강하게 불어
왔다.

— 피할 곳도 없구나.

그의 말은 절망적이었다.

— 이러다 다 죽습니다. 모든 걸 다 놔두고 피하셔야 합니다.

을천이 비장하게 말했다.

— 어디로?

— 땅속으로요.

— 뭐?

을천은 순식간에 땅을 팠다. 그리고는 긴 대롱을 주인의 입에 물린 채
두 손으로 단단히 잡고 눕게 했다. 잠시 후 그 위를 흙으로 덮은 을천은
모든 사람에게도 급히 그와 같이 하도록 지시했다.

폭풍우를 동반한 거대한 모래의 해일은 천행으로 이들을 비켜 지나갔
다. 이제 비만 억수같이 쏟아지고 있었다.

강의라는 연신 중얼거리며 마니에게 참회와 감사의 기도를 올렸다.
눈물과 빗물이 뒤범벅이 되어 그의 얼굴을 타고 내렸다. 을천도 머리를
처박은 채 품속의 청동 고마고리를 붙들고 엎드려 기도했다. 모든 사람
이 각자의 신앙에 따라 생명을 지켜준 신께 무한히 감사했다. 낙타와 말
들도 살아 있었다. 사소한 것들을 빼놓곤 다 그대로였다.

비는 더욱 세차게 내렸다. 휩쓸고 간 모래 해일의 가장자리에서 그 여진으로 부는 회오리바람의 위력도 대단했다. 하지만 보통 때 같았으면 야단법석이었을 자들이 달통한 사람처럼 묵묵했다.

유르트로 들어온 강의라는 옷을 갈아입고, 조용히 눈을 감은 채 쉬고 있었다.

— 좀 누우시지요.

을천은 방해가 되지 않으려고 조심스럽게 말했다.

— 괜찮다.

노인의 목소리는 지쳐 있었다.

— 너도 좀 쉬지 그러느냐.

— 아이구, 제가…….

— 아니야. 고생했다. 백골로 길을 삼는다더니 오늘 딱 그꼴 날 뻔했구나.

강의라는 콜록콜록 기침을 했다. 하루도 아니고 잠깐 사이에 말할 수 없이 늙어버렸다. 천막을 밝히는 등잔불이 가물가물한 게 측은하게 느껴졌다.

— 비가 계속 오면 큰일인데요?

— 낙타란 놈은 다 좋은데 비나 눈이 오면 가질 않으니……. 카쉬가르까지만 가면 되는데.

— 너무 멉니다. 앞으로 스무날은 가야 합니다. 제가 카산을 다녀와 볼까요?

— 그것도 한 방법이겠구나.

수도 카산은 지척이었다.

강의라는 잠시 생각에 잠겼다.

— 날이나 새거든 다녀오너라.

밖은 깜깜해서 앞이 보이지 않고, 억수 같은 비는 그칠 줄 몰랐다.

— 천만다행이에요, 강기슭이 낭떠러지라서.

— 안 그랬으면, 바람은 천운으로 피했다 해도, 이 밤중에 불어나는 강물을 뭘로 막았겠느냐. 허참.

노인은 생각할수록 기가 막힌 모양인지,

— 쓸려가서 다 죽는 거지.

하며 몸을 부르르 떨었다.

을천은 잠시 긴장이 풀린 탓인지 스르르 눈꺼풀이 감겼다. 노인은 눈치를 채고 더 이상 말을 하지 않았다.

설핏 든 잠이 깊은 수면의 나락으로 빠져들었다. 아주 기분 나쁜 꿈을 꾸었다. 눈을 떠보니 모든 게 캄캄했다. 을천은 어둠 속에서 눈을 깜박거리며 사물을 식별해보려고 애썼다. 먼저 주인의 모습을 찾았다. 잘 분간이 안 갔지만 저쯤 해서 누워 있을 거라고 짐작하고 유심히 보니 실물 대신 숨소리가 들렸다.

을천은 고개를 이리저리 비틀며 악몽을 털어버리려 애썼다. 허사였다. 처음에는 컴컴한 굴 속이 아니라 번화한 저자거리 같은 곳이었다. 누군가가 자기를 아느냐고 물었다. 그 순간은 분명히 아는 사람 같았는데 갈수록 생각이 나질 않았다. 그래서 어색하게 고개를 저었다. 그랬더니 을천을 막무가내로 끌고 갔다.

을천은 다시 꿈을 쫓아버리려고 입맛을 쩍쩍 다시며 고개를 뒤흔들고 얼굴을 마구 손바닥으로 부벼댔다. 꽥 하고 악이라도 쓰고 싶은데, 주인 어른 때문에 그럴 수도 없는 일……. 휴, 지독한 놈이로군, 하면서 또 그 꿈한테 붙들렸다.

그는 더 가길 망설였다. 아니, 안 가겠다고 확실히 말하고 돌아섰다. 갑자기 이놈이 험상궂은 괴물로 변하더니 을천의 발목에 차꼬를 채워버렸다. 그때 반 이상이나 무너진 아버지의 무덤이 보였다. 그의 가슴이 무너져내렸다. 아버지의 뼈가 그속에서 솟아오르고 있었다. 그는 발을 질질 끌며 다가갔다. 굴은 허물어내리기 시작했다. 큰 돌덩이들이 천장에서 떨어지고, 소리는 고막을 찢을 듯 요란했다.

을천은 저도 모르게 몸을 떨었다. 이 망할 놈의 게 왜 떨어지질 않지? 어쨌든 살아났으니까 좋은 꿈이지 뭐, 했다. 그런데 왜 아버지 뼈가 나타났을까, 무덤은 또 그게 뭐야. 하여튼 영 께름칙한 건 사실이었다. 자기 뒷머리가 거반이 푹 꺼져버린 것 같아서 자꾸만 그쪽으로 손이 갔다.

한 패의 무리가 그걸 보면서 즐기고 있는 게 아주 또렷하게 떠올랐다. 왕초는 틀림없이 어디선가 본 놈이었다. 허나 아무리 머리를 쥐어짜도 기억이 나질 않았다. 고개를 갸우뚱갸우뚱하면서 그놈을 생각해내려는 집념을 버리지 않고 있는데, 게뚜더기, 그게 화살처럼 기억의 과녁에 꽂혔다.

그놈은 확실히 게뚜더기눈을 하고 있었고, 오른쪽 졸개는 옴팡눈을 한 독사. 그렇다, 바로 이놈들이다. 몇 년 전에 사해문우에 들렀다가 저 악당들에게 끌려갔었지. 청이가 아니었더라면…….

꿈속에선 몸이 말을 들어주지 않았다. 굴 속은 무너지고, 몸부림을 쳐 아버지 뼈를 지키려 했지만 불가항력, 더욱이 그도 이제 압사할 찰나였다. 그런데 별안간 아버지가 살아나서 아들을 어깨에 메고 그 지옥 속을 헤쳐나오는 것이 아닌가? 구경하던 악마 놈들은 기겁을 하고 저희끼리 뭐라 쑤근대더니 온갖 무기를 쳐들고 맹렬히 쫓아오는 것이었다.

을천의 눈앞에는 그 광경이 실제보다 선명했다. 아버지는 엄청난 힘으로 돌파해나갔다. 어느 순간 아들 발에 채워진 차꼬를 단숨에 끊어버렸다. 아버지는 놈들과 격투를 벌였다. 어찌 된 일인지 을천은 도무지 힘을 쓸 수 없었다. 이때 그 왕초 놈이 바위처럼 큰, 아마도 틀림없을 텐데, 시커먼 곰으로 변해서 그를 엄청난 힘으로 내리눌렀다. 아버지가 그걸 보고 소리를 치며 달려오는데 꿈을 깼다. 그 끄트머리가 문제였다. 곰을 그때 확 밀어서 자빠뜨린 것 같기도 하고, 그냥 그 상태에서 깨어난 것도 같고…… 끝이 아주 희미하고 아리송했다.

밖에는 그칠 줄 모르고 억세게 비가 내리고 있었다. 아버지 무덤에 비라도 새어들어간 걸까? 뫼 한 번 돌보지 못한 자책감이 그를 속절없이 괴롭혔다.

날이 언제 샐지도 헤아릴 수 없이 하늘은 컴컴했다. 강의라는 한 구석을 잡고 경건하게 마니교의 의식을 올렸다. 그칠 줄 모르는 빗소리는 갈수록 마음을 두렵게 했다. 시르다리아 강물은 마치 낭떠러지를 타고 넘어올 기세로 마구 으르렁댔다.

이거 어떻게 한담? 을천은 언제쯤 출발을 해야 할지 속으로 가늠해보았다. 그러다 '에잇' 하며 자리를 털고 일어났다. 도롱이를 걸쳐 입고 밖으로 나가는데, 뒤에서 노인의 목소리가 들려왔다.

— 지금 가느냐?

퍽 다정했다.

— 네.

을천이 돌아보며 말했다.

— 조심하도록 하여라.

노인의 말이었다.

— 그리고 만일…….

노인은 말이 없었다. 정적이 흘렀다.

— 무슨 말씀이신가요?

— 그래, 잠시 앉거라.

노인은 다시 자리를 잡았다.

— 가면 누굴 찾아보려고 하느냐?

— 관청이나 카라반 사라이에 들러볼까 합니다.

— 거긴 내 얘기가 통하지 않을 것이니라.

— ……

— 챠킨 쥴 빌도 판지켄트로 떠났을 거고…… 지금 페르가나는 카쉬가르의 관할이 시작되었는데, 거긴 장회숙이 세상이니까.

맞는 말이었다. 그러잖아도 장가 놈하고 경쟁 때문에 여기까지 왔는데, 누구 좋으라고 자비를 베풀까. 수이압에서도 군인들이 냉랭했던 게 틀림없이 그런 이유에서였다.

노인도 딱부러지게 결정을 내리지 못하고 내심 착잡해했다.

— 제가 우선 맘이 급해서…….

— 아니야. 나도 밤새 생각했지만 아직…….

여느 때와 달리 노인의 얼굴이 몹시 초췌했다. 그의 말은 여기 악시칸트만큼은 아니더라도 카산이 아직 복구가 됐을 리가 천만부당한데, 아는 사람도 없이 어디서 어떻게 식량을 구하겠느냐는 뜻이었다.

— 그렇군요. 다시 생각해봐야겠습니다.

— 내 생전 이렇게까지 초토화시켜버린 전투는 본 적이 없구나.

한참을 있다가, 노인이 다시 말을 이었다.

— 그래 넌 어찌하면 좋겠느냐?

두 사람의 대화는 결국 기다려보자는 쪽으로 결론이 났다. 마치 비 때문에 길이 막혀 보급부대가 못 오기나 하는 것처럼.

　사흘째 그칠 줄 모르고 줄곧 비가 내렸다. 이게 언제까지 갈까, 문제
는 식량인데……. 을천은 장대비를 맞으며 하늘을 쳐다보고 있었다. 비
가 오지 않는 지역에서 이렇게 한번 퍼붓기 시작하면 다 쓸어내고야 만
다는 속성을 누구보다도 잘 아는 까닭에, 그의 눈은 초조하고 말할 수
없이 불안했다. 무슨 묘방이 없을까? 을천은 말을 타고 강기슭을 달렸
다. 이러단 모두 다 굶어죽고 만다, 어떻게 해야 하나? 그의 머릿속엔
온통 그 생각밖에 없었다.

　아니! 숨이 콱 막혔다. 저게 뭔가? 빗속에서 이쪽으로 마주 오고 있는
물체가 보였다. 그는 제 눈을 의심하지 않을 수 없었다. 우마차의 행렬
이었다.

　— 말씀 좀 묻겠습니다.

　빗소리에 묻혀 잘 들리지 않은 모양이었다. 행렬의 한 사내가 가까이
서 얘기하라고 손짓을 했다. 을천은 그자의 코앞까지 다가갔는데, 중년
의 소그드인이었다.

　— 어디로 가십니까?

　— 카산으로 가는 중인데…….

　중년의 소그드인이 대답했다.

　— 아, 그렇습니까. 저는 여기서 가까운 곳에 머물고 있는데 도움을
청할까 해서요.

　— 뭡니까?

　잠시 머뭇하다가 을천이 말했다.

　— 죄송합니다만, 어디서 오시는 길인가요?

　— 카쉬가르입니다.

— 혹시 투르판의 강의라, 소그드 성함으로 위러스뒤판이란 분을 아십니까?

중년의 새파란 눈에서 가느다란 파문이 일었다. 을천은 그걸 예의 주시했다.

— 제가 그분을 모시고 있습니다.

을천은 기적이 일어나고 있다고 확신했다.

— 당신은 우리 소그드말을 참 잘 하는군요.

중년이 말했다. 그의 북실북실한 수염과 새까만 구레나룻이 숲처럼 보였다. 빗방울이 송알송알 맺혀 있는 그 숲에서 드디어 기적의 음성이 흘러나왔다.

— 그분은 지금 어디 있소?

— 함께 가실까요?

앞을 볼 수 없는 빗줄기 속에서, 서로의 미세한 표정까지 보지 않아도 느낄 수 있었다.

강의라 일행은 보름쯤 후에야 길을 떠날 수 있었다.

— 이번 길에 배운 게 많구나.

강의라가 말했다.

— 죽을 고비를 몇 번이나 넘기지 않았느냐?

— 고비를 넘을 수 있었던 건 다 주인님 덕이죠.

— 아니야. 네 힘이 컸다.

하늘은 더없이 푸르렀다. 파릇파릇한 파(총 蔥 : 이 식물 파의 이름을 따서 파미르를 총령 蔥嶺이라고도 하는데, 석가모니가 수도했다 해서 불교를 총령교라고도 한다), 눈 덮인 설봉, 끝없는 산맥의 물결이 시야에 가득 들어왔다. 이들은 세계의 지붕인 파미르를 넘고 있었다.

— 이게 내 마지막 고향길이 되겠구나.

노인은 중얼거렸다.

— 마니님이 아니었더면…….

폭풍우 속을 헤맬 때, 마니님이 중년의 소그드인을 보내주었다고 노인은 굳게 믿고 있었다. 또 자신의 대부가 '후라슈타단'인 것까지 새삼 감격스러웠다. 그 이름은 마니교 승에게 주는 소그드어 칭호로 '종교를 아는 사람'이란 뜻이었다.

— 마니님이 너에게 지혜를 주지 않았더면…….

주인이 이번의 경험으로 더욱 뜨거운 신앙을 갖게 되었다고 을천은 생각했다.

— 하지만 모든 게 주인님의 간절한 기도 덕분이지요.

— 허허.

강의라는 말을 잇지 못했다.

두 사람은 신앙은 다르나, 이 거대한 자연 앞에서 인간이란 게 참으로 하잘것없는 존재라는 생각에 일치하고 있었다. 고산지대라 공기도 희박하고 바람도 매우 차가웠다.

을천이 뜨거운 차를 만들었다. 노인의 건강을 염려해서였다.

— 얼마나 됐지?

— 네?

— 네가 내 곁에 있은 지가.

— 아, 예. 제가 열 살 때 왔으니까, 십칠 년 됐습니다.

— 벌써 그렇게 되었군.

노인은 뜨거운 차 한 잔에 벌써 혈색이 좋아졌다.

— 이것 보아라. 앞으로 날 아버지라 부를 수 없겠느냐?

— 네에?

을천은 깜짝 놀랐다.

— 뭘 그리 놀라느냐?

강의라는 빙긋 웃었다.

— 내가 자격 미달인 게로구나.

— 아……아닙니다. 무슨 말씀을…… 제가 어떻게…….

— 알겠다. 그만하면 늙은이가 알아먹지.

노인은 자못 강압적이었다.

— …….

— 섭섭하구나.

— 아닙니다.

— 뭐가 아니라는 말이냐?

— 감히 제가…….

노인은 말을 잘랐다.

— 두말 할 것 없다. 할 테냐, 안 할 테냐?

— 용서하십시오.

노인의 얼굴에 슬픔과 고독함이 가득 찼다. 눈썹을 그려놓은 듯 아름다운 작은 새(畵眉)가 포로롱 날아올랐다. 을천은 더는 아무 말도 할 수 없었다. 고맙다는 말도, 떠나야 한다는 말도, 따님을 사랑한다는 말도…….

평평한 산달을 넘어 일행은 으늑한 골로 빠지듯 카쉬가르로 이어지는 계곡으로 접어들었다.

카쉬가르에서의 도망, 그리고 타클라마칸의 시련

1

검문소를 통과하기 위해서 일행은 길다랗게 늘어섰다. 오정(午正)의 태양은 비록 늦가을이라 해도 뜨거웠다. 챠크막 강의 물은 많이 줄어 바닥을 허옇게 드러냈다. 놈은 짜증나게 굴었다. 통행세를 받고도 계속 트집을 잡았다. 구역질나게도 뭔가를 찔러주자 헤헤거리는 짝이 틀림없이 이 짓에 대를 물린 이력이었다. 선두가 움직이기 시작했다. 강 건너 황토의 단애가 쪽빛 하늘 밑에 아름답게 누워 있었다. 댓 길은 되는 높이에 나란히 파놓은 굴 세 개가 보였다. 그건 새집이 아니고 절이었다. 이곳 사람들은 그걸 톡스지라(아홉 개의 방)라 불렀다. 수도하는 중들이 참 재앙스럽기도 하다고 을천은 생각했다. 길을 막고 건너는 양떼들 때문에 대열은 잠시 멈추어 섰다. 막대를 든 목동이 이쪽을 힐금거리며 지나갔다. 맞은편에서 오던 사람들도 푸른 눈에 호기심을 가득 담고 쳐다보았다. 긴 모자를 쓴 털보가 수레에 카펫을 가득 싣고 쓰러질 듯 간신히 버티고 있는 나귀 위에 아무렇지도 않게 걸터앉아 있었다. 을천은 속으로 혀를 찼다.

갈림길에서 서역 북도로 접어들었다. 날씨가 너무 좋아 기분이 새털처럼 가벼웠다. 가끔 사람들을 마주쳐도 그들은 친절하게 인사를 했다. 특히 문신한 팔을 흔들 때에는 분추크(일종의 기旗)처럼 보였다.

앞에서 한 떼의 군인들이 몰려오고 있었다. 순간 을천은 좋았던 기분이 싹 가셨다.

— 잠깐 거기 서시오.

중국 군인이었다.

— …….

— 사르타바호(商主)가 누구요?

— 무슨 일입니까?

강의라가 나섰다.

군인이 당신이냐고 묻고는 같이 가자고 했다. 을천이 강의라에게 다가가,

— 여긴 장회숙이 판이니 따라가면 안 될 것 같습니다.

하고 귀엣말을 했다.

— 당신은 뭐야?

놈이 눈을 부라리며 닦아세웠다. 찢어맨 눈이었다. 섬뜩했다. 주마등처럼 스치는 기억을 을천은 순간적으로 더듬어보았다. 설마…….

— 아니, 뭘 그러오.

강의라가 막고 나섰다. 군인은 재수 없다는 듯이 침을 퉤 뱉으며 다시 강의라를 상대했다.

그 게뚜더기 놈은 아니야, 틀림없어. 놈이라면 서로가 몰라볼 리 없지. 더럽게도 닮았군. 을천은 일단 한숨을 돌렸다.

— 부른 쪽에서 이유를 대보시오. 난 갈 일이 없으니.

강의라는 완강했다.

그러나 일이 터지고야 말 것 같은 불안감이 을천을 엄습했다. 장회숙이 날 바로 체포하지 않는 건 그물을 크게 치자는 건데……, 이제 결단

의 순간이 다가왔군……. 그는 자연스럽게 결정을 내리고 있었다.

옥신각신은 계속되었다. 참을성 강한 강의라는 끝까지 언성을 높이지 않았다.

— 군인 양반, 이 노인에게 다짜고짜란 건 안 통하오. 알겠소? 볼일이 있으면 댁의 상관더러 직접 나오라 하시구려. 내 그때까진 기다려줄 테니.

차츰 군인은 난감함을 감추지 못했다.

— 날 과소평가하지 마시오.

강의라는 그에게 속삭이듯 말했다. 하는 수 없었던지 군인은 부하들에게 그 자리를 지키라 하고, 상관에게 보고하기 위해 말을 몰고 부대로 떠났다.

잠시 후 을천이 갑자기 무슨 생각이 든 듯 급히 채비를 하며 강의라에게 말했다.

— 제가 저자를 따라갔다 오겠습니다.

— 무어?

순간 을천은 앞서 가는 군인을 어이 어이, 큰 소리로 부르며 무섭게 낙타를 몰았다. 그러나 그 군인은 들리지 않는지 점점 멀어져만 갔다. 남아 있던 병사들이 어어—— 하며 어쩔 줄 몰라 했다.

— 허허, 내가 여기 있으니 걱정들 마시오.

강의라는 황망한 마음을 억누르며 우선 그들을 달랬다.

그중 상관이 아무 말이 없자, 군인들은 서로 얼굴을 쳐다보며 안심하는 눈치였다. 이때는 이미 두 사람이 시야에서 까마득히 사라진 뒤였다.

을천은 낙타를 달리며 놈이 제발 뒤돌아보지 말기를 하늘에 빌고 또 빌었다. 신은 그를 도왔다. 그는 어느 순간 느닷없이 사막 한가운데로 낙타를 달렸다. 그의 존재는 서서히 증발해갔다. 그를 기다리고 있는 사막의 가혹한 시련 속으로…….

을천은 참으로 그 꿈이 기막히게 들어맞는다고 생각했다. 그것은 꿈속의 '게뚜더기'가 번뜩 떠오른 순간부터였다. 더불어 아버지가 자길 돌보아주신다는 걸 믿어 의심치 않았다.

오늘의 일은 틀림없이 이중간첩 나믈이 체포된 여파였다. 을천은 더이상의 연루자가 생기지 않길 간절히 바라면서도 내심으로는 이미 자신이 취해놓은 조치를 믿고 있었다. 장회숙이 그의 부임지인 이곳에서 강의라를 엮어넣기 위해서 어떤 흉계를 꾸몄던 것이리라……. 그는 강의라를 생각하면 말할 수 없이 고통스러웠다.

정확히 해의 반대 방향을 따라 을천은 죽음의 사막, 타클라마칸을 파고들었다. 망망한 대해에 던져진 한 조각 나룻배는 나침반도 없이 운명의 신을 길잡이 삼아 단신으로 표류하고 있었다.

사흘 안에 사막으로 흘러드는 유일한 생명선인 카쉬가르 강을 찾지 못하면, 그는 그대로 불귀의 객이 될 수밖에 없었다. 어둠이 몰려왔다. 서쪽의 하늘은 붉은 장막과 같았고, 검은 모래 속으로 시뻘건 해가 반쯤이나 파묻혀들고 있었다.

낙타는 묵묵히 걷고 있었다. 별을 등대 삼아 벌써 모래산 두 개째를 넘고 있다. 아아, 지독하군. 이빨이 어찌나 딱딱 부딪치는지 을천은 두 손으로 턱을 감쌌다. 그는 더는 추위를 견딜 수 없어 얼마쯤 가다가 낙타에서 내렸다. 그뒤로는 아무런 감각도 없었다. 자신은 공중에 붕 떠 있고, 몸뚱어리에서 말을 듣는 건 눈뿐일 거라 생각했다. 온몸에 피를 돌려보려고 애썼다. 허사였다. 큰일이다, 어떻게 해야 하나, 이러다간 낙타까지 놓치고 말겠는걸……. 그러나 참으로 신기한 건 여전히 자신은 손에 고삐를 쥐고 있으며, 낙타는 계속 가고 있다는 사실이었다.

멈춰야 하는데. 아아, 도무지 말을 듣지 않는군. 물어뜯어야겠어. 뭐야 이빨까지? 아냐, 그건 말이 안 돼. 그래도 내 몸뚱어리에서 제일 따뜻한 게 너잖아? 그는 수없이 반복한 끝에 겨우 입술 한 귀퉁이를 물어뜯을 수 있었다.

이건 아프지도 않군. 그러나 차츰 입술에 따뜻한 느낌이 전해왔다. 몇 번 더 힘껏 깨물었다. 뭔가 둑이 터진 것처럼 아주 빠르게 감각이 돌아오는 걸 느낄 수 있었다. 뜨거운 피가 턱을 타고 계속 흘러내리는 동안 드디어 그의 이빨은 손을 물어뜯는 데 성공했다.

낙타여, 내가 이 손을 놓으면……. 그는 한 생명이 온전히 거기에 달려 있음을 생생히 체험했다. 그와 낙타는 멈추어 섰다. 하늘에 초승달이 보였다. 사막에서 피를 흘린 채 초승달을 보면 그곳에서는 절대로 죽지 않는다는, 누구에게선가 들은 듯한 얘기를 떠올렸다. ……그래, 나는 죽지 않아. 절대로 이렇게는…….

그러나 온몸을 물어뜯을 수야 없는 일이었다. 그는 살아난 한쪽 팔로 모든 것과 싸워야 했다. 최소한 그것마저 다시 죽이진 말아야 했다.

먼저 낙타를 옆으로 눕혔다. 그는 모든 것은 하나로부터 시작한다는 걸 깨달았다. 그가 팔을 움직이고 있는 동안 다른 부분도 아주 조금씩 풀리기 시작했다.

— 여기가 도대체 어디야?

을천은 있는 힘을 다해 소리쳐보았다.

— 여—— 기—— 가—— 도—— 대—— 체······

메아리는 을천의 소리보다 더 크게 되돌아왔다.

속이 후련하고 한결 기운이 났다.

— 나는,

— 나──는──

재미있어서 싱긋 웃었다.

— 을천이라구.

— 을── 천── 이── 라── 구──

그는 어떻게든 이 밤을 자지 않고 얼지 않고 살아나야 했다.

— 사에나.

— 사── 에── 나──

그는 사에나의 영혼을 불러들였다.

— 오빠, 온몸이 꽁꽁 얼었네?

— 많이 좋아진 거야.

갑자기 사에나가 까무러칠 듯이 놀랐다.

— 피! 이 피 좀 봐!

— 놀라지 마. 이것 때문에 산 거야.

빙그레 웃으며 그는 자초지종을 얘기했다.

그녀는 손수건을 꺼내 닦으려 했다.

— 그만둬.

— 왜?

— 그냥 놔두는 게 좋겠어.

그는 무슨 생각을 한 듯 하다가 말을 이었다.

— 다시 몸이 굳을 것 같아.

— 걱정 마. 내가 덮혀줄게.

그녀가 말했다.

— 오빠에겐 나의 체온이 필요해.

그녀는 을천을 감싸안았다. 향기가 코끝을 찔렀다. 부드러운 비단 손수건이 상처 위로 지나갔다.

— 잠이 와…… 잠이…….

을천은 돌아앉으며 중얼댔다.

— 이래선 안 돼. 자면 안 돼. 아아…….

그러나 을천은 쏟아지는 잠 속으로 빠르게 미끄러져 들어갔다. 그는 자신도 모르게 낙타의 품속으로 파고들고 있었다.

이때 사에나가 부리나케 그의 뺨을 갈겼다. 번쩍 잠을 깬 을천은 쓴웃음을 지었다. 낙타 꼬리에 정통으로 얻어맞은 것이다.

— 고마워.

을천은 그녀에겐지 낙타에겐지 모를 말을 중얼거렸다.

그는 자리를 박차고 일어났다. 오금을 못 펼 정도로 추웠지만 아까보다는 한결 나았다. 바람소리가 꺼이꺼이 울부짖었다. 그러나 무수한 별들은 아랑곳하지 않고 밤하늘을 아름답게 수놓고 있었다.

— 이제 또 가보자.

낙타에게 말했다. 그는 걸으면서, 왜 추울수록 잠이 오는 거냐고 불평을 터뜨렸다.

발바닥은 서리로 뒤덮인 은가루 같은 모래 위를 밟고 있었다. 언덕들은 검은색과 흰색의 명암 대비가 뚜렷했다. 어둠에 잠긴 성들도 보였다. 이것은 '야르당'이라는 바람의 모래성이었다. 죽은 나뭇가지들이 귀신처럼 서 있었다. 대기는 보랏빛으로, 반물빛으로, 흰잿빛으로, 철빛으로, 젖빛으로, 납빛으로 멀리서 혹은 가까이서, 또는 시간의 흐름에 따라 웅장하면서도 섬세하게 변해갔다.

그는 스님의 말을 떠올렸다.

— 밤은 역시 밤이야. 왜 사람들은 밤의 빛깔, 밤의 소리를 알려 하지 않는 걸까?

바람은 계속 울부짖고 있었다.

— 녀석은 절대로 밤에는 먹질 않는단 말이야.

낙타 풀의 가시가 그의 바지를 북북 긁어댔다.

— 그게 뭐 잘못됐나요? 주인님도 그쪽이 편하잖아요.

낙타가 말한다.

을천은 네 말이 맞다고 해주었다. 그뒤로도 그와 낙타는 많은 거리를 이동했다. 그렇게 얼마쯤 가다가 을천은 다시 낙타에 올라탔다.

— 고마워.

녀석의 체온이 무척 따뜻했다. 정신이 좀 들어 견딜 만하면 타고 가고 정작 견딜 수 없을 땐 몸을 질질 끌며 걸어가야 하는, 이런 법이 어딨냐고 혼자서 혀를 찼다. 헌데 공교롭게도 낙타가 고개를 크게 한 번 휘젓는 것이었다.

— 쯧쯧, 시치미까지 떼?

녀석이 하는 짓이 귀여워 등을 톡톡 때려주며, 그는 무심코 먼 하늘을 쳐다보았다. 낙타의 율동에 따라 검은 지평선 위로 눈부신 선홍의 빛발이 숨었다 보였다 했다. 낙타는 곧 멈추어 섰다. 오, 고마님! 그의 입을 통해 나온 첫 탄성이었다. 먼동은 수탉의 볏처럼 신선했다. 사방 천지로 퍼져가기 시작하는 햇살을 응시하는 그의 시선은 경외로 가득 찼다. 을천은 낙타에서 내려 수없이 절을 했다. 그러자 몸이 점점 뜨거워져오는 게 느껴졌다.

머나먼 아침의 나라에서 떠오르는 해는 죽음의 사막 위로 불끈 치솟왔다. 한 번 들어간 사람은 다시 나올 수 없는 땅. 이것이 타클라마칸의 정확한 어의(語義)였다. 그러나 그는 이 신의 계율을 정면으로 깨뜨리려 하고 있었다.

해를 향해 그는 낙타를 내달렸다. 은빛의 모래땅은 차츰 빛을 잃어가기 시작했다. 멀리 보이는 모래산들은 새벽 바다의 너울처럼 출렁거렸다. 수만 마리나 되는 황금빛의 갈매기가 그물에서 막 풀려나온 물고기 떼처럼 야청빛 하늘로 훠이훠이 날아올랐다. 아직 어둠 속에 잠겨 있는 흰잿빛의 구름들은 빠르게 새맑은 노란빛으로 물들어갔다. 을천이 탄 낙타의 털까지 금빛으로 찬란했다. ……그가 맞은 타클라마칸 속의 첫 새벽이었다.

을천은 낙타를 세웠다. 사활을 건 항해는 적어도 빗나간 건 아니었다. 그걸 확인한 것만으로도 환희요 감격이었다. 창자가 꼬르륵거리며 몹시 쓰라렸다. 입안은 건건했고 찢어진 입술이 이제야 아파왔다.

여기저기 괴기스럽게 웅크리고 앉아 있는 유프라테 포플라의 죽은 뿌리들, 신탁처럼 생긴, 혹은 여러 가지 다른 모양의 바위들, 그리고 도시 하나를 뚝딱 빚어놓은 것만 같은 야르당(바람이 깎아 만든 사막의 바위) ……. 을천은 순식간에 마법의 세계로 들어온 듯한 착각에 빠져들었다.

— 저건 영락없이 집처럼 보이는군.

을천은 가슴이 철렁했다.

— 이렇게 이삼 일만 더 헤매면 사막의 마법에 완전히 걸려들고 말겠어.

그는 눈을 감아버렸다.

낙타는 변함없이 끄덕끄덕 걸어갔다. 싱싱한 아침 햇살 때문인지 그는 지독한 시장기를 느꼈다. 입안 가득 고여든 침을 괜스레 호기롭게 내뱉었다.

— 이제 겨우 시작인데, 답답하군. 이게 나야?

그는 스스로 결기를 세우며, 우선 낙타풀이 보이면 녀석부터 먹여야겠다고 마음먹었다. 다행히도 얼마 가지 않아 낙타 풀들이 나타났다. 날카로운 가시가 입안을 회쳐놓아도 녀석은 개의치 않았다.

— 먹성 하난 좋은 놈이야.

그는 자신도 모르게 입맛을 쩍쩍 다셨다.

어느덧 아침의 선선한 날씨도 물러가고, 해가 따갑게 그의 눈을 때렸다. 마치 식초를 부어놓은 듯 시디시고 콕콕 쑤셔서 도저히 눈을 뜰 수 없었다.

— 가마솥 속을 들어가는군.

해가 이마 위로 올라설 때까지는 도리없이 그렇게 갈 수밖에 없었다. 갑자기 눈꺼풀이 벌레에게라도 쐰 듯이 아렸다.

— 앗, 따가워. 제기랄.

그는 반사적으로 눈을 더욱 꽉 감았다. 이 원시적인 빛이 한꺼번에 떨어지면 영원히 앞을 볼 수 없게 될지도 모른다. 이젠 눈 속까지 아파왔다. 을천은 카프탄(일종의 두루마기)을 벗어 머리에서부터 뒤집어썼다.

— 후—— 훨씬 나아.

그는 컴컴한 어둠 속에서 중얼댔다.

— 헌데 그놈의 차양은 밤새 어디로 도망가버렸지?

낙타는 계속 걸었다. 그는 답답함과 갈증과 배고픔을 참을 수 없었다. 울증이 치솟았다. 당장 둘러쓴 카프탄을 확 걷어치우고 싶었다. 하지만 견뎌야 했다.

— 물!

찜통 속에서 외쳤다. 그러나 입술을 타고 들어온 것은 물이 아니라 땀이었다. 온몸에 땀이 비 오듯 줄줄 흘러내렸다.

— 오, 고마님!

신음처럼 부르짖었다. 그러나 신은 아무런 응답도 없었다. 대신 짓궂게도 졸음이 마구 쏟아졌다. 그는 갖은 애를 써보았지만 허사였다. 그렇다고 분명히 자는 것은 아니었다. 적어도 그의 의식은 아직 깨어 있었다. 문제는 그 끈을 놓치는 날, 낙타에서 굴러떨어지는 줄도 모르고 잠들어버리는 것이었다. 물론 그 잠은 깨어난다 해도 돌이킬 수 없는 영원한 잠이었다.

— 오빠, 이제 그만 일어나.

— 으음…….

— 왜 이렇게 정신을 못 차려?

을천은 마치 마법에 걸린 사람처럼 흐물댔다.

— 아이, 나 좀 봐. 어서.

사에나는 그의 뺨에 손바닥을 대고 좌우로 흔들었다. 그 역시 깨어나려 안간힘을 썼다.

— 주인님.

이때 낙타가 다급하게 불렀다.

— 억!

그는 숨이 턱 막혔다. 정신은 확 돌아왔는데, 아뿔싸, 공중으로 몸이 떠 날아갈 참이었다. 얼굴에 달라붙은 카푸탄은 머리를 처눌러 질식시키려는 악마의 검은 손 같았다. 그는 필사적으로 낙타의 목을 껴안고 찰싹 엎드렸다.

거센 회오리바람이었다. 낙타가 켁켁거렸다. 그는 녀석이 놀라지 않도록 목을 부드럽게 토닥거려 주었다.

— 어이, 친구.

을천은 전쟁터 속의 전우를 대하듯 불렀다.

— 또 한 번 날 구해주었군. 이 은혜를 어떻게 갚지?

그는 바깥을 내다보고 싶었다. 우선 땅바닥을 내려다보면서 서서히 눈을 적응시켜나갔다. 그런 뒤 카푸탄을 코끝께까지 치켜들었다. 마치 고춧가루를 뿌린 것같이 얼굴이 후끈거렸다. 카푸탄의 끄트머리로 회오리 바람이 빠른 속도로 비켜가고 있는 게 눈에 들어왔다.

— 안심해.

그는 낙타의 엉덩이를 두드리며 나지막이 속삭였다. 낙타는 알겠다고, 그러나 분명히 얘기하지만, 제발 주인님이 정신을 바짝 차렸으면 좋겠다고 말했다.

— 알았어, 친구.

해는 정수리 위에 와 있었다. 을천은 카푸탄을 다시 입고 부신 눈을 들어 앞을 쳐다보았다. 예쁜 초생달 모양의 바르한(작은 모래 언덕)이 먼저 그를 반겼다. 크고 작게 울뭉줄뭉 모여 있는 모래 언덕들은 무척 환상적이었다.

낙타는 그 사이를 지나갔다. 모래 언덕 하나를 넘으니 장관이었다. 푸른 하늘에 붉게 물든 유프라테 포플라의 단풍숲. 저들은 어디서 물을 받아먹는 거지? 을천은 오직 그 생각뿐이었다.

— 천추의 한이군.

물통을 카라반 사라이에서 채울 요량으로, 챠크막 강을 그냥 지나쳐온 걸 두고 하는 한탄이었다.

그는 유심히 주위를 둘러보았다. 물줄기를 찾아 샅샅이 뒤져볼까 하는 생각도 없지 않았으나 단념했다.

— 그러다간 영락없이 귀신이 되고 말 거야. 가다 보면 머잖아 반드시 물을 만나게 되겠지. 이 길로만 곧장 가면…….

지금 물통의 물은 탈탈 털어도 세 모금쯤 남아 있을 터였다.

을천은 쉬어가기 위해 낙타에서 내렸다. 이곳은 모래의 색깔도 훨씬 붉었다. 벌써 나뭇잎도 많이 졌다. 고슴도치를 빼닮은 풀들이 여기저기 보였다. 그는 그늘에 누웠다. 그리고 이내 곯아떨어졌다. 꿈속에서도 계속 쫓기기만 했다. 게뚜더기 놈한테 몇 고비를 넘겼다. 몸이 도무지 말을 듣지 않았다. 힘껏 놈을 걷어차도 마음뿐이지 채 무릎까지도 안 올라갔다. 하여튼 꿈이 어찌나 뒤숭숭하고 어수선한지, 곤하게는 잤지만 깨자마자 목이 콱 메이고 식은땀까지 줄줄 흘렀다.

— 악질 놈의 자식!

침을 퉤 뱉었다.

— 가자.

을천은 벌떡 일어나 낙타에 올라탔다.

— 끝내 잡히진 않았어…….

꿈을 반복해서 떠올리며, 그는 지난번 꿈과 연결시켜 스스로 기운을 돋우웠다.

해는 떨어지려면 아직 많이 남았다. 그는 지금이 걸음을 재촉할 때라고 생각했다. 낙타는 흔쾌히 그의 제안을 받아들였다. 파도는 잔잔했다. 일엽편주는 바르한들이 일렁이는 사막의 바다를 제법 빠른 속도로 항해해갔다.

그렇게 얼마 동안을 갔을까, 저 멀리 수평선에 벌써 까치놀이 보였다.

— 오늘밤은 저걸 넘어야겠군.

— 전 자신 있어요.

을천은 깜짝 놀랐다.

— 주인님은요?

녀석이 더욱 당돌하게 묻질 않는가?

— 어, 나?

자존심이 상해서 을천은 잠시 머뭇거렸다.

— 걱정 마.

실은, 너나 잘 해, 하려다가 생명의 은인이란 생각에 마음을 고쳐먹고 말했다.

그는 물을 한 모금만 마시기로 했다.

— 네 덕에 오늘밤은 잘 견딜 것 같군.

그건 녀석에게 한 말이었지만, 좁쌀만큼의 물을 축낸 데 대한 안타까운 자기 변명이기도 했다.

또다시 잔인한 밤의 항해는 시작되었다. 고민 끝에 그는 이 친구에게 고행자란 이름을 지어주기로 했다.

— 아냐, 사막의 고행자가 더 좋겠어.

그러나 녀석은 아무런 대꾸도 없었다.

— 사막의 고행자, 묻겠네. 자넨 왜 이 이름을 싫어하지?

녀석은 막무가내로 입을 봉하고 있었다.

— 내 재미있는 이야기 하나 해줄게.

…… 하루는 한 고행자가 이웃에게 항아리를 빌렸는데, 이웃이 그걸 찾으러 갔드래. 대뜸 고행자를 본 이웃은 의아하게 여겨 물었지. 왜냐하면 고행자가 새끼 항아리를 하나 더 품에 안고 있었거든. 고행자는 빙긋이 웃으며 대답했어. 이 항아리가 임신을 했거든요. 이게 그 새끼랍니

다. 당신이 항아리의 임자니 마땅히 그 새끼도 가져야 한다는 거였어.
이웃은 두말 할 나위 없이 날 듯이 기뻐서 집으로 갔지.

그후에 고행자가 그 이웃에게 가마솥을 빌리러 왔드래. 이웃은 이렇
게 덩치 큰 녀석이면 확실히 굉장한 아이를 낳을 거라고 코를 벌름거리
며 그것을 빌려주었어.

뜬 마음으로 기다리던 이웃은 시간이 지나도 도무지 가마솥을 돌려주
지 않자 마침내 고행자를 찾아갔대.

고행자는 고통스런 표정을 지으며 말했지.

— 당신에게 말하려던 참이었어요. 너무나 슬픈 일이 일어났습니다.

— 뭐가요?

그 이웃이 물었어.

— 이 일을 어쩌죠. 당신의 가마솥이 죽었답니다. 그래서 당신께 그것
을 돌려드릴 수 없었어요.

— 뭐라구요? 가마솥은 쇠로 만들어졌잖아요. 그게 죽다니 말이나 돼
요?

고행자는 이렇게 말했대.

— 아, 진정하세요. 항아리가 임신을 하고서 아이를 낳듯이, 가마솥도
죽을 수 있다는 걸 당신은 받아들여야 하지 않겠습니까? 이걸 깨닫는
건 소중한 것입니다. ……

낙타는 여전히 심드렁했다. 을천은 답답한 듯 목소리에 열이 올라 있
었다.

— 그 고행자는 일찍이 사막에서 깨달은 거라구.

그는 한동안 생각에 잠겨 있더니, 아주 심각하게 말했다.

— ……너처럼 말이야.

그는 예수, 무함마드, 석가모니 들을 떠올리며 밤의 사막 속으로 깊숙이 들어갔다. 그는 애절하게 부르짖었다. 하늘이시여! 오늘밤을 무사히 통과하게 하옵소서. 나약한 우리를 붙들어주옵소서…….

사막의 고행자는 그제야 고개를 끄덕였다. 그들은 바람과 함께 항해하고 있었다. 어제 같은 일을 당하지 않기 위해서 그는 타고 걷기를 번갈아 했다. 밤의 한가운데를 조금 지났을 때, 그는 또 한 차례 죽음의 고비를 가까스로 넘기고 있었다. 그 일은 '악마의 숲' —— 왜냐하면 그가 여기서 '바람의 여인'의 유혹과 시험을 받기 때문에 —— 에서 일어났다.

칼바람이 얼어붙은 그의 몸을 난도질할 듯이 매섭게 불고 있었다. 하늘에는 초승달 주위로 뭇별들이 양떼같이 모여 아름답게 빛을 발하고 있었다.

— 아아, 언제나 도착할까?

그러나 하늘의 별들은 벙어리였다. 이때 바람에 실려 한 여인의 부드러운 목소리가 들려왔다.

— 걱정 마세요. 이제 거의 다 왔어요.

그는 귀가 번쩍 뜨였다. 기적의 소리를 찾는 두 눈이 불을 뿜었다. 그러나 보이는 건 눈앞의 검은 숲뿐이었다. 그는 자신도 모르게 낙타를 달렸다. 마침내 커다란 나무 밑에 이르러 낙타는 멈추었다.

— 자, 저걸 봐요.

목소리가 가리키는 곳을 바라보았다. 그는 깜짝 놀랐다. 두 개의 나뭇가지에 사에나와 청이 흰 옷을 길게 늘어뜨린 채 매달려 있었다. 이게 생신가, 꿈인가?

을천은 황황하고 애달은 마음에 꿀 먹은 벙어리가 되어 차마 두 여인의 얼굴을 똑바로 쳐다볼 수가 없었다.

— 어서 와.

청이 먼저 입을 뗐다.

— 꽁꽁 얼었네. 나, 얼마나 기다렸는지 알아? 그래, 얘긴 나중에 해.
자, 이리…….

을천은 어찌할 바를 몰랐다.

— 뭘 망설여, 이리 오라니까.

그는 그것이 허깨비인지 아닌지 생각할 겨를도 없이 속수무책으로 말려
들고 있었다.

— 아……아냐, 난 괜찮아.

그는 애처롭게 서 있는 사에나 쪽을 쳐다보며 말했다.

— 정……말……?

청은 금방이라도 울 듯이 고개를 떨구었다. 나무 위에서 반짝거리는
별들까지 슬픈 듯 보였다.

그는 낙타에서 내리려 했다.

— 난 지금 움직일 수 없는걸.

— 오빠, 그냥 거기 계세요. ……제가 갈게요.

사에나가 말했다.

— 안 돼. 매달려 있는데 어떻게 올 수 있니?

— 걱정 마세요. 제 마음이 가는 거예요.

을천은 비로소 사에나를 뚫어지게 쳐다보았다. 그녀는 조금도 슬퍼하
지 않는 편안한 모습이었다.

— 눈을 감아보세요. 그리고 절 봐요.

사에나의 미소가 코끝에 머물러 있는 느낌이었다.

— 호호, 제가 어떻게 보여요?

— 눈을 감으면 안 돼!

청이 다급히 외쳤다.

— 왜지?

— 허깨비에 홀려. 그리고 나를 볼 수 없잖아.

이때 그를 데려온 바람의 여인이 말했다.

— 그건 당신 맘이에요.

그녀는 이어 말했다.

— 하지만 당신을 위해서 한 마디 할게요. 진정으로 사랑하는 사람의 말을 들으세요.

눈을 뜨고 감는 게 어쨌다는 건가, 생각했다. 그 사이 그의 몸은 더욱 얼어붙었다.

— 난…….

잠시 침묵이 흘렀다. 이때 얼른 낙타가 말했다.

— 주인님, 눈앞엔 아무도 없어요.

— 쓸데없는 소리! 낙타 주제에 뭘 안다고 참견이야!

바람의 여인이 말했다.

아니오, 그는 사막의 고행자요. 하지만 그의 생각은 이제 말이 되어 나오질 않았다. 사실 그는 한시도 견딜 수 없었다. 곧 얼어죽을 거야. 아아, 생각하기도 힘들어……. 그는 속으로 거푸 뇌까렸다.

— 어서 오라니까 뭘 해?

청이 말했다.

— 아참, 얼어서 꼼짝 못 한다고 했지. 기다려, 내가 가서 녹여줄게.

어떻게? 너도 묶여 있잖아. 그는 간신히 생각으로 말했다.

— 안 돼. 어서 눈을 감아요, 오빠.

사에나가 말했다.

— 그리고 오빠의 어머니를 제가 모시고 갈게요.

순간 어머니의 음성이 들려왔다.

— 을천아…….

얼어붙은 전신에 따뜻하고 포근한 숨결이 스며들었다.

어머니……. 그의 까물어지려는 의식이 안타까이 어머니를 부르고
있었다.

— 얘야, 여긴 죽음의 사막이다. ……마음의 눈을 감지 마라.

— 오빠, 그래야 돼. 알았어요?

사에나가 옆에서 거들었다.

— 정신 차려, 을천씨. 절대로 눈을 감지 마. 내가 갈 테니 나에게 눈
을 떼지 마.

청은 이어, 눈을 감으면 마법에 걸려서 영원히 잠들어버리고 말 거라
고 애절하게 말했다.

— 오빠……. 을천아…….

찬찬한 사에나의 음성 위로 어머니가 겹쳐왔다. 하지만 그의 정신은
점점 아뜩해만 갔다. 천길 나락이 눈앞에 있었다.

— 주인님!

낙타가 다급히 소릴 질렀다.

— 끄윽끄윽.

찢어지는 비명소리를 내지르며 낙타는 마구 날뛰었다. 그는 사정없이
모래바닥에 곤두박질치고 말았다. 가슴뼈가 으깨어지는 것 같았다. 별
똥들이 수없이 그려지고 정신이 번쩍 들었다. 급히 가슴으로 손을 가져

갔다. 몸이 말을 듣는 거였다. 청동 고마고리였다. 네가 날 살렸구나!
바람이 끔찍한 쇳소리를 내며 계속 지나갔다.

바람의 여인도, 청이도, 사에나도, 어머니도 아무도 없었다. 다만 사
막의 캄캄한 가을숲만이 괴기스럽고 황량하게 내던져져 있었다. 고마
여, 고마여…… 그는 더 이상의 말을 잇지 못했다. 사막의 고행자는 시
치미를 떼고서 물끄러미 검은 숲을 바라보고만 있었다.

— 가자.

그는 청동 고마고리를 다시 품에 집어넣었다.

새벽이 찾아왔을 때, 저 멀리서 검실검실 육두질치는 파도는 가도 가
도 끝없는 사막의 바다가 있을 뿐이라고 그를 비웃고 있었다. 해를 보고
미친 듯이 달려나갔던 어제와는 딴판이었다. 그는 가물거리는 의식을
겨우 가눈 채 낙타 등에 거적처럼 업혀 있었다. 이따금 꿈틀거리는 살덩
어리는 빛을 받으면서 차츰 사막의 식물처럼 살아났다.

— 물…….

갈라지고 가시가 돋은 목구멍은 한 통의 물로도 기별이 가지 않을 것
이지만, 그는 기어이 한 방울 남은 물을 쥐어짜듯이 목구멍 속으로 털어
넣었다. 비록 빈 물통이나 그는 그걸 소중히 매달았다.

아아, 끝이 안 보이는구나. 강은 모래 속에 묻혀버렸단 말인가. 정말
난 제대로 가고 있는 건가. 오, 고마님! 이대로 끝나는 겁니까? 그는 오
늘밤을 도저히 넘길 수 없을 것 같았다.

아까부터 그의 눈에는 신기루가 보이기 시작했다.

— 주인님, 지금부터 눈을 감으세요. 걱정 말구요, 네?

낙타가 말했다. 을천은 허탈하게 웃었다.

144

― 그 대신 절대로 잠들지는 마세요. 날 믿어요. 잘 찾아갈 테니까 말이죠.

그는 안간힘을 써도 말은 나오지 않고, 오직 생각만 할 수 있었다.

― 저건 강이 아닙니다.

낙타는 을천의 생각을 훤하게 읽고 있었다.

'미치겠군. 이제 내가 나를 믿어서는 안 된다는 건가?'

― 그렇게 조급해하면 머잖아 자기 생각도 믿을 수 없게 돼요.

'제기랄, 날 훈계하는 거야?'

― 제발 부탁이에요. 그런 식으로 말하지 마세요.

이제 친구가 아니라 스승이군, 사막의 고행자여……. 그는 하는 수 없이 눈을 감고, 그의 말대로 정신을 모으려고 무진 애를 썼다. 하지만 더욱 가물가물 멀어져갈 뿐, 간밤처럼 허깨비나 신기루에 홀려선 안 된다고 스스로에게 희미하게 타이를 뿐이었다.

그는 그런 와중에서도 카푸탄을 둘러쓰고, 생명의 강은 믿음 속에 있다는 한 줄기 깜박거리는 불빛을 느끼고 있었다.

― 맞습니다. 그 불빛을 밝히세요. 더 훤히, 주인님 마음 가득히. 그것만이 살 길입니다.

사막의 고행자가 말했다.

'난 얘기할 기력이 없어. 미안해.'

― 그럼 지금처럼 듣기만 하세요.

'아냐……. 생각할 기운도 없다네, 친구.'

이어 을천은 친구의 말을 중단시키려 생각했지만, 낙타는 의무처럼 이야기를 계속했다.

― 생각마저 그만두면 우리 둘 다 죽게 됩니다. 그러나…….

머릿속의 생각이란 믿음의 불빛과는 다르다는 말을 덧붙이려다가 낙타는 그만두었다. 믿음도 생각이라는 반문을 당해낼 재간이 없었기 때문이다. 더욱이, 그럼 생각은 그만두고 믿음의 불꽃만 키워가세요, 라고 말하는 것도 전혀 낙타의 의도가 아니었기 때문이다.

을천은 낙타가 말하는 의미를 모를 리 없었다.

'알아. 하지만 못 하겠다구.'

그러면서도 그는 좁쌀만한 불빛에 온 정신을 간신히 모두고 있었다. 낙타도 더 이상 그의 마음을 건드리지 않기로 했다.

허락하지 않은 땅에 들어온 그를 신은 용서한 것인가? 모래 언덕들을 옮겨놓거나, 어딘가 흐르고 있을 강줄기를 바꾸거나, 푸른 하늘을 시커멓게 덮어버릴 노여움을 신은 아직은 보여주지 않고 있었다.

명상의 시간이라 해야 할 것인가, 믿음의 시간이라 해야 할 것인가? 을천은 불빛 덕분에 차츰 마음속에서 또렷하게 강을 바라볼 수 있게 되었다. 죽음의 사막 속을 유유히 흐르고 있는 생명의 강. 그는 오직 그것만을 생각하고 있었다. 그러나 그는 갈수록 구토증이 났다.

'먹은 것도 없는데.'

— 그러니까 그러는 거예요.

'이젠 별걸 다 참견이군.'

— 토하고 싶으면 토하고 참고 싶으면 참으세요. 하지만 그것에 정신을 빼앗기지는 마세요. 잘 알겠지만.

'모르겠어!'

을천은 버럭 짜증을 냈다.

— 네?

'모르겠다니까! 제기랄.'

― 헤헤, 그럼 가르쳐드릴게요. 그런 일로 화를 내거나 하면 불빛
이…….

'조용히 해. 안다구, 다 안다니까.'

고지식한 낙타는 어이가 없었다. 안다는 걸 연거푸 두 번씩이나 따따
거린 사람이 왜 방금까진 모른다고 화를 냈는지, 머리가 확실히 어떻게
된 건 아닌가 걱정까지 들었다.

― 남의 일 같지가 않아…….

낙타는 중얼거렸다.

을천은 완전히 고행자가 되어버렸다. 오직 그 불빛만을 바라보면서,
벌써 반나절도 훨씬 넘게 허물어져가는 몸뚱이를 가까스로 붙들고 있었
다. 을천은 그 불빛이 자기의 의식인가에 대해 의문을 던졌다. 돌아온
답은 엉뚱하게도 단순함이 무한한 힘이라는 깨달음이었다. 이건 또 무
슨 소린가?

……사막은 단순하다. 사막에선 이 진리를 배우지 않으면 누구도 살
아남을 수 없다. 이것은 오직 하나만을 선택하는 것, 그리고 다른 모든
걸 버리는 것, 신기루나 허깨비의 유혹을 뿌리치기 위해서, 반드시 생명
의 강에 도달하기 위해서…….

그는 다시 물었다. 누구의 불빛인가? 그 불빛은 누구의 것인가? 나의
것인가, 신의 것인가, 공유하는 것인가. 그러나 확실한 건, 그 불빛은 유
일무이하다는 것이었다.

을천은 쉬어가기로 했다. 그의 몸뚱이가 육중한 소리를 내며 철푸덕
낙타에서 떨어졌다. 곧 잠 속으로 빠져들었지만 다행히도 전날처럼 사
나운 꿈은 꾸지 않았다. 깨어나서 무심결에 모래를 허적거리는데 딱딱
하고 매끄러운 게 손에 잡혔다. 집어올려 보니 흰빛의 큰 조개였다.

아니, 이런! 깜짝 놀라서 모래 속을 헤집었다. 예쁜 빛깔의 조가비들이 여기저기 박혀 있었다. 여기가 백사장인가? 그는 정신없이 일어나서 사방을 두리번거렸지만, 물이라곤 아무 데도 보이지 않았다. 을천은 맥없이 픽 주저앉았다.

'현혹되면 안 돼.'

사실 그것들은 태곳적에 이곳이 바다였다는 것을 말해줄 뿐이었다.

'여기서 물을 찾아 헤매다간 아주 끝이야.'

늪에 빠진 사람처럼 몸이 모래 속으로 마구 꺼져드는 것 같았다.

'오늘밤은 어떻게 하지?'

자신도 모르게 신음이 새어나왔다.

— 주인님, 불빛은 어떻게 됐어요? 어느 새 꺼졌나요?

을천은 역정낼 기운도 남아 있지 않았다.

'솔직히 말해서 오늘밤은 자신 없어.'

낙타는 그의 눈을 빤히 들여다보았다. 난처하군. 사실 나도 오늘밤은 자신이 없는데. 벌써 바람소리도 심상치 않잖아? 낙타는 자기도 솔직히 고백하는 게 좋겠다고 결론을 내렸다.

— 사실 저도 그래요.

낙타는 고개를 푹 숙였다.

해는 이제 댓 걸음을 남겨놓고 있었다. 을천의 몸은 오한이 달려들어 으슬으슬 추웠다. 속이 울렁거리며 검누런 모래 파도가 마치 그의 머리 위로 덮쳐오는 듯이 보였다. 이제 절망이었다. 그러나 을천은 조용히 눈을 감은 채 자신의 마지막을 포기하지 않고 지켜보고 싶었다.

'낙타야, 그동안 나 때문에 고생 많았어.'

생각은 차분히 이어졌다.

'그런데 어쩐다지? 괜히 나 때문에 낙담하지 말고 너라도 갈 수 있으면 가봐. 넌 잘 해낼 거야. 난 믿어, 정말. 넌 사막의 고행자가 아니니?'

후훗, 기분 더럽군. 순 제 기분대로야. 사막의 고행자라고? 웃기는 소리지. 낙타는 차마 그 말들을 입에서 쏟아내지 못했다.

— 알아서 할게요.

낙타는 생각할수록 부아가 치밀었다.

— 그럼 이제부턴…… 좋아요, 저도 상관하지 않을 테니 알아서 하세요.

'아니, 어떻게 한다구?'

사실 그는 처음 당한 일이라 당혹했다. 이미 자신의 결정에 의해서 녀석을 친구로, 또 스승으로 격상시킨 사실을 벌써 까마득히 망각한 것이다.

'섭섭하군. 너마저 날 버리는구나……'

말할 수 없이 일망무제한 고독감이 엄습해왔다.

'어차피 죽을 땐 혼잔데, 뭘 그리 괴로워할까.'

그는 마음을 달래려고 애써보았지만, 방금까지 사선(死線)을 함께 넘어온 친구, 설령 자신이 가라고는 했지만, 생의 마지막 순간에 쌀쌀하게 등을 돌려버리는 건 참으로 견디기 힘들었다.

낙타는 터벅터벅 앞으로 걸어나갔다. 사막 위로 이별의 절망이 강물처럼 그들 사이를 가르며 흐르고 있었다. 이윽고 밤이 찾아왔다. 말똥만한 별들은 길잡이가 되어주겠다며 철없이 반짝거리고 있었다.

더 두고 봐야겠지만, 죽음을 기다리고 있는 오늘밤은 무슨 심술인지 잠이 쏟아지지 않았다. 그는 말똥말똥한 의식으로 딱 한 가지 목표를 세웠다. 죽어가는 자신을 끝까지 지켜보기로 했다. 후룩, 촛불이 꺼지는 끝, 그 끝에서 나는 어떤 생각을 할까, 그리고 무엇을 볼 것인가, 그것이 가장 궁금했다. 그러나 가능할지 모르겠다는 생각이 들었다.

시간은 점점 흘러갔다. 여전히 잠은 쏟아지지 않았다. 문제는 잠이다. 그로서는 잠의 끝이 죽음(凍死)의 시작이기 때문이다. 마지막 불꽃을 얼어붙게 하는 건 잠인데, 그걸 지켜보려면 자지 않아야 할 것 아닌가? 그는 마침내 그 목표가 불가능하다는 걸 깨달았다. 그렇다. 잠들면 죽고, 깨어 있으면 산다. 그것뿐이다. 그밖에 다른 어떤 것도 없다. 마음의 불빛은 나를 깨어 있게 하기 위해서 존재하는 것이다. 깨어 있으라! ······ 그는 이 간단한 사실을 알지 못하고 있었던 자신이 참으로 의아스러웠다. 그래서 살아 있는 동안은 깨어 있어야 한다는 자명한 결론에 도달했다. 그렇다! 나는 지금 살아 있다! 일어나 가자! 나의 생명은, 나의 불빛은 살기 위해서 존재한다. 불빛이 어둠과 싸우듯 나는 추위와 죽음과 싸워야 한다······.

그는 순간 낙타를 버린 자신이 그렇게 원망스러울 수가 없었다.

— 을천아.

아, 어머니······.

— 장하다, 아들아. 깨어 있는 내 아들아. 고마님은 너를 늘 사랑하신단다. 너는 끝까지 그분의 옷자락을 붙들거라. 아들아······.

어머니의 주름살이 강물처럼 눈앞을 흘러가고, 그 사이로 사막의 고행자가 보였다.

그는 순간 저 고행자가 고마님의 옷자락이라고 확신했다. 그는 자리를 차고 가까스로 일어났다.

'어머니, 어디를 가야 사막의 고행자를 찾을 수 있을까요?' 하며, 그는 낙타를 버린 자신을 한없이 원망했다.

'친구야, 그게 아니었구나. 너를 위한다고 진심으로 했던 말이. 결국은 내 생각만 했던 거야……'

그는 낙타를 찾아나섰다. 그러나 곧 얼마 못 가서 몸이 움직여지질 않았다. 기력이 끝어지지 않을 뿐 아니라, 갈수록 몸이 금세금세 얼어붙고 있었다. 아무리 맘만 있어봐야 소용없는 일이었다.

'아아, 이젠 별수없는가.'

그러나 아글타글 몸을 움직이려 기를 썼다.

'좋아, 끝까지 해보는 거야.'

흐억——. 청동 고마고리가 어젯밤처럼 그의 가슴뼈를 으깨지도록 찍었다. 가까스로 그는 자신의 몸뚱이를 넘어뜨리는 데 성공했다. 이빨을 악물고 자신의 의식을 온몸에 뻗쳐보았다. 다행히 사지를 어느 정도 움직일 수 있었다.

'고마고리, 고마고리……'

그는 품속에서 청동 고마고리를 꺼내 온 정신을 집중시켰다.

'아버지, 저에게 힘을 주세요.'

그의 염원은 드디어 말이 되어 입술로 새어나왔다.

'아버지, 저에게 힘을 주세요.'

쉴새없이 주문을 외듯이 중얼중얼거리는 소리는 정말 엄청난 능력을 주었다. 점점 뜨거운 기운이 전신에 감도는 걸 느낄 수 있었다. 그는 일어났다.

— 아버지, 아버지…….

한발짝 한발짝 걸어나갔다. 살을 에는 바람이 윙윙거리며 울부짖었다. 발에 밟혀 바르한들이 부서지는 소리가 그에게 이유를 알 수 없는 힘을 주었다. 버석 버석 버석……. 마치 샤먼의 북소리처럼 그의 중얼거리는 소리와 함께 신기하게도 얼음장 같은 손바닥에 땀이 돌았다.

— 아니, 저건!

저게 뭐야, 낙타 아냐. 아니, 네가? 그는 자신의 눈을 의심했다. 또 허깨비를 본 건 아닌가 했지만 그건 아니었다. 이미 을천은 낙타의 뺨에 입을 맞추고 있었다.

— 기다리고 있었니?

낙타는 고개만 끄덕였다. 을천의 눈물이 낙타의 콧등을 적셨다.

— 내가 잘못했어. 다시는 그런 일이 없을 거야.

을천은 낙타 등에 올라탔다. 더 굶주렸고, 더 목말랐고, 더 추웠지만 그는 그날 밤을 더 잘 견뎌냈다.

그런데 조금 도톰해진 초승달이 하얗게 사라져갈 때쯤 정말 기적이 일어났다. 물러가는 어둠 속에서 아직은 검은 숲 위로 희붐한 빛무리가 서리고 아름다운 새소리가 들려왔다.

그는 눈을 감고 미혹되지 않도록 마음의 불빛에 정신을 집중했다. 분명히 잠을 깬 새들의 재잘거림 사이로 물 흐르는 소리가 갈피처럼 끼여 있었다.

이제 살았다, 는 환성이 터져나왔다. 더 이상의 자제력을 가질 수 없었다. 흥분을 억제할 수 없었다.

낙타는 거침없이 숲속으로 달려나갔다. 잎사귀가 다 떨어진 포플러 나무숲을 지나, 그들은 희불그레한 새벽 공기에 휩싸여 출렁출렁 흐르고 있는 검푸른 강물을 만났다.

그는 그대로 심장이 멎었다, 고 말해도 좋을 정도였다. 아니, 사실상 그리고는 곧바로 쓰러져버렸다. 암소의 젖에서 막 뿜어나온 신선한 우유처럼 아침 햇살이 사선을 헤매는 이 젊은이를 따사롭게 비추었다.

정신을 잃고 끝없이 추락하던 을천은 어느 순간 구름 위를 둥둥 떠서 무연한 하늘을 마냥 흘러다녔다. 표류하던 그가 다다른 곳은 외딴 구름섬이었다. 그 섬의 주인은 자주 바뀌었다. 그들 속에 청과 사에나도 끼여 있었다.

꿈은 반대인지 몰라도, 청은 슬프고 사에나는 당찼다. 곧잘 사에나는 새로 변했고, 청은 구름 모양이 되기도 했다.

— 오빠, 숨을 크게 쉬어봐요.

사에나는 자신의 깃털을 뽑아 그의 콧구멍을 부드럽게 간지럽혔다. 다시 장면은 바뀌어, 어느 푸른 들판에서 그의 영혼은 막 육체를 떠나려 했다. 청은 뭉실뭉실한 구름처럼 포근하게 그를 감쌌다.

— 기운 차려, 응?

청이 애처롭게 말했다.

— 이럼 안 돼. 이렇게 가면 어떻게 해? 아직 할 일이 많잖아.

그녀의 눈물은 빗줄기 되어 그의 얼굴에 뿌려졌다. 청의 구름은 점점 줄어들더니 사라져갔다.

— 넌 나랑 다른 패랭이꽃이야.

을천은 이 말만 안타깝게 되뇌었다. 시골에 핀 패랭이꽃은 이를테면, 노란 패랭이 꽃대가 부러지면, 노란 패랭이에서 뽑은 꽃실로 매줘야지 분홍 패랭이에서 뽑은 꽃실로 감아주면 죽게 된다는 말이었다.

대기는 금빛으로 가득했다. 흐르는 강물은 모래톱을 적시며 은어의 비늘처럼 신선하게 반짝거렸다. 을천이 부신 눈을 뜨고 맨 처음 본 것은 빨갛고 노란 가시풀들이었다. 그 사이로 금실금실한 물이 시야에 들어왔다. 을천은, 저게 신기루가 아니면 일단 살았구나, 라는 생각이 들었다.

얼굴이 몹시 뜨거웠다. 몸을 뒤척이려고 애썼다. 그러자 뜻밖에도 몸이 움직였다. 기고 뒹굴고, 움지럭움지럭 또 기어서 물가에까지 다가갔다.

확실히 물이었다. 손끝에 찰랑하는 물의 감촉은 두렵기까지 했다. 얼굴을 물 속에 집어넣었다.

'아, 살았구나.'

눈썹에 대롱대롱 매달린 물방울 위로 햇살이 형형색색 무지개처럼 아름답게 부서졌다.

푸후——

정신없이 물을 퍼마시고 난 그에게서는 몸 속에 들어간 물이 그대로 기운이 되어 샘솟듯 솟구쳤다.

— 아버지, 이게 타림 강으로 합류되는 카쉬가르 강 아닙니까?

울음 섞인 그의 목소리는 막 잡아올린 물고기처럼 파르르 떨려나오고 있었다. 한데 그 순간 빛무리가 진 청동 고마고리가 자신의 오른손에 힘차게 들려 있는 걸 깨닫고, 그는 소스라칠 듯이 놀랐다.

— 아들아.

어디선가 아버지가 자신을 부르고 있었다. 그는 두리번거렸다.

— 아들아.

또다시 들려왔다.

— 네——

그러나 이후로 두 번 다시 아무 소리도 들려오지 않았다. 대신 그는 강물을 마시고 있는 낙타를 발견했다. 그는 낙타에게로 가서 그의 몸을 쓰다듬어 주었다. 그제야 을천은 펄펄 끓던 열이 내리면서 제 정신이 돌아온 듯했다. 눈앞의 희부옇던 게 말끔히 씻기운 느낌이었다.

하얀 물새들이 강물 위를 차오르고, 붉은 부리의 오리가 물가를 유유히 헤엄쳐다녔다. 강을 연한 숲속의 나뭇가지들 위에는 둥지를 튼 새들의 보금자리가 울퉁불퉁 얹혀 있는 호박덩이처럼 수도 없이 많았다. 어디 그뿐인가? 황토빛의 고슴도치가 전혀 두려움 없이 지나가는가 하면, 토끼처럼 생긴 쥐가 가까운 발치에서 서성거렸다. 또 때가 되면 만발할 다채로운 사막의 꽃들이 모래톱 가까이 마중나와 있었다.

우선 그는 물고기를 몇 마리 잡아 허기를 채웠다. 이 강을 따라가면 이제 걱정할 게 없었다.

— 자, 친구야, 우린 앞으로 한밤의 추위도 견딜 수 있어. 이 강만 따라가면……

그는 제 흡족한 마음을 낙타를 빌어 말했다.

타림 강은 타클라마칸 사막의 서쪽 끝에서 근 삼천 리를 횡단하여 동쪽의 로프 호수로 흘러드는 참으로 기나긴 강이다. 크게 카쉬가르 강ㆍ야르칸트 강ㆍ호탄 강ㆍ악수 강이 합류하여 이 타림 강을 만들었다.

— 악수로 가야겠어.

그는 일단 악수에 도착해서 어떻게든 천산을 넘기만 하면 일차 탈출에 성공하는 것이라 생각했다. 사실 그외 다른 방법도 없었다. 악수로 가는 길말고는 다른 어떤 길도 거리가 몇 배나 멀어 불귀의 객을 허락할 뿐이었다. 하지만 악수는 가장 위험한 곳이었다. 안서도호부가 있는 쿠차가 바로 지척의 거리에 있고, 더구나 당군이 아직도 을천을 찾고 있다면, 이곳의 경계는 그만큼 삼엄할 수밖에 없기 때문이다.

쿠차엔 당시 고구려계 장수 고사계가 안서군(安西軍) 4진교장(四鎭校將)으로 근무했는데, 그 아들 고선지(高仙芝)는 거기서 유년시절을 보내고 있었다.

2

눈보라 속에 검은 점 하나가 조금씩 조금씩 커져오고 있었다. 말띠 해
도 다 저물어가는 동짓달의 끝, 하얀 강이라 불리는 악수(白水) 강을 낙
타를 타고 거슬러올라오는 한 사람이 있었다. 그는 거적 같은 카프탄을
둘러쓰고 허수아비처럼 앉아 있었다. 낙타가 내뿜는 콧김만이 이들이
유령이 아니란 걸 증명할 뿐이었다. 전쟁중에 대규모의 군사가 이동하
는 걸 제외하고 타클라마칸을 종단하거나 횡단하는 일은 본 적도 없고
들은 일도 없었다. 더욱이 혼자서……

두 내외는 두려움에 휩싸여 있었다.

— 대체 어디서 온 사람일까요?

— 그러게 말이네. 허, 어찌 이런 일이…….

남자가 말끝에 한숨을 푹 내쉬었다.

— 혹 하늘에서 내려온 사람이 아닐까요?

여자는 근심스런 얼굴이었다.

— 그럴지도 모르지.

남자가 한숨 더 떴다.

— 도대체 사막 속에서 사람이 나오다니! 이 행색 좀 보라구. 이건 길
잃은 인간이 아니야. 사막 사람이지.

남자가 말한 사막 사람은 방 한 구석에 송장처럼 누워 있었다. 얼굴은
나무껍질처럼 딱딱하게 말라붙었고, 카푸탄은 헤지다 못해 나탈나탈한
실타래가 되어버렸다.

그 사람은 조금씩 깨어나기 시작했다. 귓전은 쑤다 만 죽처럼 퍼지고
엉겨서 무슨 소린지 알아들을 수가 없었다. 눈은 더욱 떠지지 않았다.

그러나 시간이 지날수록 청각은 서서히 살아났다.

— 여보, 맥박이 훨씬 좋아졌어.

남자는 그의 심장에 귀를 대고 있었다.

— 몸을 더 덥히면…….

— 그래.

남자는 화덕에 불을 더 올리고, 이불 하나를 더 꺼내 덮어주었다.

밖에서는 바람이 몹시 심하게 불었다. 그러나 구덩이를 깊이 판 이 흙
집은 보기보다 따뜻했다.

— 이제 혈색이 좀 도는군.

아, 이들이 고구려 사람들이란 말인가? 사막 사람은 이들의 말소리를
듣고 깜짝 놀랐다.

— 곧 깨나겠지요?

여자가 말하는 도중에 뭔가 딸가닥거리는 소리가 간간이 끼어들었다.

— 어이.

— 뭐예요?

— 봐봐. 움……움직여.

— 정말!

— 이봐요? 들려요? 네?

남자가 조바심을 쳤다.

사막 사람은 눈을 겨우 뜨고 이들에게 초점을 맞추려고 애를 썼다.

— 입술을 움직이는 걸 보니, 말이 안 나오나보네.

잠시 후 남자는 사막 사람을 조금 일으켜 뜨거운 물을 먹었다.

을천은 물론 두려움이 없지 않았다. 만일 발각되는 날이면 여기까지

사경을 헤매고 온 게 모두 수포가 되어버린다. 이 사람들은 무슨 이유로 신고를 하지 않은 걸까? 당시는 낯선 사람이 집에 머물게 되면 반드시 신고를 해야 했다. 말할 것도 없이 사린 오보제(四鄰五保制)에 의해 주민을 감시하고 연좌하는 살벌한 치안법이었다.

— 어디서 오셨소?

을천은 망설였다. 이들이 생명의 은인이지만, 자기가 누구인 줄 알면 어찌 나올지도 두렵거니와, 설령 그런 일이 없다손 치더라도 백해무익할 뿐이라는 생각이었다. 그래서 그는 묵묵히 있었다.

— 좋소.

남자는 허허 웃으며 말했다.

— 한데 이것만은 알아둬요. 댁도 고구려 사람인 듯한데,

아내가 찔벅거리는 것도 아랑곳하지 않고 계속했다.

— 어려운 일이 있으면 도울 테니까…… 좋을 때 아무 때나 서슴지 말고 얘기하시오.

— 이곳에 고구려 사람이 많요?

— 많지는 않아요.

남자는 이야기를 계속했다.

— 헌데 앞잡이도 적지 않소. 고사계란 놈이 두목이죠. 그놈은 아주 잔인해요.

— 겨울이라 다행이에요.

아내가 거들었다.

— 하지만 소문이란 곧 나게 돼 있어.

남편의 말이었다.

— 제가 여기 얼마나 있었습니까?

― 닷새 만에 깨났소. 그러니까 오늘까지 엿새 지난 거지.

― 그렇다면 더 지체하다간 안 되겠군요.

을천은 결연하게 말했다.

― 정말 이 은혜를 어떻게 갚아야 할지 모르겠습니다.

남자는 휘휘 손을 내저으며, 무슨 그런 소릴 하느냐, 지금 그 몸으로 떠나서는 절대로 안 된다, 고 누누이 말했다. 그러나 을천은 끝까지 고집을 굽히지 않았다.

이때 오누이 둘이 들어왔다. 큰애는 사내였다. 눈빛이 살아 있고 정이 많아 보였다. 딸애는 두어 살 어린데도 당차게 생겼다. 방안에서 놀고 있던 꼬마가 두 아이를 보자마자 강아지처럼 달려들었다.

― 특히 고구려 사람한테 들켜선 안 돼요.

을천은 그렇게 말하는 여자를 대견스런 마음에 기웃이 보았다. 첩보 사정을 잘 아는 그로서는 이를 데 없이 고마웠다.

― 허허, 맞는 얘기요.

남자는 쓴웃음을 지으며 말했다. 이곳에서는 고구려인들을 여말이꾼으로 부려서 마을의 동태를 감시하도록 한다는 것이다.

연기가 방안에 자욱했다. 애들이 잡아온 새를 가지고 엄마가 구이 요리를 만들고 있었다. 창자가 꼬르륵거리는 걸 참기가 힘들었다. 부모부터 아이, 손님까지 누구 하나 빼놓지 않고.

― 엄마, 배고파.

꼬마가 모든 사람을 대신해 말했다.

― 그래, 냄새가 참 구수한데.

남자는 입맛을 쩝쩝 다시며 동의를 구하려는 듯한 눈길을 을천에게 보냈다.

— 허허, 저도 그렇습니다.

— 입맛이 도는 걸 보니 몸이 많이 좋아진 모양이오.

적어도 그는 을천보다 열 살은 위로 보였다. 짙은 눈썹 밑에 똑바로 박힌 눈이 그의 올곧은 성품을 잘 드러내주고 있었다.

— 혹시 갑달이란 사람을 아십니까?

순간 남자는 눈동자를 빛냈다.

— 댁이 어떻게?

— 네, 잘 압니다.

을천이 속삭이듯 말했다.

— 어디 삽니까?

— 이 근처요.

— 그 사람한테 연락할 수 있을까요?

남자는 한참 동안 생각했다.

— 댁이 누구인지를 알 수 없겠소?

때마침 음식이 다 됐다고 알려왔다. 을천은 자신을 밝혀도 되겠다는 생각이 들었다. 하지만 이 남자의 가정이 앞으로 혹 무슨 일을 당하지 않을까, 그것이 걱정이었다. 그는 참으로 오랜만에 따뜻한 밥 한 그릇을 먹을 수 있었다. 그는 울고 있었다. 눈물을 보이지 않으려고 갖은 애를 써보았지만 부질없는 일이었다.

바람 좀 쐬고 오겠다며 그는 밖으로 나왔다. 제아무리 살을 에는 칼바람이라 해도, 한 달 밤을 이보다 몇 곱절이나 더 지독한 바람과 사생결단으로 싸워 이긴 승자에게, 오늘밤의 바람은 차라리 시원하다 못해 감미롭기까지 했다. 수만 갈래의 감정이 얽히고설키면서 눈물이 걷잡을 수 없이 쏟아졌다. 그는 엉엉 소리내서 울고 싶었다. 그런데 그때 어깻

죽지가 따스해왔다. 그 남자였다.

— 내, 짐작은 했소.

을천은 어깨를 흠칫했다.

— 갑달이를 만나겠소?

— ……

그는 남자를 빤히 쳐다보았다. 밤하늘의 별들이 흐드러진 정원의 꽃들처럼 탐스럽게 빛났다. 그 사이로 조각달이 외롭지 않게 항해하고 있었다.

— 도와주시겠습니까?

남자는 고개를 끄덕였다.

— 저 실은,

을천의 말을 남자가 가로막았다.

— 아니오. 생각해봤는데 댁을 내가 모르는 편이 더 낫겠소.

그 뜻을 모를 리 없는 을천은 잠시 가슴이 뭉클했다. 그는 충혈된 눈빛을 하고 말했다.

— 이런 선의를 베풀어주시니 뭐라 말씀드려야 할지…….

남자는 고개를 저었다.

— 나는 선의를 베푼 적 없소. 댁을 남이라고 생각지 않을 뿐이지요.

을천은 놀랐다.

— 왜 그런 생각을 하셨습니까?

차가운 밤공기를 타고 멀리서 늑대 울음소리가 들려왔다.

— 허허, 나나 댁이나 다 아는 얘긴 해서 뭐 하겠소.

— ……그렇군요.

을천은 잠시 후 말했다.

— 전 오늘밤 안으로 떠나는 게 좋겠습니다.

— …….

고심 끝에 남자는 손가락으로 턱끝을 불안하게 비비며 말했다.

— 댁은 사람이 아닌 것 같소.

을천이 멋쩍게 웃었다.

— 대체 사막을 얼마나 헤맸던 거요?

— 잘 모르겠어요. 셀 수가 있어야지요.

— 오늘이 며칠인지나 아시오? 섣달 초엿새요.

잠시 침묵이 흘렀다. 을천은 하늘을 보며, 거의 한 달 넘게 사막에 있
었다고 말했다. 남자는 도대체 어떻게 살아나올 수 있었느냐면서 그를
보고 신의 아들이 아니냐고 물었다.

갑달이란 사람은 젊은 청년이었다. 구레나룻이 검실검실한 그는 을천
을 보더니 꾸벅 인사를 했다.

— 별일 없었어?

청년은 말도 말라는 얼굴로 남자를 힐끗 쳐다보며 말했다.

— 아저씨가 얘기 안 해드리던가요?

이곳에서도 을천을 잡기 위해 놈들이 모든 고구려인들을 이 잡듯 뒤
지고, 공갈 협박하고, 딴꾼과 여말이꾼들을 풀어 온 동네를 감시해왔다
는 거였다.

— 지금은 좀 뜸해졌지요.

을천은 남자를 보았다. 남자는 남의 얘기처럼 묵묵히 청년의 말을 듣고
있었다.

— 전 제 동포를 밀고한 자식들이 제일 치가 떨립디다.

청년은 혼자말처럼 씹어 뱉었다.

— 모가지를 확 뽑아서 똥장군 마개로나 쓸 개놈들.

— 절대로, 무슨 일이 있어도 놈들한테 화를 내거나 싸우진 말게.

을천은 거듭 말했다.

— 그러지 않으면 다 죽어. 명심하게. 경거망동하지 말아야 하네.

청년은 분한 기색을 감추지 못하고, 알겠다고 대답했다. 그런 그 앞에서, 이건 명령이야, 란 말을 을천은 차마 입밖에 내지 못했다.

— 새벽에 떠나려고 하네.

— 뭐라구요?

— 글쎄 이렇대도.

남자가 거들었다.

이들은 옥신각신하다가 화제를 조직 문제로 옮겼다. 쿠차 안서도호부에 심어져 있는 동지 한 명이 최근 위태롭다는 것, 이에 대처를 어떻게 할 것인지, 또 고사계가 최선봉에 서 있는데 이놈을 암살할지 말지……를 논의했다.

— 그건 절대 안 됩니다. 남생 암살 사건(男生 暗殺事件) 후, 요동이 박살났던 사실을 항상 명심해야 해요. 암살은 우리에게 아무런 희망이 없을 때만 용인될 수 있소.

을천은 강경하다 못해 필사적이었다. 그는 말을 이었다.

— 그건 자해행위나 마찬가집니다. 아니, 그 정도가 아니지. 한참 무르익는 우리의 독립투쟁을 완전히 망가뜨리는 적보다 더한 적이오. ……탄 아저씨,

을천은 청년이 하는 식으로 남자를 그렇게 불렀다.

— 이 친굴 잘 지켜야겠어요. 제가 아저씨를 만난 게 천만다행입니다.

— 저 친구가 지금 분이 나서 그렇지 아시다시피 일할 땐 퍽 냉정하고 차분하지요. 내가 이 친구한테 넘어간 게 그 점 때문이오.

남자가 전에 어떻게 청년과 의기가 투합하게 되었는지를 잠깐 얘기했다. 그리고 말끝에,

— 나나 이 친구 중에서 누구 한 사람이 댁과 함께 가는 게 어떻겠소?

하는 제안을 했다.

을천은 말이 끝나기도 전에 어귀차게 반문했다.

— 안 될 말입니다. 그건 다 죽는 거예요. 둘 중의 한 사람이 도망간 꼴이 되는데, 놈들이 어떻게 나올지는 안 봐도 뻔하지 않습니까?

— 그렇지만 이 점도 생각해보시오. 여기서 임시정부까지는 만 리도 더 되오. 막중한 임무를 띤 분이 혈혈단신으로 간다는 건 너무나 지나친 모험입니다. 사막을 한 달 간이나 헤매다 여기까지 온 것도 기적 중의 기적인데 말이죠. 만일 도중에 여의찮은 사고라도 나면, 댁의 일은 당장 누가 맡아서 하겠소? 그 뒷감당도 이만저만 문제가 아니고.

을천은 그 일이라면 이미 조처해놓았으니 걱정하지 않아도 된다고 했다. 그리고 둘이 가나 혼자 가나, 탄 아저씨의 우려가 조금도 달라질 게 없다고도 했다. 하지만 이들의 말씨름은 좀처럼 끝이 나지 않았다.

— 난 곧 떠나야 하니 이제 얘기는 이쯤 해두지요.

을천이 자리를 뜨려 했다. 그러자 남자가 또 다른 제의를 해왔다.

— 정 그러면 내 아들 녀석이라도 데리고 가주시오.

그리고 거기다 구구한 설명을 덧붙였다. 을천이 그럴 수 없다고 완강히 거절했으나 막무가내였다.

— 댁의 마음을 난 잘 알아요. 그러나 절대로 혼자선 안 됩니다. 또다시 기적을 바라지 마시오. 사막에서와는 달리 지금은 댁을 도와줄 사람

들이 있소. 그런데도 하늘을 또다시 시험하면, 고마님께서 정말로 노여
워하지 않겠소? 아들놈이 아직 어리지만, 그래 봬도 여간 단단한 애가
아니오. 적잖은 도움도 될 것이고. ……생각해보시오. 그래야만 고마님
이 어여삐 여겨 용서해줄 거 아니오?

　을천은 이 마지막 말에 잠시 할 말을 잃었다.

　— 그렇게 하세요. 우리가 이러는 건 다 우릴 위해서잖습니까.

　청년이 눈물을 글썽거리며 말했다.

　— 내 아들이 사라진 건 둘러댈 궁리가 있습니다. 그 점은 걱정 마시오.

　시간이 얼마나 흘렀을까…….

　— 고맙습니다, 탄 아저씨 그리고 갑달이. 그렇게 하겠어요.

　을천은 마침내 그들의 권유를 받아들였다.

　— 걔 이름은 돌이오.

하는 말을 남기고, 남자는 아들을 떠나 보낼 채비를 해야겠다며 자리에
서 일어났다.

　을천과 소년 돌이와 생명의 은인인 낙타는 세상에서 가장 아름다운
초원, 율두스를 지나고 있었다. 천산산맥의 북사면(北斜面)에 넓게 펼
쳐진 영양가 풍부한 이 초지는 오래 전엔 서튀르크의 수도가 있었고, 최
근에는 티벳과 연합한 톤 야브구(俘子) 카간의 돌류 5성(姓) 부락이 아
직 여기저기에 잔존하고 있었다.

　풀 끝에 내려앉은 흰 서리가 하늘까지 이어졌다. 부드러운 곡선을 이
루는 초원의 언덕들이 서로 교차하면서 선율처럼 끝없이 펼쳐지고 있었
다. 고공 중에는 매 한 마리가 쏟아지는 눈부신 햇살을 흠뻑 받으며 날
고 있었다.

— 저기 좀 보세요.

돌이의 손가락 끝을 따라 을천의 시선이 머물렀다. 구물구물 움직이는 것들이 있었다.

— 뭐지?

그의 눈이 매처럼 쏘아보고 있었다.

— 아마 양떼들 같은데요.

곧 돌이가 고쳐 말했다.

— 아……아니, 말들 같아요. 움직임이 빨라요.

그건 사실 을천이 하려는 말이었다.

마침내 그들이 왔다.

— 너희들은 누구냐?

— 길 가는 사람들입니다.

— 어디로 가는 길이냐?

— 동쪽으로 갑니다.

놈은 을천과 돌이의 행색을 재차 훑어보았다.

— 끌고 갓!

꽤 많은 유르트들이 옹기종기 모여 있는 부락에 도착했다. 을천과 돌이와 낙타는 그들이 지시한 풀밭에 꿇어앉았다. 이들의 튀르크 억양은 심히 높고 거칠었다.

을천은 어떻게 하면 적대감을 누그러뜨리고 환심을 살 수 있을까를 궁리하고 있었다. 그는 튀르크말을 훨씬 더 유창하게 쓸 것인지, 아까처럼 버벅거릴 것인지 생각해보았다. 아무래도 잘 하는 쪽이 나을 것 같았다. 자기와 같은 말을 쓰는 사람에게 우선 친근감이 가는 건 인지상정이 아닌가. 좋아, 그냥 허물없이 대하자, 거기다 한술 더 떠서 도와달라고

해보자, 이들은 튀르기시와는 달리 당에 적대적이니까(튀르기시는 돌륙의 한 부部였다가 누시피를 장악하고 친당적으로 된 반면, 이들 다른 돌륙부들은 대체로 친티벳이었다) 좀 낫겠지, 하는 뚝심을 냈다.

코흘리개 아이들이 조르르 서서 구경했다. 을천의 시야에 붉은색 손수건과 황금색 주머니가 매달린 쇠박이 허리띠가 하나 가득 들어왔다. 그것은 더욱 가까이 다가와 선뜩하게 찰랑대며 찬 기운을 코 앞에다 뿜어댔다.

— 어디서 왔느냐?

을천은 서서히 올려다보았다.

— 사마르칸드에서 오는 길입니다.

— 뭐라구?

그의 구릿빛 광대뼈가 조금 씰룩거렸다. 동그란 고리눈은 의심으로 가득 찼다.

— 사실입니다.

— 믿을 수 없군.

— 말할 기회를 주시면 다 얘기하겠습니다.

— 좋아, 이따 듣기로 하고. 그럼 어디로 가는 길이지?

— 동쪽 끝으로 갑니다.

— 뵈클리(고구려) 사람인가?

을천이 일부러 대답을 늦추는 사이에, 그자는 고개를 끄덕끄덕하며 제 말을 계속했다.

— 음, 그래. 여기도 있지…….

— 그럼 여기에 뵈클리 사람이 있다는 말입니까?

을천은 천만뜻밖이었다.

— 놀랄 것 없어. 알타이 너머에도 많으니까.

— 외튀켄에까지 말입니까?

— 물론이지.

그걸 모를 리 없는 을천이었으나, 그자의 말에 기겁이라도 할 듯이 놀랐다.

이들은 율두스 강(보스탕 호로 흘러들어가는 지금의 개도하)을 따라 유목하는 서튀르크 돌륙 5부 중 서니시부(鼠尼施部)에 속한 사람들이었다.

그자는 을천을 자기의 유르트로 들어오도록 했다. 풍채부터가 호기로워 보이는 그는 난(빵)과 쿠미즈(마유주)를 내놓고, 부드러운 얼굴로 을천을 대했다.

— 어디서 사는가요?

그자의 말투가 사뭇 달라졌다.

— 투르판입니다.

— 허허.

어이없다는 표정이었다.

— 혹시 도망다니는 사람이오?

을천은 어쩌다가 이 지경까지 됐는지 모르겠다며 피식 웃었다. 이야기의 골자는 이랬다.

…… 투르판에서 주인은 무역으로 성공해서 제일 잘 나가는 사람이다. 한데 최근 전쟁에서 중국이 이기자 사정이 달라졌다. 주인의 경쟁자는 아무개란 놈인데, 그놈 애비가 중국 군대에서 총관(總管) 휘하의 무슨 부관 자리를 하고 있다. 이틈에 놈들 일가가 주인을 아주 쳐누르고 매장시키려는 음모를 꾸몄는데, 거기에 자신이 희생되었다. 그러니까 자기를 고구려 간첩으로 몰아서, 주인도 이를 알고 있지 않았느냐, 상당

히 깊숙이 관련되어 있다는 걸 알아냈다. 사실대로 인정하면 목숨만은 살려주겠다, 이런 식으로 완전히 생사람 잡으려는 걸 눈치채고 도망쳐 나왔다. 천신만고 끝에 이리이리해서 여기까지 왔다. 그래서 지금 자기 는 동쪽 끝으로 가 고구려 부락을 만나면 어떻게든 발붙여볼까 하는 중 이다. ……

그자는 한층 딱한 눈으로 을천을 바라보았다.

— 부탁이…….

— 무슨?

— 염치가 없어서요.

그자는 어서 말하라고 재촉했다.

— 사실…… 절 좀 도와주시면…… 그 은혜가 죽어서도 백골난망이 겠습니다. 갈 길이 너무 까마득해서…….

— 하하, 알았소.

그자는 시원스럽게,

— 타클라마칸을 건넌 당신의 운을 누가 막겠소. 걱정 마시오.

하며 말 한 필과 식량을 마련해주었다.

독립전쟁의 태풍이 휘몰아치다

1

초근목피로 연명할 끼니조차 없어 죽어가는 백성들이 하루에도 부지기수였다. 삼 년 가뭄에 땅거죽은 쩍쩍 갈라지고, 작물이란 작물은 모조리 말라비틀어졌는데, 영주(營州) 관아는 문둥이 코에서 마늘쪽을 빼먹는다고, 뭘 또 짜낼 것이 있는지 사흘이 멀다고 백성들을 부역에 동원시켰다.

— 내 복에 무슨 난리야.

— 맞어. 이 지경으로 살 테면, 난리 한 번 나는 게 평생 소원이지.

— 산 사람 모가지에 거미줄 치진 않는다더니, 이건 순 개헛소리네그려.

— 그래도 우린 살았는가보이. 그런 개헛소리할 힘도 있고…….

영주 도독 조문홰(趙文翽)는 땀을 뻘뻘 흘리며 안절부절못하고 있었다. 악몽에 시달려 조반을 한 술도 입에 대지 못한 채 벌써 물만 몇 그릇째 비웠다.

한쪽 눈은 매가 쪼아먹고 다른 눈은 굽 달린 짐승이 걷어차버렸다. 피는 단 한 방울도 밖으로 새어나오지 않고 모조리 눈 안으로 콸콸 흘러들었다. 급기야는 배꼽이 터지면서 오장육보가 쏟아져나왔다. 백랑수(白狼水 : 영주를 흐르는 강)가 구물구물한 창자덩어리, 오물덩어리, 핏덩어리들로 가득 차고, 수많은 연놈들이 그야말로 경사 난 듯이 좋아서 펄쩍펄쩍 날뛰는 것이었다.

— 무슨 일인지 말씀이나 해보셔요.

조 도독의 부인이었다.

— 거참, 꿈자리가 좋질 않아.

조 도독의 눈빛이 극도로 불안했다.

— 잊어버리세요. 당신답지 않으십니다.

— 혼자 있게 좀 치우도록 하지.

밥상을 물린 뒤, 조 도독은 초조히 방안을 이리저리 서성거렸다.

실낱 같은 구름이 마른 하늘 위를 희망도 없이 떠다녔다. 아침인데도 건조한 공기가 침까지 말라붙게 했다. 성 안이라 해도 행길의 사람들은 꽁지 빠진 새처럼 꾀죄죄하고 통 매가리가 없었다. 간밤의 열기가 채 식기도 전, 바싹바싹 타들어가는 땅 위를 대여섯 사람이 떼를 지어 걷고, 이들의 맨 앞에는 소달구지가 덜거덕거리며 가고 있었다.

— 잘 돼가는군. 뒤돌아보지 마.

이들 중 한 사나이가 조용히 말했다.

길바닥에 먼지가 부석부석 일어났다. 한두어 장 떨어져 봇짐패가, 또 거반 비슷한 거리를 두고 달구지패가 뒤따랐다. 그뒤로 서너 명이 겨우 성문을 통과해 들어오고, 문밖에는 사람들이 꼬리에 꼬리를 물고 길다랗게 이어졌다. 이날 따라 검문검색이 말할 수 없이 살벌했기 때문에 평소보다 몇 배나 시간이 걸렸다.

— 이게 뭐냐?

— 보시다시피 가죽입니다, 헤헤.

통행인이 달구지 덮개를 훤히 들춰 보였다.

— 전부 다 가죽이란 말이냐?

군인이 창으로 막 찔러보려던 참이었다.

— 아, 아이구. 그럼 난 망합니다, 나리.

군인이 그를 데리고 한쪽으로 빠졌다. 잠시 후 다시 돌아와서는 더 닦달하는 체하더니 결국은 통과시켰다.

그는 얼굴에서 구슬땀을 훔쳐냈다. 귀밑으로 머리카락을 두 가닥 멋지게 흘러내린 본새가 돈푼깨나 있는 키타이(거란) 상인이 분명했다. 그런데 그가 큰길을 막 벗어났을 때 갑자기 달구지 속에서 사람이 솟아나와 담장을 타고 사라져버렸다.

— 순찰대가 쫙 깔렸습니다.

— 혹 눈치를 챈 것 같으냐?

— 그럴 리는 없습니다.

— 이건 어제와는 완전 딴판이야.

— 아무래도 뭔가 새나간 게…….

— 쓸데없는 소리.

마흔 줄은 돼 보이는 중년이 이들의 말을 잘랐다.

— 그런데 을 장군(을천) 생각은 어떻소?

— 어젯밤까진 이상 징후가 접수되지 않았습니다.

조 도독은 이날 오전에 키타이의 군장 송막 도독 이진충과 그의 매제 손만영을 만나기로 했다. 그는 이이제이(以夷制夷) 수법으로 최근 들어 부쩍 심해진 고구려 임시정부의 준동을 막고자 했다.

— 그럼 오늘 아침 갑자기 무슨 변괴가 생긴 건 아니오?

— 그건 확실히 모르겠지만, 제 판단으로는 조 도독이 모르고 있는 게 틀림없습니다.

을천은 이어 말했다.

— 보세요. 이건 경계하는 정도지 전쟁에 대비하는 게 아니잖습니까?

중년은 고개를 끄덕였다.

— 알았소. 계획대로 밀고 나가기로 합시다.

그는 걸걸중상의 아들 대조영이었다.

— 각자 맡은 바에 차질 없도록 용의주도하게, 알겠소?

도독 조문홰는 모든 게 의심스러워졌다. 세상에 믿을 놈 하나 없다고 입버릇처럼 말해오던 터인데, 고구려를 치기 위해 오늘 키타이 놈과 머리를 맞대야 한다는 게 꺼림칙할 뿐만 아니라 꼭 무슨 사단이 일어날 것만 같아 두려웠다. 하지만 자기가 부른 두 놈을 아무 이유없이 내쫓을 수도 잡아넣을 수도 없는 일이었다.

— 송막 도독과 귀성주 자사께서 지금 막 도착하셨습니다.

— 그래, 안으로 모시도록 하라.

조문홰는 잠시 망설였으나 자신도 모르게 말이 나오고 있었다. 이진충과 손만영은 차고 온 칼을 문 앞에 맡기고 안으로 걸어들어갔다.

— 아, 어서오시구려, 어서.

조문홰는 반갑게 맞아들였다.

— 아이구, 그간 잘 계셨는지요, 네네.

두 사람도 더없이 반색했다.

그러나 자연스럽게 날씨 얘기부터 시작한 회담은 좀처럼 발톱을 드러내지 않은 채 시간이 흐를수록 어색하고 긴장감마저 감돌았다.

— 백성들이 어디라 할 것 없이 웅성대는데 어찌해야 할지요?

— 제일 큰 골칫덩이가 고구려 놈들 아니겠소?

— 그렇긴 허나 워낙이 한인(漢人)들까지 그러니 말씀이외다.

— 아니오. 그게 다 그놈들이 쏙닥거리니…….

이때였다. 불기둥이 치솟고, 함성소리가 왁자하니 들려온 것은. 조 도독이 당황해서 자리를 박차고 뛰쳐나갔다. 눈 깜짝할 새 지붕 위에서 무엇인가 번쩍하고 날라왔다. 꽥 소리도 못 지르고 조 도독이 푹 고꾸라졌다. 여남은 명 되는 호위병들은 일제히 칼을 빼들고 그의 주위를 빙 둘러쌌다. 우두머리가 뭐라고 민첩하게 지시를 내렸다. 호위병 두 명이 번개처럼 지붕 위로 올라갔다. 함성소리가 지척까지 밀려왔다. 지붕에서 두 사람이 맥없이 떨어졌다. 그와 동시에 담벼락 위에서 화살이 쏟아졌다. 호위병들 몇 명이 땅바닥에 그대로 나뒹굴고, 이진충과 손만영이 잽싸게 칼을 집어들고는 벽력같이 고함을 질렀다.

— 조 도독은 이미 죽었고 너희들은 모두 포위되었으니, 지금 곧 칼을 버리고 항복하라.

이진충은 으르렁거리는 표범처럼 위압적이었다.

호위병들은 그제야 이들이 주범이란 걸 알아차렸다. 그러나 때는 이미 늦었다. 벌써 반란군들이 성 안의 주요 시설을 대부분 점거하고 성 밖에선 무차별한 공격을 퍼부었다. 백성들이 노도와 같이 반란군에 합세했다. 성패는 여기서 결정나버렸다.

이미 사태가 불가항력임을 깨달은 우두머리가 칼을 버리자 호위병들은 모두 항복하고 말았다. 이진충은 당장 영주 도독 조문홰의 목을 베어서 창끝에 꽂아 종루 위에 전시했다.

이날 696년 (음력) 5월 12일, 고구려 임시정부와 키타이(거란)의 연합군대가 드디어 중국의 동북방 경략 기지인 영주성을 점령한 역사적 대사건이 터졌던 것이다.

두 나라의 연합군대는 마치 해방군처럼 열렬한 백성들의 환호를 받으며 성을 접수했다. 감옥 문은 부서지고, 죄 없는 죄수들이 봇물처럼 터져 나왔다. 동시에 곳간을 열어 백성들에게 최소한의 식량을 배급하였다.

같은 해 5월 25일, 당 조정은 조인사, 장현우, 이다조, 마인절 등 스물여덟 명의 장수를 보내 이들을 토벌토록 하였다.

동 7월 11일, 토벌에 실패한 당 조정은 이번엔 무삼사 요숙을 보내 이들의 침공이 더 이상 확대되지 않도록 방비하는 데 전력하였다.

한편 연합군대는 영주를 근거지로 사방을 공략해 이르는 곳마다 성을 함락시키고 순식간에 군사가 수만 명으로 불어나는 등 그 기세가 승승장구했다.

그러나 불행히도 키타이의 군장 이진충은 계속된 승리에 도취하여 그만 눈이 멀고 말았다. 그는 우선 칭호부터 스스로를 무상카간(無上可汗, 권 위게이 카간) —— 세상에서 더할 나위 없이 높은 카간 —— 이라 극존하여, 이웃나라와의 연합과 공존의 원칙을 깨뜨렸던 것이다. 결국 고구려 임시정부 · 키타이 · 튀르크 간 삼자 연합은 그날로 휴지조각이 되어버렸다.

이처럼 느닷없이 닥친 돌변한 정세에 대응키 위해 고구려 임시정부는 긴급회의를 소집했다. 회의의 결론은 튀르크가 조만간 키타이의 배후를 칠 것이 예상되기 때문에, 이미 무용지물이 된 삼자 간 연합 대신 임시정부 · 튀르크, 임시정부 · 키타이라는 개별 이자 간 제휴로 방향을 틀기로 했다. 그리고 삼자 연합의 무산이 곧 키타이에 대한 튀르크와 중국의 협공으로 이어질 수밖에 없는 상황에서, 가능한 전쟁에 참여하지 않고 병사와 군비를 최대한 비축하여, 결정적인 때를 선택해 옛 고구려 땅으로의 대탈출, 대장정을 감행하기로 했다.

오리알빛 같은 번한 하늘에 팔월 대보름달이 교교히 떠 있었다. 어둠 속에 잠긴 봉황산의 등줄기는 마치 차고 날아오를 듯이 펄펄한 기세였다. 여기저기서 불꽃이 피어오르고 왁자한 소리가 들려왔다. 비록 전쟁의 와중이지만 이날은 어느 민족에게나 대명절이었다.

— 아마도 지금쯤 성공했겠지요?

— 틀림없이 그리했을 게야.

두 사람은 스스로에게 다짐하듯 말했다.

— 을 장군은 타고난 정보관이고 전략가야. 적의 의표를 찌르는 거 하며…….

을천은 대조영의 칭찬에 얼굴을 붉혔다.

— 앞으로 우리 계획이 훨씬 힘을 받지 않겠소?

— 만에 하나 실패하면 수정하실 건지요.

— 두고 볼 수밖에. 그럴 리가 없을 테고 말이야.

이날 임시정부는 극비리에 동시다발 작전을 수행하고 있는 중이었다. 튀르크와의 연합군은 양주(涼州)를, 키타이와의 연합군은 숭주(崇州)를 기습하고, 이곳 영주(營州)에서는 기상천외한 계책을 꾸미고 있었다.

영주의 감옥은 수백 명의 당나라 포로들을 가두어두기에는 너무 비좁았다. 그래서 급히 땅굴을 파고 그속에 돼지떼들처럼 몰아넣었다. 더욱이 백성들이 먹을 양식조차 없는 판이라, 이대로 며칠만 가면 포로들은 다 굶어죽을 판이었다.

을천은 나흘 전에 땅굴을 지키는 습(霫)족의 병사들을 시켜 한 가지 정보를 퍼뜨리게 했다. (이 당시 습족과 해족은 키타이에 한 패가 되어 있었다.)

— 그런 소린 입밖에도 꺼내지 마.

— 이래 죽으나 저래 죽으나.

— 아냐, 그래도 그게 아냐. 처자 생각도 해야지.

— 자네 지금 제 정신으로 하는 소리야?

— 허어, 이 사람. 누가 할 소릴 누가 해?

— 쯧쯧, 자넨 눈 가지고 뭘 보는가? 오늘 내일 굶어죽는 식구들 두고 뭘 더 생각해.

그는 땅굴에 대고 침을 퉤 뱉으며 계속했다.

— 하다 못해 모가지에 거머리 새끼라도 들어가야 사람이 살 수가 있지. 이런 더러운 세상…….

— 하긴 그렇지.

조심시키던 병사가 말했다.

— 실은 나도 별의별 생각을 다하이. 당나라 군사가 곧 여기로 밀고 온다는…….

— 그 얘긴 나도 들었는데 다 항복할 거라는구만. 소문이 쫙 퍼졌어.

— 아, 그러니까 이 사람아. 제발 그때까진 입조심하라구.

이날은 그래도 명절이라고 아침에 포로들에게 겨죽을 쑤어주었다.

— 독이 든 건 아니니 걱정 말고 먹도록 해.

배급을 감독하던 우두머리가 제법 인정머리 있게 말했다. 그러나 포로들은 죽그릇에만 아귀처럼 정신을 팔고 있었다. 이미 죽을 게눈 감추

듯 쪽쪽 핥아버린 자들은 아쉬움을 감추지 못한 채 줄지어 서 있는 동료들을 한없이 부러운 눈으로 바라보았다.

— 자, 내 말을 잘 들어라.

배급이 다 끝났을 때 우두머리가 조금 긴장해서 말했다.

— 너희들은 잠시 후 석방될 것이다.

사방은 순식간에 쥐죽은듯 조용했다.

— 그 까닭이 궁금하지 않은가!

송장 같던 포로들의 눈이 살아서 퍼들거렸다. 그러나 침묵을 깨는 사람은 아무도 없었다.

— 그건 간단하다. 너희들을 먹일 식량이 없기 때문이다.

포로들이 웅성거리기 시작했다.

— 굶어죽게 할까도 생각했으나 그보다는 은혜를 잊지 않도록 풀어주기로 결정했다.

걷잡을 수 없는 환호가 일어났다.

— 목숨을 살려준 은인을 배신한 자는…….

이렇게 하여 포로들은 중추절날 모두 석방되었고, 이들은 유주(幽州: 지금의 북경)로 가서 듣고 본 대로 모두 보고하였다. 그 소식을 들은 당의 제군(諸軍)은 공을 다투어 서로 먼저 가려 하였다. 그러나 이들 군대는 영주로 가는 도중 이미 적군의 계략에 걸려들고 말았다. 조인사 등 삼군(三軍)의 장수들은 길가에 늙은 소와 병든 말이 비칠대고, 항복해 오는 적병이 모두 다 앙상하게 말라붙은 노약자들뿐이라, 그만 이전에 귀환한 포로들의 보고를 완전히 믿고 보병은 뒤에 남겨놓은 채 먼저 기마병들로 쳐들어갔다. 그러나 이들이 막 황장곡(黃麞谷)을 통과할 때, 천길 낭떠러지에서 쏟아지는 폭포처럼 사방에서 키타이군의 복병이 한

꺼번에 뛰쳐나와 당군을 대파하니 장현우, 마인절 등은 생포되고 병사들의 시체가 골을 메웠다. 이날이 8월 28일이었다.

을천은 계략을 완전무결하게 성공시키기 위해 장현우에게서 군도장(軍印)을 빼앗아 문서(牒)를 허위로 작성, 서명과 함께 날인하게 하였다. 이는 '관군은 이미 거란군을 격파하였으니 영주로 빨리 오라. 만일 늦어지면 장군들의 목을 자르고 병사들에게는 아무 상도 주지 않을 것'이라는 내용으로 총관(總管)인 연비석 등에게 보내졌다. 이들은 이 공문을 받아들자마자 밤낮없이 식음을 전폐하고 달려왔다. 그 결과는 불을 보듯 뻔한 일. 당나라 전 군사의 몰살로 끝났다.

이진충은 연일 계속되는 승전보에 차마 기쁨을 감추지 못했다.
— 이렇게 통쾌할 수가 또 어디 있겠소. 귀관의 그 신출귀몰이라니…….
허허, 혀를 내두를 뿐이오.
— 황공하옵니다. 저는 다만 명령을 받들어 실행에 옮겼을 따름입니다.
무상카간 이진충은 을천에게 명마 한 필과 보검 한 자루를 하사하였다.
— 귀관이 있는 고구려가 참으로 부럽소.
— 황공무지로소이다, 카간.
그날 늦게 을천은 대조영을 찾아갔다. 고구려군은 안동도호부에 대한 공격을 준비하고 있었다. 안동부는 옛 고구려의 신성(新城)에 처소를 두었고, 도호는 배현규(裵玄珪)였다.
— 제 소견으로는 이번에 허흠적(許欽寂)을 이용하지 않고 아껴두는 게 어떨까 하옵니다만.
— 일리가 있는 말이지. 하지만 그자는 절개가 굳으니 나중엔 되려 짐만 될 수도 있는 일 아니겠소?

— 지금 안동부는 그자의 부하들이 이동해 들어와서 오히려 전력이 강화된 형국이 아닙니까? 더구나 그놈들이 극도로 악에 받쳐 있으니 아무래도 때가 아닌 것 같습니다.

— 이번에 안동을 점거하려는 것은 아니니까. 그렇다면 우리의 목적이 그곳에 있는 것처럼 보이게 할 필요가 있겠지……. 그래야 다음 계획이 차질없이 진행될 수 있질 않겠소?

대조영이 말했다.

을천은 순간 번쩍 하는 게 있었다.

사실 허흠적은 용산군(龍山軍) 토격 부사로 있던 자인데, 얼마 전 중추절 때 기습 공격을 당해 생포되었다. (같은 날 극비리에 감행한 동시다발 작전에 의해 그의 동생 허흠명도 양주에서 생포되었다.) 그후 그의 군대는 안동부로 흡수되고, 그 결과 요동 방면에서 당군의 전력이 한층 보강된 상태였다.

— 네에, 알겠습니다. 다음 작전을 위해선 그리하는 게 좋겠습니다.

을천은 의미심장한 미소를 띠며 말했다.

며칠 후 고구려·키타이 연합군의 안동도호부에 대한 공격은 인질로 끌려간 허흠적이 결단코 절개를 굽히지 않아 실패로 끝나고 말았다. 연합군은 안동을 포위하고 허흠적을 시켜 성 안에 있는 그의 부하들을 설복케 하였으나 그는 오히려, 이 미친 도적패들을 하늘이 가만 두지 않을 것이니 성을 굳건히 지키기만 하면 나라에 충절을 지킬 수 있도다! 고 소리쳤다. 연합군은 그를 죽이고 퇴각하였다.

이 무렵 무(武)는 칙령을 내려 천하의 죄수와 노비들로 군대를 보충하여 키타이를 치게 하였으며, 토벌군의 대장군에는 황족인 건안왕 무유의(武攸宜)를 임명하였다.

또 이때 티벳이 재차 사신을 보내 화친의 조건으로 당나라 군대가 안서 4진에서 철수할 것과 10성(온 오크) 서튀르크 땅을 나눠가질 것을 요구하였다.

9월 21일, 드디어 튀르크의 제2대 카간 카파간(默啜)이 키타이를 배후에서 습격하여 무상카간을 자칭하던 이진충을 죽이고 그의 아내와 자식들을 잡아가는 사태가 발생했다. 이 사건 후 이진충의 매제 손만영이 남은 키타이군을 이끌고 일시에 세력을 크게 떨치긴 했으나, 결국 강대한 중국과 튀르크의 협공이라는 역학관계 속에서 패망의 길을 걷고 말았다.

사실 그 이전에 이진충이 무상카간을 칭한 것에 대노한 튀르크의 카파간 카간은 내심으로 키타이를 응징하기로 결심하고, 중국의 무황제와 비밀리에 협상을 했었다.

그 밀약의 내용은 당이 전에 빼앗아간 하서(돈황~난주) 지구의 튀르크 전 부락을 돌려주면 즉시 키타이를 토벌하겠다는 것이었다.

…… 튀르크의 카간이 즉위한 이래 산퉁(山東)의 도시들에, 탈 루이 강(黃河)에 이른 적이 없었다. 나의 카간에게 청하여 나는 군대를 데리고 갔다. 나는 산퉁 평원과 탈루이 강에까지 이르게 하였다. 스물세 개의 도시를 부수었다. …… (「톤유쿠크의 비문」에서)

이것은 그해 10월 22일, 키타이의 손만영이 하북의 기주(冀州)와 영주(瀛州)를 공략하여 당나라를 벌벌 떨게 하였는데, 그뒤 튀르크가 이 지역을 넘어 산동까지 침공한 역사적 사건을 기록한 것이다.

눈으로 새하얗게 덮인 백랑수가 영주성과 봉황산 사이를 흐르고 있었다. 삼 년 가뭄 끝에 내린 눈이라 그 속에 과연 물이란 게 있을지 육안으로야 의심이 안 갈 수 없지만, 사람들이 눈을 헤치고 얼음을 깨서 물과 함께 커다란 통에 담아가는 걸 보면 이듬해 풍년까지 꿈꿔보는 것도 그리 터무니없지는 않아 보였다. 하지만 전쟁의 재앙이 어제는 이놈이 휩쓸고 오늘은 저놈이 할퀴어가니, 백성들은 부역한 죄를 둘러쓰지 않고 감히 하루를 살아넘긴다는 게 기적일 따름이었다.

— 지금 키타이는 희망이 없는 전쟁을 하고 있는 것 같습니다.

— 그렇소.

대조영이 을천의 말을 받았다.

— 그들은 세 가지 점에서 실패했다고 봐야 할 것이오.

대조영은 그 낱낱을 자세히 얘기하는데, 주내용은 쓸데없이 튀르크의 감정을 건드린 점, 전쟁의 목적과 방향이 잘못된 점, 정복지의 민심을 돌보지 않은 점 들이었다.

— 그건 바로 우리한테도 직결되는 문제일 테지요?

— 맞는 말이오.

대조영이 말했다.

— 내가 지난번 임정회의에서도 말했지만, 여기서 쓸데없이 소모전을 해서는 안 된다는 것이지.

— 저도 들었습니다.

— 결정을 머뭇거려선 안 되오. 지금이 적기오. 시간이 얼마 남지 않았소.

대조영은 이어 말했다.

— 이제 튀르크와 키타이가 전쟁을 시작했으니, 우린 쌍방간 연합전

선도 마저 포기하고, 오직 독자적으로 고구려 땅으로 가서 나라를 세워
야 하오.

— 제 생각도 꼭 같습니다. 하늘이 주신 이 절호의 기회를 놓쳐서는
안 될 것입니다. 우선은 튀르크가 당나라를 도와서 키타이를 치지만, 머
잖아 키타이가 망하면 다시 당나라와 싸우게 될 테니까, 우린 이걸 방패
막이 삼아 어쨌든 그때까지는 영주를 빠져나가 반드시 나라를 세워야
한다는 말씀 아닙니까?

— 허허, 을 장군 말 그대로야. 이런 기회가 다신 없을 것이오. 암 그
렇고말고.

대조영은 눈에 빛을 발하며 되뇌이었다.

고구수(高仇須)는 고구려 귀족으로, 토벌군 대장군 무유의의 생질이
었으니 무황제와도 인척관계에 있는 자였다. 바로 그가 요동주 도독으
로 있으면서 소위 반란군 진압에 공을 세우고 있었다. 그때가 697년 정
월이었다.

당시는 하북(河北)을 키타이가 점령하고 있어서 육로가 완전히 봉쇄
되었기 때문에, 요동의 안동부를 지키기 위해서는 부득이하게 발해만을
통해서 병사와 물자를 수송하지 않으면 안 되었다.

그때 무유의가 고구수에게 쓴 편지의 내용은 이렇다.

…… 역적 손만영의 십여 진을 쳐부수고 오랑캐 천여 명을 생포했다
니 삼군이 축하하고 …… 조카의 그 영준함은 이 외삼촌을 닮아서 ……
이제 곧 설눌(薛訥 : 설인귀의 아들)이 오만의 병사를 이끌고 해로로 요동
에 진군할 것이니 …… 함께 더욱 큰 공을 세워 …… (『진백옥 문집』에서)

697년 5월 8일, 백제 출신 사타충의(沙吒忠義)는 20만의 당군을 이끌고 키타이를 쳤으며, 한편 5월 23일, 고구려 출신 고문(高文)·고자(高慈) 부자(父子)는 당의 번장(蕃將)으로 고구려 독립군과 싸우다 요동의 마미성(磨米城)에서 전사하였다.

당시 요동은 고구려 독립운동의 중심지였던 위용을 잃고──그것은 677년 보장왕의 반당 거사 사건 이후, 재차 고구려 유민이 강제 이주당하면서 급속히 그리 된 것이지만── 불모의 땅으로 변해갔으나, 당은 그 정치 군사적 중요성 때문에 여전히 막중한 비용을 지불하면서도 안동부를 유지하고 있었다. 따라서 당의 일부 관리들은 '안동을 파하고 군비를 줄이자'는 주장을 굽히지 않았다. 그 한 예가 다음과 같았다.

…… 요동 땅은 이미 돌밭이 되었고, 더 멀리 있는 말갈 땅은 이제 계륵과도 같습니다. …… 비록 그 땅을 얻는다 해도 농사를 지을 수 없고, 사람을 얻는다 해도 부세할 수 없을 것입니다. 삼가 신은 …… 안동부를 폐하고, 삼한(三韓 : 고구려·백제·신라를 말함)의 군장인 고씨를 그 왕으로 할 것을 청합니다. …… (「적인걸의 상소문」에서)

그러나 안동 도호 배현규, 요동주 도독 고구수, 바다를 건너온 설눌 등은 안동부 유지파로서 고구려 독립군의 공격에 전력을 다해 싸우고 있었다.

─ 참, 세상 한번 더럽구만.
양울력은 얼굴을 잔뜩 찡그렸다.
─ 동포란 작자들이 더 악랄하니 말이오.

5월 23일 전투에서의 고문·고자 부자를 두고 하는 말이었다.

— 할아비가 막리지까지 한 집구석이…….

— 보고도 모르오? 민족 반역자가 다 그런 놈의 집구석 아니오?

— 하여간 이번 전투는 대성공입니다.

— 이참에 요동 땅에 사는 우리 동포들의 가슴에 독립의 불이 확 댕겨진 거지. 물론 고구려인이 많이 죽긴 했지만 어차피 적병으로 들어간 놈들이니까.

— 병사들이야 어쩔 수 없이 끌려간 거니 불쌍하지요. 우리한테로 쏙쏙 도망쳐오니 다행이긴 하지만, 그러지도 못한 사람들을 생각하면 가슴이 아파서…….

— 양민들도 우리 독립군에 들어오겠다는 거잖습니까.

— 허허, 그건 곤란하지요. 어디 젊은 사람들이 있어야지요. 마음이야 고맙지만. 이건 전쟁입니다, 전쟁.

— 당군의 군사력은 지금 안동부가 있는 신성(新城)에서 그 남쪽이 강하고 위로는 허약하니, 우리는 이 점을 전략상 대단히 중시해야 하오.

작전회의라기보다는 담론을 나누는 자리라는 게 좋았다. 양울력은 확실히 처음보다는 담담해져 있었다. 애당초 방금 한 말을 여기서 하고 싶진 않았다. 그건 대인회의 때 제언하려던 것이었다. 그럼에도 제어가 되지 않고 나온 건 서둘러 이 전투가 동족간의 상잔이 아니라는 걸 스스로 분명히 하고 싶었기 때문인지도 몰랐다.

— 우린 지금 중국과 독립전쟁을 하고 있는 거외다.

좌중이 웬 새삼스런 소리냐는 눈으로 양울력을 쳐다보았다. 그들은 이번 전투에 참여한 장령들이었다.

대인회의는 영주에서 열렸다. 어느 새 이곳을 점거한 지도 일 년의 세월이 넘었다. 그래서인지 유민들 사이에 여기에다 나라를 세울 거라는 소문이 파다하게 퍼져 있었다. 이런 와중에 열리는 이번 회의는 어떤 확실한 결정을 내려 고구려인 모두 다 그 결정에 동참하도록 이끌어야 하는 참으로 중차대한 임무를 띠고 있었다.

　대조영은 아버지 걸걸중상 대신 출석했다. 아버지가 노환으로 거동이 힘들었기 때문이지만, 이미 대조영의 지도력은 이번 전쟁을 통해 뚜렷이 그 두각을 드러냈던 것이다.

　— 여긴 도읍지로 아주 부적당한 줄로 압니다. 물론 지금으로선 가장 좋아 보이긴 하지만요.

　대조영이 말했다.

　— 그럼 어딜 생각하고 있는가요?

　장 대인이 물었다.

　— 일단 요수(遼水)를 넘어서야 될 것 같습니다.

　— 그럼 요동을 말하는 것이오?

　안 대인이 물었다.

　— 거긴 안동부가 지키고 있으니 부여 땅이 낫겠습니다만…….

　— 부여로 가자면 두 가지 길이 있는데, 어느 쪽을 생각하고 있는지.

　— 우리로선 시라무렌을 건너서 북행(北行)하는 게 안전하긴 하나, 끝없는 초원뿐이라 그 식량을 어떻게 감당하겠습니까. 이 많은 유민들을 데리고 가기엔 무리일 듯싶습니다.

　— 맞는 말이오. 그렇다면 요수를 건너자는 게로구만. 새로 난 길로 가면 신성(안동부)을 통하지 않아도 되니 그렇게 되겠구만.

　장 대인이 고개를 끄덕이며 말했다.

　— 맞습니다. 그보다는 훨씬 위쪽으로 지나가니까요.

— 허허, 듣던 대로 대단하오, 젊은 분이.

양 대인이 흐뭇해서 말했다.

— 청출어람이야, 암.

장 대인도 거들었다.

장시간에 걸친 대인회의는 마침내 세 가지 방침을 내렸다. 첫째, 본부와 네 개의 지구에서 일차 집결지인 부여로 일제히 이동한다. 둘째, 이동 기간 중 임시정부의 총지휘부는 대붉산에서 영주로 옮긴다. 셋째, (임정 지휘하의) 고구려 유민과 말갈 유민은 각각 별개의 집단으로 움직이되 유사시 통합한다.

2

겨우내 제법 눈이 내리더니 올 여름엔 비가 꽤나 많이 왔다. 삼 년 가뭄 내내 흉측하게 바닥을 드러내던 백랑수가 거대한 강폭을 이루며 출렁출렁 흘러가는 게 보기에도 시원했다. 영주에서 하루나 이틀 거리에 있는 의주(義州)를 채 못 미처 강물이 복산을 휘감고 도는 산자락 아래 만불당(萬佛堂)이라는 석굴 사원이 있었다.

— 정말 굉장하드만요.

그는 팔을 요란스레 휘둘러댔다.

— 허허.

을천은 그의 동작 속에서 하나의 영상을 떠올렸다. …… 여기서 백랑수를 바라보면 용이 꿈틀꿈틀 날아오르는 듯한데, 이루 헤아릴 수 없는 사람들이 강을 따라 끝도 없이 이어지니, 이들은 마치 용을 타고 비천하는 형상이었다. …… 이십 수년 전에는 거꾸로 영주를 향해 비참한 강제 이주의 행렬이 이어졌는데, 기억은 잘 나지 않지만 서너 살 된 제 또래의 아이들이 많이 죽어갔던 것 같다. …… 지금은 탈출도 아니고 도주도 아니다. 희망이다. 해방군이랄까 독립군이랄까. 구름같이 그들을 따라가는 고구려 유민들. 그 맨 앞에 대조영이 있었다. ……

— 감격적이지요.

— 그럼요, 감격적이고말고요.

이 곱사등이 사내는 절에서 밥 짓고 물 긷는 불목하니였다.

— 조금만 늦었어도 큰일날 뻔했잖습니까? 천운이죠, 천운.

그해 6월 20일, 키타이의 군장 손만영이 마침내 피살되었다. 앞뒤로 튀르크와 중국 군대의 협공을 받아 로수(潞水)를 넘어 도망치다가 불행히도 자신의 가노(家奴)에게 살해당했다. 이리하여 남은 키타이(거란)군과 키(해), 타타비(습)의 군대는 모두 튀르크에 항복하고, 중국 군대는 영주를 다시 탈환하였다. 바로 이때가 적인걸(狄仁傑)이 안동을 파하고 영주를 중심으로 요서를 강화하자는 상소를 올렸던 해였다.

— 때를 보고 따를 줄 아는 분이 계시니 하늘이 도운 것이지요. 아참, 그런데 언제까지 여기 남아 있을 겁니까?

을천이 말했다.

곱사등이는 빙그레 웃기만 했다.

바람이 휙 불어오니 버들개지가 춤을 추었다. 부서지는 버들잎 사이로 배 한 척이 물살을 헤치며 오고 있는 게 보였다. 뱃머리와 꼬리가 뾰족하고 속도가 빠른 걸로 봐서 우미러천(樺皮船)이 틀림없었다. 워낙 가벼운 배이기 때문에 등에 짊어지고 가다가 물을 만나면 이내 내려서 타고 건너는 이른바 휴대용 쾌속정이었다.

— 누구지?

곱사등이가 혼자말처럼 말했다. 그러나 을천은 아까부터 돌이를 기다리고 있었다.

— 딴 소리 마시고 대답이나 해보세요.

— 왜 그러시우? 나야 뭐······.

얄궂게도 입가에는 미소가 붙어 있었다.

— 흠, 내일이나 모레 떠나는 게 어떻겠소?

곱사등이는 더 이상 그런 소리 말라며 손을 내저었다.

— 아니, 왜 그러시는 건지 말씀 좀 해보세요.

곱사등이는 허리춤을 치켜올리며 자리에서 일어섰다.

— 난 젤 마지막에······. 을천님 가신 것 보구서나.

순간 이 말은 을천의 가슴에 명중으로 꽂혔다. 강가로 뒤뚝뒤뚝 내려가는 사내의 불룩 솟은 곱사등은 을천의 눈에서 피눈물을 흘리게 했다.

잠시 후 곱사등이가 돌이를 데리고 돌아왔다. 을천은 너무나 반가운 나머지 돌이를 얼싸안았다.

— 무사하구나.

— 그럼요. 아저씨도요?

— 암, 이렇게.

을천은 두 팔을 확 벌리고 크게 너털웃음을 웃어 보였다.

복산 위에서부터 거뭇거뭇한 구름이 늑골 모양으로 기다랗게 뻗어나왔다. 연푸른빛의 하늘은 서쪽으로 갈수록 점점 희끄무레했다. 아마도 영주쯤에는 비가 오고 있을지도 모를 일이었다. 물새떼들이 줄지어 강을 가로질렀다. 휘이휘이 나르는 흰 날개가 푸른 강물과 누런 밀밭 속에서 그지없이 아름답게 보였다.

― 좋은 소식이라도 있는 게로구나.

을천은 생기가 도는 돌이의 얼굴에서 그걸 느꼈다.

― 이 총각이 배 위에서부터 저렇더라니까요.

곱사등이가 말했다.

― 어허, 사람 속 터지게 하지 말고 어서 털어놔봐.

― 아……아니, 왜 그러셔요? 제가 뭘 어쨌는데요?

돌이는 싱글싱글 웃으며 두 손을 마구 내저었다.

― 배짱이 저 정도는 돼야지, 허허.

곱사등이는 돌이가 몹시 흡족한 모양이었다.

― 아, 전 배짱 부리려는 게 아니었는데…….

하면서 돌이는 품속에서 무엇인가를 끄집어냈다. 목간(木簡)이었다. 을천이 다급히 받아들고는 잠시 머뭇거리다가 그것을 펼쳐보았다.

긴장이 흘렀다.

― 그것봐. 내가 뭐랬어. 이런, 내숭떨기는.

곱사등이가 일부러 침묵을 깨며 돌이를 향해 말을 던졌다.

을천은 가만히 눈을 감았다. 한 여인의 얼굴이 확 덮쳐왔다. 아니, 더 정확히는 그전에 그녀가 먼저 어른거렸다는 말이 옳았다. 청이었다. 당 조정의 결정이 적힌 이 특급 정보에서 어딘지 모르게 청의 냄새가 풍겼다.

고마워…… 돌이도 고맙고, 아저씨도. 그는 뭇 동지들을 생각하며, 그중의 하나인 청에게서 애써 여인의 체취를 지우려 했으나 외려 더 스멀스멀 기어나오는 건 무슨 까닭일까. 그는 세차게 고개를 흔들었다. 그러나 잊으려 해도 이런 결정적인 일을 당하면 울컥 솟구쳐 올라오는 게 그리움이었다.

— 참, 그게 아니라니까요.

그냥들 말을 나누면서도 두 사람은 을천의 표정을 놓치지 않았다.

— 하긴, 좀 심각한가보네.

곱사등이가 슬쩍 떠보았다. 그러나 을천은 여전히 눈을 감고 있었다.

　　…… 항복한 거란 장수 이해고(李楷固)와 낙무정(駱務整)을 처형하
　　는 대신 관작까지 내려 거란 잔당의 토벌을 맡겼음. ……

이해고와 낙무정, 그 두 놈의 얼굴이 떠올랐다. 배신자들. 남생, 고구
수, 이다조, 흑치상지…… 다 똑같은 놈들. 겨레를 팔아 출세하면 뭐 하
나. 두 놈은 손만영의 부관이었던 놈들이라 이쪽 사정을 손바닥 들여다
보듯 훤히 알 텐데 어떻게 싸워야 하나……. 그때 부드러운 안개 같은
청의 체취가, 그건 간단해, 하는 것 같았다.

— 어떻게?

을천은 자신도 모르게 묻고 있었다.

— 뭘 말입니까?

— 아, 아닙니다.

을천은 흠칫했다.

— 안색이……?

을천은 허허 웃어버렸다. 그러나 그들은 내심 초조했다. 그의 웃음 속
을 캐고 들 재간은 없었으나 뭔가 예사롭지 않다는 건 느낄 수 있었다.

— 생각 좀 하느라고요.

웃음 끝에 미안한지 을천은 얼른 뒷말을 달았다. 그러자 이번엔 거꾸

로 이들이 웃으며 자리에서 일어섰다. 을천은 그러란 뜻은 아니었지만 말리지는 않았다.

참 좋은 사람들이야. 두 사람의 영상 위로 강물이 덮쳐왔다. 물결을 탄 황매화꽃의 은은한 내음이 코끝을 자극했고, 을천은 그속에서 청의 대답을 기다리고 있었다.

전에 나에게 이야기했잖아. 어떤 걸 자신이 누구보다도 잘 안다고 자만하는 사람일수록 남의 말을 무시하고 비위에 맞지 않은 정보는 절대 받아들이지 않는다고. 그러니까……. 맞다. 을천은 번뜩 생각이 솟구쳤다. 그러나 그는 마치 강물을 차고 올랐다 떨어지는 숭어처럼 이내 고개를 내저었다.

왜?

안 되겠어.

들어보지도 않고?

그 얘기 아냐?

뭐?

허허.

그는 웃고 말았다. 그런데 그 웃음의 파문은 연달아 을천의 뇌리를 때리고 지나갔다. 맞아, 네 말이 맞아. 그건 한순간이었다. 그는 그 파문 속에서 다시 튀어오르는 숭어를 보았다. 을천은 그걸 힘차게 낚아올렸다. 허허, 하하하하…….

그 웃음소리는 멀찌감치 떨어진 강가의 버드나무 아래에 앉아 있던 두 사람의 귀에도 들려왔다.

— 무슨 일일까?

— 글쎄요.

이들도 영문을 모른 채 마주 보고 웃었다.

을천은 발해만으로 도도히 흘러가는 백랑수를 상기된 얼굴로 바라보며 생각했다. 마지막 고비가 남았어. 이제 드디어 그날이 오는 건가 ……. 눈시울에 고인 뜨거운 눈물방울 속에서 어머니의 모습이 아롱거렸다. 일 년 전 숙환으로 돌아가신 어머니. 그는 임종조차 지켜보지 못했다. 이 무슨 기구한 운명인가?

어머니, 첨으로 어머니의 뜨거운 눈물이 보여요. 어머니, 제가 어머니 등에 업혀 건너던 그 강물이 저기 보이죠? 주름진 어머니의 얼굴을 떠올리면 언제나 강물처럼 흐르고, 자애로운 두 눈길은 그 한가운데서 미소짓고 계셔요. 어머니, 오늘처럼 어머니가 그리울 때면 전 강물을 바라봐요. 엄마 웃는 모습이 보이네. 따뜻한 체온까지…….

어디선가 개똥지빠귀의 예쁜 울음소리가 들려왔다.

…… 당 조정에서는 고구려의 걸걸중상과 말갈의 걸사비우에게 각
각 국공(國公)의 작호를 내려 회유하기로 했음. 거기에는 둘 사이
를 이간시키려는 의도가 다분히 있다고 여겨짐. 당은 다시 재개된
돌궐과의 전쟁에 대비하여 최후에는 안동부를 버릴 각오까지 하고
있음.

목간의 정보는 여기서 끝났다. 을천은 한시바삐 이 내용을 대조영에게 알려야 했지만, 동시에 적에 대한 역공작을 해야 했기 때문에 그 급소를 찾고 있었다.

아까부터 이해고와 낙무정의 얼굴이 눈앞에 어른거렸다. 을천은 놈들을 까마귀 무리에 뛰어든 매 같다고 했던 기억이 떠올랐다. 작년 8월 황

장곡 전투 때 일이다. 을천의 정보와 계략이 적중한 건, 아니 적어도 그걸 입증시킨 건 그 두 놈이었다. 거꾸로 말하면, 전쟁이란 아무리 전략이니 전술이 훌륭해도 막상 싸우는 군인이 제대로 못 하면 아무것도 안 되는 것처럼 요놈들은 전쟁터에서 참으로 효용절륜(驍勇絶倫)했다.

고놈들하곤 피차 잘 아니까 이제 한판 승부는 피할 수 없다, 피할 수 없는 싸움은 이겨야 한다, 그렇다면 이길 수 있는 묘책은 뭘까? 을천은 자신의 정체를 속속들이 꿰뚫어보고 있는 적과 외나무 다리에 맞서 있는 기분이었다.

을천은 쓸쓰레하게 웃었다. 그는 눈을 더듬어 돌이와 곱사등이를 찾아보았다.

— 뭣들 하고 있어요?

두 사람이 동시에 고개를 젖히고 올려다보았다. 언덕배기 위에 서 있는 을천이 버들가지 사이로 보였다. 그의 무릎 밑에서 싸악싸악 바람에 흔들거리는 풀들이 마치 떠나가는 사람의 작별의 손짓 같았다.

— 내려오실 거예요? 올라갈까요?

돌이가 물었다.

— 어, 내려갈게.

연녹색의 은행살 같은 강물이 찰랑찰랑 수초 위를 때렸다. 물고기들이 입술을 쭉 내밀고 뻐끔거리는 게 곧 비라도 올 성싶었다.

— 강물을 보고 있으면 어째서 가슴팍부터 시원해질까?

— 이상하지요?

— 난 죽어서 저기에 뿌려지면 좋겠다.

곱사등이가 돌이를 보고 말했다.

— 그래 줄래?

— 이히, 아저씨도.

돌이가 말했다.

— 제가 먼저 갈지도 모르는데……

— 네끼, 이 녀석.

곱사등이가 벌컥하는 틈에 을천도 거들고 나섰다.

— 허허, 지가 가기는 어디로 가겠어요. 뭐, 집으로나 간단 얘기겠지.

— 그렇다면 몰라도.

— 제 집이 어딘데요? 어떻게 찾은 조국인데 그걸 버리고 저더러 설마 악수에 가서 살란 말씀은 아니시지요?

돌이는 정말로 성이 나서 핏대까지 곤두세웠다.

— 이런, 무슨 소리야? 부모님 모시고 빨리 가라는 말이지.

을천이 반은 달래고 반은 나무랐다.

— 그래야겠지만 전 할 일이 있습니다. 아버지도 그걸 원하실 거구요.

돌이는 잘 알고 있으면서 왜 그러냐는 투로 을천을 언짢게 쳐다보았다.

— 그리고 전 아저씨와 생사를 함께할 거예요.

돌이는 요지부동으로 더 이상 입을 열지 않을 태세였다. 순간 곱사등이의 눈에도 붉은 물이 설핏 비쳤다. 다들 왜 이럴까? 아아, 조국은 아름답다…… 그날 그 빛나는 소년의 눈동자가 너에게서, 곱사등이 아저씨에게서, 그리고 우리 모두에게서 다시 살아나고 있는 이 나라가.

— 그럼 우리 다시 만날 땐 별이 되어 만날까?

곱사등이가 말했다. 그는 구름 낀 하늘을 쳐다보았다.

— 오늘은 별 보기가 힘들겠네.

그의 말끝에 을천은 잠시 생각했다. 별은 보이든 보이지 않든 하늘에 틀림없이 존재하듯이, 백성들의 가슴에는 빛나든 빛나지 않든 간에 누구에게나 조국의 별이 간직되어 있을 거라고.

— 구름을 걷어내는 게 중요해, 안 그래? 문제는 어떻게 빛나게 하느냐지.

돌이와 곱사등이는 영문 모를 얼굴로 서로를 쳐다보았다.

— 우리는 그걸 해내고 있는 겁니다. 아니, 해냈습니다.

두 사람은 더욱 어리둥절했다.

— 그럼 우리 이렇게 해봅시다.

이들은 어리둥절했던 기분을 떨쳐버리고 어느 새 을천의 말에 열중해갔다.

마침내 이해고는 좌옥금위 장군, 낙무정은 우무위위 장군이 되어 영주로 돌아왔다. 이들은 자기 동족을 토벌하는 데 혈안이 되어 있었다. 그러나 키타이의 대부분이 튀르크에 투항하여 준동하고 있는만큼 그것은 쉽지 않았다. 의주에 주둔하고 있는 별대(別隊)는 고구려군을 추격하기 위한 거점이었다. 이곳은 곱사등이가 있는 만불당에서 한 삼십 리 남짓 되는 거리였다.

궂은비가 추적추적 내리고 있었다. 배에서 내린 사내는 움푹 패인 곳을 찾아 배를 숨기고 나뭇가지를 꺾어서 가린 뒤, 강둑 위로 조심조심 올라왔다. 날은 일찍 저물어서 사위가 어둠 속으로 빠르게 묻혀들고 있었다. 여남은 길쯤 떨어진 곳에 허수아비 같은 초소 한 채가 김을 모락모락 피워올리고 있는 게 보였다.

보초병은 무료한 듯 가끔씩 츳, 하고 앞이빨 새로 침을 쏘았다. 그것은 일직선으로 뻗어나가서 어김없이 돌부리에 명중했다. 이번에도 그는 츳, 하고 발사했다. 그런데 어찌 된 일인지 각도가 획 꺾여 훨씬 못 미친

지점에 톳, 떨어졌다. 바로 이어서 그 돌부리를 밟고 지나가는 발이 보였다.

— 야아, 뭐야?

— 네, 죄……죄송합니다.

— 아니, 이 자식이 첨으로 보초 서나.

보아하니 이 작자는 초병의 예의 그 버릇을 잘 알고 있는 눈치였다.

— 아……아닙니다. 절대 않겠습니다.

— 쯧쯧, 수상한 놈은 없었나?

— 네, 없었습니다.

이때 초소 뒤로 검은 그림자가 도둑 고양이처럼 휙 지나갔다.

— 거, 침 퉤퉤 뱉지 말고 보초나 잘 서, 어?

— 네엣.

그는 보초의 대답도 듣지 않고, 어느 새 보았는지 잽싸게 그 검은 그림자를 쫓았다.

부슬부슬 내린 비가 한 보지락은 넘게 내려 길이 여간 질퍽거리는 게 아니었다. 게다가 놈이 어찌나 빠른지 자칫하면 놓치기 십상이었다.

마을의 굴뚝에서는 김이 모락모락 피어올랐다. 빗방울이 어지러이 흩어지는 하늘에 조금 남아 있던 이내마저 어둠 속에 완전히 잠겨버렸다. 사내는 마을 어귀에서 잠시 머뭇거리는가 싶더니 순식간에 골목으로 사라졌다. 뒤쫓던 군인도 판에 박은 듯 똑같이 움직였다.

막다른 골목이었다. 군인은 갑자기 당황했다. 비로 쓸어놓은 듯이 개미 새끼 한 마리 보이지 않았다. 어디로 갔지? 담이랄 것도 없었다. 겨우 무릎 높이로 듬성듬성 울짱을 둘러놓은 게 고작이었다. 놈이 뒤쫓는 걸 눈치챘을까, 자신도 모르게 허탈한 웃음이 흘러나왔다. 그러나 이대로 물러선다는 게 내키지 않았는지, 몸을 바짝 낮추고 숨을 죽여가며 한 집 한 집 살피기 시작했다.

빗발이 차츰 굵어졌다. 시간이 흐를수록 군인은 마음이 흔들렸다. 속수무책으로 이렇게 있다는 게 자꾸만 한심한 생각이 들었다. 마침내 그는 안절부절못한 채 몸을 벌떡 일으켰다.

바로 그때였다. 다시 그는 순식간에 몸을 바싹 구부려 삵괭이처럼 어둠 속에서 눈을 번득였다. 누가 막 골목 안으로 꺾어들어오고 있었던 것이다. 방안의 불들은 몇 집만 빼놓고 모두 꺼져 있었다. 점점 가까이 걸어오던 그자는 어느 불 꺼진 집으로 들어갔다. 도롱이를 걸쳐 입어 정확히는 알 수 없지만 아무래도 틀림없는 곱사등이였다.

군인은 살금살금 다가갔다. 먹통 같은 방안이 몹시 궁금했다. 쫓던 놈이 꼭 거기 들어 있을 성싶었다. 마음 같아선 방문을 확 걷어차고 싶었지만, 섣부르게 그럴 수도 없는 일. 이제 오직 그가 의지할 것은 귀밖에 없었다. 짙어가는 어둠이 외려 안심이 되었다. 은밀한 소리는 박쥐처럼 밤을 좋아하는지 이상하게도 잘 들렸다.

— 여기 있습니다.

— 짝은 맞는데······. 어두워서 글씨가 안 보이는군요.

— 그럼 불을 좀 켜볼까요?

놈은 망설이는 것 같았다. 하지만 잠시 후 뭔가 부스럭거리더니 잠깐 환해졌다가 금방 사라졌다.

— 맞습니다.

이때 상대가 뭐라고 하는데 잘 들리지 않았다. 그뒤 두 사람의 목소리가 훨씬 낮아졌다.

— ······고구려하고 말갈을······.

— 언제쯤…… 그러니까 이쪽에선…….

— ……이간질을…… 확실한…….

그는 이제 의심할 여지가 없었다. 지금 당장 박차고 들어갈까? 아냐, 저놈들은 둘인데 잘못하다간……. 그렇다고 이 자릴 놓치면 어떡하나. 계속 미행해? 아니야. 한 놈은 곱사등이니 다른 한 놈이 문젠데, 그놈이 여간 빠른 게 아니었거든?

— ……다시 볼…… 무사…….

아마도 자리를 파할 모양이었다.

— 그럼…… 또…….

더 이상 머뭇거릴 시간이 없었다. 어느 새 그는 한 손으로 올무를 매만지고 있었다. 이윽고 방문이 열렸다. 먼저 누군가 고개를 쑥 내밀었다. 그는 던질까 말까 망설였다. 이때 그자가 다시 고개를 돌리더니 뒷사람에게 뭐라 하는 것 같았다. 절호의 기회였다. 올무줄은 던져지고, 그자의 고개가 원위치되는 순간, 한 치의 오차도 없이 그대로 쏙 하니 몸뚱어리를 옭아맸다. 이와 동시에 그자는 공중을 붕 떠서 땅바닥에 나뒹굴어지고, 군인의 다른 한 손에 들린 칼은 방안 사람의 어딘가를 벌써 찔러버린 상태였다. 이들 세 사람은 이미 어둠에 익숙해 있어서 사태를 파악하는 데 별 어려움이 없었다. 피를 흘리고 있는 자는 곱사등이었고, 한쪽 다리가 아직 칼에 꼽힌 채로였다.

— 꼼짝 마랏!

그제야 군인은 가쁜 숨을 내쉬었다. 그의 신출귀몰한 솜씨로, 두 사람은 꼼짝 할래야 할 수도 없게 제압되었다.

— 주인은 누구지?

— 여……여기, 어……없습니다.

애당초 대답을 듣기 위해 물은 것은 아니었다. 자신의 성취를 스스로 확인하고 상대에게도 그것을 기정사실로 받아들이게 한 뒤, 그 다음 단계로 나가기 위한 정해진 수순에 불과했다.

— 아아악!

그는 칼을 일부러 돌려 뽑았다. 그러고는 오랏줄로 곱사등이를 묶었다.

— 네놈은 어디서 많이 본 듯한데.

한 마리씩 잡은 짐승을 갈무리하듯이 이번에는 올무에 옭힌 치에게 마수를 뻗치며 말했다.

— 좋아, 그건 가서 차차 얘기하기로 하고…….

그는 입맛이라도 다시고 싶은 듯 포획한 짐승을 경쾌하고도 능란한 솜씨로 포박했다.

— 자, 너부터 앞장 서고. 그 담에 너.

밖에는 비가 줄줄 오고 있었다. 땅바닥의 흥건한 빗물에 붉은 피가 콸콸 쏠려들었다. 금세 목격자들이 괴기한 모습으로 여기저기 서 있었다. 곱사등이가 다리를 질질 끌고 아기둥아기둥 나갈 때에는 구경꾼들의 혀차는 소리가 마치도 진혼곡처럼 퍼져나갔다.

잡혀온 을천은 곱사등이만 생각하면 가슴이 찢어질 듯 아팠다. 자꾸만 그 순간이 떠올랐다. 쏟아지는 비를 맞으며 짐승처럼 웅크리고 처참하게 피를 흘리고 있던 그. 당신도 사람의 인생을 살긴 한 겁니까? 억울하진 않으세요? 아저씨, 그게 뭔가요? 을천의 눈에서 피눈물이 흘렀다.

…… 아저씨와 난 이제 얼마 안 있으면 우리의 계획대로 놈들 손에 죽겠지요. 무엇보다 고문이 젤 두렵군요. 그러나 끝까지 해내야죠, 끝까지. 이것이 마지막이니까 난 끝까지 해내겠어요. 아저씨, 그런데 아저씬

어디서 그런 힘이 나오지요? 난 정말로 당신이 아무것도 두려워하지 않는 걸 잘 알아요. 보세요. 난 이렇게 두려워하는데 아저씬 왜 두려움이 없는 거지요? ……

— 야, 나와!

을천은 옥졸의 고함소리에 정신이 번쩍 들었다.

— 이 새끼야, 말이 안 들려?

철커덕 하니 자물쇠가 열렸다.

— 뭐 하는 거야? 빨리 나와!

을천은 천천히 자리에서 일어났다. 옥졸은 들어가서 확 잡아끌어내진 않고 문밖에서만 소리쳤다.

양 발에 차꼬가 채워진 을천은 어기적거리며 걸어나왔다. 옥사의 문을 막 벗어나자 눈이 부셔서 도저히 눈을 뜰 수가 없었다. 뒤에서 군인이 등을 툭 쳤다. 옥졸로부터 인수인계를 받은 그한테서 차갑고 싱싱한 기운이 확 뻗쳐왔다.

— 걷기가 불편하겠구먼.

군인은 손수 차꼬를 풀어주었다. 실낱처럼 떠진 눈꺼풀 사이로, 을천은 겨우 빛살을 헤치고 차꼬를 벗기고 있는 그의 손을 볼 수 있었다.

— 시원하지. 자, 이리. 그 대신 포승을 한 번 더 묶자구.

을천은 저도 모르게 실소가 흘러나왔다.

— 불편하진 않나.

그는 흡사 잘 꾸려진 짐꾸러미를 만져보듯 하며 흡족해했다.

— 괜찮소. 근데 곱사등이 아저씨는?

— 쯧쯧, 댁 일이나 걱정하시지.

군인은 그러나 말투와는 달리, 기분은 그리 나쁜 것 같지 않았다.

— 곧 만나게 될 테니까 말이야. 그리고 이제 당신들 두 사람만 풀려나면 옥사가 텅 빌 거야.

그는 이렇게 인심 쓰듯이 한 마디를 더 던졌다.

을천은 속으로 픽 웃었다. 그해 9월 9일, 무(武)황제가 키타이의 평정을 기념해서 연호를 신공(神功) —— 신의 힘이 아니면 불가능했다고 하여 —— 으로 바꾸고 전국에 사면령을 내려 죄수들을 석방했는데, 그게 바로 을천과 곱사등이가 잡힌 그 다음날이었다.

군인을 따라가던 을천은 몇 발자국 안 가서 자신도 모르게 몸을 부르르 떨었다.

— 어, 왜 그래?

그는 을천을 보면서 말했다.

— 아니오. 몸이 좀 얼었다가 녹느라고…….

사실 요 며칠 새 된서리가 갑자기 내린 바람에 모든 게 꽁꽁 얼어붙었다가 오늘 아침에야 풀렸고, 게다가 돼지우리 같은 감옥에 여름 홑옷만 걸치고 묶여 있었으니 동태가 되고도 남음이 있었다.

— 그럴 거야. 강추위였다구, 으흐.

군인은 동의를 표한다고 그런 것인지 어깨를 움츠리며 가볍게 한 번 떨었다.

줄지어 오던 한 무리의 병사들이 힐끗힐끗 쳐다보며 지나갔다. 이들의 마지막 그림자가 채 사라지기도 전에 본부 건물로 보이는 제법 큰 맞은편 막사에서 한 사나이가 갑자기 나타나 이쪽을 보고 손짓을 했다.

— 어, 뭐야. 제기랄.

군인은 입술 근처에서만 투덜대며 을천의 어깨를 툭 쳤다.

— 저기 보이지? 저리로 빨리 가자구.

군인의 눈이 막사 쪽을 향해서 충성스런 개처럼 빛날 때, 을천은 땅바닥의 얼음 조각에 반사된 빛에 눈이 찔려 순간 감아버렸다. 그참에 군인만 몇 걸음 앞서 가게 되었다.

— 이 새끼, 뭐 하는 거야!

군인은 신경질적으로 뒤를 돌아보며 소리질렀다.

— 좋은 말로 할 때 빨리 뛰어!

을천은 외려 빙그레 웃으며 그 자리에 우뚝 서버렸다. 그러자 당황한 것은 군인이었다. 무슨 언명이 있었던지 을천을 두들겨패지도 못했다.

— 뭐 해?

저쪽 사나이의 다급히 질러대는 소리가 족히 반 리(里)는 가로질러 들려왔다. 군인은 더욱 안절부절못하고 금세 을천에게 사정했다.

— 좋아, 얼른 갑시다. 내 아까 욕한 것 사과할게.

군인은 조금은 비굴하고 조금은 순진하게 웃어 보였다.

— 일이 급하게 된 모양이야. 잠시 대장님한테 들렀다가 나하고 같이 본대에 가기로 했는데 꼬락서니 보니까 아마 바로 출발해야 되나봐.

두 사람은 거의 뛰다시피 했다.

— 곱추도 곧 다른 사람이 호송해갈 거야.

군인은 무슨 호의에 보답이라도 하듯 말했다.

빛의 바다로

1

홍, 어디 그 남자에 비길려구, 말도 안 돼. 야, 파랑기스. 꿩 대신 닭이라고 해라, 차라리. 후훗…… . 이렇게 속으로 깔깔대던 나쓰린은 다른 사람도 아닌 파랑기스 입에서 파리후드가 왔다는 소식을 전해 듣는 순간 까무러칠 뻔했다. 사실 나쓰린은 그 때문에 너무 달떠 있었다. 그러지 않아도 친구 파랑기스한테서 장대 타는 곡예사 얘길 들으며 속으로 실컷 비웃어주고 있었는데, 아닌밤에 홍두깨라고 생각지도 않은 소식이 오늘 아침 그녀를 찾아온 것이었다. 오랫동안 사에나의 이 두 하녀는 둘도 없는 친구 사이였는데, 어쩌다가 파리후드를 놓고 줄곧 미묘한 신경전을 벌이게 되었다. 그러나 파리후드는 나쓰린을 사랑하고 있었기 때문에, 나쓰린은 비록 신경이 쓰일지언정 결코 파랑기스를 자신의 연적으로 간주하지는 않고 있었다. 그런데 최근 파랑기스한테서 이상 징후가 발생했다. 부쩍 말이 많아졌을 뿐 아니라 매사에 구르는 공처럼 경쾌했고 통통 튀었다. 특히 환술(곡예)에 대한 얘기를 하면서, 눈이 파란 털보 청년의 장대타기(竿戲) 묘기에 이르면 그녀는 거의 자지러졌다. 일이 이렇게 되고 보니 나쓰린은 이제 신경 쓸 필요조차 없어진 게 차라리 서운할 지경이었다. 그러나 그 따위 기분도 파리후드가 왔다는 전갈을 듣는 그 순간 다 사라졌다.

파리후드를 만나고 돌아오는 나쓰린은 누가 보아도 긴장해 있었다. 애써 그걸 감추려고 하는 표까지 역력했다. 하지만 간혹 달뜬 눈과 훅훅 달아오르는 뺨을 보면 곧잘 무슨 몽상에 빠져들었다 나오곤 하는 것 같았다. 그래서 행여 누가 볼 때에도, 무슨 큰 일을 당해서인지, 아니면 너무 좋은 일이 생겨서인지 분간이 되지 않을 정도였다.

그러나 사실은 그 둘 다였다. 이 둘은 융합되어 차츰 나쓰린의 마음을 사명감에 불타게 만들었다. 지금 그녀의 신경은 그것을 조정하느라 부산했다.

— 절대로 들키면 안 돼. 우리 모두가 끝장이야.

지금 나쓰린의 품속에 숨어 있는 이 정체불명의 것은 이 여자의 모든 것을 좌지우지할 물건이었다.

— 묻지는 마, 나도 모르니까.

하지만 그녀는 대강 짐작할 수 있었다. 주인 강의라가 치른 곤욕, 을천의 도망과 수색, 군인들의 노골적인 감시…… 이런 것들을 조금만 떠올려보아도, 아니 그전에 긴장한 파리후드가 사에나한테 전해주라며 멈칫멈칫 손을 내밀었을 때, 이미 바보 천치가 아닌 다음에야 감을 잡지 않을 수는 없었다.

걱정 마, 내가 잘 할게……. 나쓰린은 한발 한발 집쪽으로 가까워져갈수록 다른 한편 스스로에게 감동되어가는 자신을 느꼈다. 그러나 무엇보다 다행이었던 건 놈들이, 파리후드와 나쓰린의 사랑을 통해서 을천의 편지가 사에나에게 전달될 거라고는 꿈에도 생각지 못했다는 거였다.

나쓰린은 집 밖을 빠져나갈 때처럼 그림자도 없이 살짝 들어갔다.

— 저년이 지금 어디 갔다 오는 거지?

나쓰린의 출렁이는 여체를 숨어서 지켜보던 혹리 놈이 입맛을 쩍쩍 다시다가 침을 퉤 뱉었다.

― 에잇, 좆 꼴려서 못 살겠구만.

놈의 소리가 좀 컸던지 대문 밖에서 개가 짖어대기 시작했다. 놈도 화들짝 놀라서는 슬그머니 꽁무니를 뺐다.

하하핫.

을천이 문에 들어서자마자 꿩음 같은 웃음소리가 들려왔다. 잠시 후 칼로 벤 듯이 웃음이 잘려나갔을 때, 맞은편 벽면 위로 왔다갔다 하던 커다란 그림자가 바위처럼 우뚝 섰다. 침묵이 흘렀다.

서서히 하얀 너울이 벗겨지듯 채광을 받고 있던 이해고의 얼굴이 눈에 익어왔다.

― 난 또 누구라고? 이게 얼마 만이야. 아참, 내 정신 좀봐. 자자, 거기 좀 앉지.

이해고는 을천에게 의자를 내주면서, 저와 방금까지 같이 있던 군인과 지금 막 을천을 호송해온 병사에게 나가보라고 말했다.

― 그래 그간 어떻게 지냈나?

을천은 말없이 빙그레 웃었다.

― 좋아. 그런데 다들 사면을 받고 석방돼 나간 판에 대체 이게 무슨 일인가?

이해고는 알 수 없다는 듯이 고개를 가로저었다. 그러나 을천은 여태껏 한 마디도 대꾸하지 않았다. 그게 못마땅했던지 이해고는 일어나서 창가로 걸어갔다. 을천의 시선은 그의 절벽 같은 등판에 부딪쳐 자연히 창밖의 풍경과 차단되었다.

무료함을 느끼기엔 너무 짧은, 그러나 긴장되고 어색한 시간이 흘렀다. 다시 돌아선 이해고의 얼굴은 푸르뎅뎅하니 변해 있었지만 역시 교활하진 못했다. 을천은 내심 적잖이 불안했었다. 뜻밖은 아니군……. 다행히 을천은 목숨을 걸고 꾸민 일이 차질없이 되어간다고 생각했다.

― 도대체 뭘 어떻게 하려 했던 거야?

이해고는 한발 한발 다가오면서 싸움을 걸어오듯 표독스럽게 말했다.

― 곱추 새끼하고 뭘 했나?

― 하던 일을 했소.

― 그걸 말해보란 말이야.

― 내 말을 믿을 수 있겠소?

이해고는 잠시 당황한 듯했다.

― 좋아!

― 좋다는 게 무슨 뜻이오?

이해고는 양미간을 찡그렸다.

― 그야 사실대로만 말하면 큰 상을 주겠다는 거지.

― 그럴 힘이 있기나 한 거요?

이해고의 표정이 바싹 험악해졌다가 누그러졌다. 기실은 이것도 을천이, 그러면 나도 반역자인 당신처럼 큰 상을 받을 수 있겠소? 하고 물으려다가 말을 바꾼 것이었다.

― 허허, 날 가지고 노는 건가? ……좋아. 하여튼 시작해봐.

그러나 을천은 묵묵부답으로 있었다. 잔뜩 끓어오른 이해고는 한동안 눈을 지그시 감더니 부하를 불러 끌고 가라고 명령했다.

돌이는 어린 나이라고는 할 수 없었지만, 이런 큰일을 감당하기에는 아직은 벅찬 소년이었다. 소년은, 벌써 이 세상 사람이 아닐지도 모르는, 그가 그토록 존경하고 따르던 을천과 곱사등이의 목숨을 대가로, 구만리 창공을 날아 소식을 전하는 기러기처럼 낮도 없이 밤도 없이 정보 하나만을 가지고 산과 강을 넘고 건너서 꼬박 아흐레 만에야 이곳에 도착했다.

— 이 검덕귀신이 누구야?

양울력이 돌이를 보자 내지른 일성이었다.

— 잘 계셨습니까?

돌이는 반가움에 눈을 빛냈지만, 그속에는 피눈물이 서려 있었다.

— 아, 그래. 그런데 무슨 일이 있는 거냐?

돌이는 고개만 끄덕였다.

— 음…….

양울력은 긴 한숨을 내쉬며 을천에게 무슨 일이 생겼다는 걸 직감했다.

— 어서 말해봐.

돌이는 망설이며, 말하는 걸 곤혹스러워했다.

— 사실은 저…….

양울력은 다그치지 않았다. 양울력이 이미 짐작했던 대로 돌이는 대조영에게 전달할 정보가 있다고 어렵게 얘기를 꺼냈다.

멀리서 둔탁한 매질 소리가 들려왔다. 완전히 물크러져 형체를 알 수 없게 된 곱사등이의 눈에 매질을 당하는 을천의 모습이 어른거렸다. 비록 눈앞의 환영일망정 그가 보인다는 건 무엇보다 자신이 아직 살아 있다는 증거였다.

고문 끝에 죽는 건 그다지 두렵지 않았다. 그러나 을천과 약속한 말들을 혹 비몽사몽간에라도 그대로 중얼중얼 내뱉다가 가느냐, 이건 또 다른 문제였다.

곱사등이는 이빨이 부러져나갈 정도로 신음을 참고 있었다. 이 견딜 수 없는 고통 속에 파묻혀버리는 날이면 끝이었다. 마치 휘몰아쳐오는 파도에 난파당하지 않으려는 선장처럼 자신의 터져나오는 신음소리에 을천이라는 이름 두 자를 기억에서 놓쳐버릴까 봐, 곱사등이는 그것이 가장 두려웠다.

— 이 병신 새끼야. 너 꼭 이렇게 나갈 거야?

말이 끝나기가 무섭게 픽, 소리가 났다. 가슴패기를 걷어채인 곱사등이는 갑자기 숨을 쉬지 못하고 눈이 뒤집혀졌다.

— 어어, 왜 이래? 이거 뒈지는 거 아냐. 야?

— 놔둬 봐. 조금 있으면 숨이 제자리로 돌아올 테니까.

두 놈은 겁을 집어먹은 듯 한 방씩 더 걷어차려던 걸 멈추고 곱사등이를 이리저리 살펴보았다.

— 이거 보통 독종이 아냐. 이대로 뒈질 새끼가 아니라구.

한 놈이 곱사등이의 턱을 잡아 흔들어보며 걱정 섞인 목소리로 말하고 있을 때, 그는 순식간에 사냥개처럼 달려들어 놈의 손가락을 콱 물었다.

— 아아악!

다른 놈까지 달려들어 아예 곱사등이의 턱을 뜯어내서 부수어놓을 듯이 무자비하게 걷어찼다. 그러나 곱사등이는 턱주가리가 깨져나가면서도 젖 먹던 힘까지 내어 으드득 물어뜯었다.

— 으아아악——

놈의 손가락이 마침내 잘려나가고야 말았다. 피투성이가 된 곱사등이의 입 속에서 손가락 두 개가 땅으로 굴러떨어졌다. 놈은 시뻘겋게 달구어진 인두를 빼들고 그를 죽이려고 달려들었다. 다른 놈이 다급히 붙잡왔다.

— 이봐, 이봐.

말리는 놈도 겁을 잔뜩 집어먹고 떨면서 말했다.

— 저놈을 죽이면 안 돼.

— 비켜!

그의 눈에서 살기가 번쩍였다. 이때 뒤에서 둔탁한 목소리가 들려왔다.

— 그만두지 못할까?

두 놈은 얼어붙은 듯 하던 동작을 멈추었다.

— 머저리 같은 놈들. 이게 대체 무슨 짓들이냐!

이해고가 다가가자 이들은 독사를 만난 것처럼 슬슬 뒷걸음질치며 한쪽 구석으로 물러섰다.

— 빨리 나가지 않고 뭘 하고 있는 게냐!

피가 철철 흐르고 있는 손가락을 싸안고 놈이 밖으로 나갔다.

— 넌 저 새끼 주둥이를 닦아내도록 해라.

곱사등이는 도살장의 짐승처럼 양 손발이 묶인 채 처참하게 뻐드러져 있었다. 놈은 물 한 통을 그의 얼굴에 확 처붓고는 걸레로 입 주위를 벅벅 문질렀다. 차마 눈 뜨고는 볼 수 없는 지경이었다. 놈이 온 바닥에 질펀거리는 피를 대강 닦아내면서 나부라진 손가락 두 개를 집어가지고 구석으로 휙 내던지려는 찰나, 이해고가 그를 불렀다.

— 그게 뭔지 이리 가져와봐.

자초지종을 들은 이해고는 길게 신음을 흘렸다. 지금 그는 이렇게 한가하게 범인이나 취조하고 있을 여유가 없었다. 그렇다고 이 알토란 같은 핵심 첩자를 잡아놓고서, 소기의 정보도 빼내지 못한 채 무턱대고 고구려 토벌에 나갈 수는 없는 노릇이었다.

— 흠, 정말 지독한 놈이구나.

그는 이어 말했다.

— 부들부들 떠는가본데 두꺼운 이불이나 덮어주도록 해라.

— 네.

곱사등이가 살겠다는 희망조차 가지고 있질 않으니 어찌해볼 도리가 없었다. 이해고는 그 희망을 자극할 아무런 미끼도 없다는 게 더욱 낭패라고 생각했다.

— 여봐라!

그는 부하를 불렀다.

— 그뒤로 이놈이 어디까지 말했느냐?

— 똑같습니다.

— 흠.

이해고는 을천이와 곱사등이 두 놈이 취조를 당하자마자 앵무새처럼 똑같이 ——고구려군은 양수(梁水 : 현재의 太子河)를 따라 요동으로 들어갈 거라고—— 하는 말을 도무지 믿을 수가 없었다. 무엇보다 상식에 들어맞질 않았다. 물론 허를 찌르는 게 병법이라곤 하지만, 아무리 그래도 의심투성이었다.

사실 이해고가 의주의 별대로부터 이들을 잡았다는 보고를 처음 받았을 때, 부절까지 찾아냈다는 말을 듣고 속으로 얼마나 쾌재를 불렀는지 모른다. 그러나 취조를 하면 할수록 요것들이 고의적으로, 아니 목숨까지 계획적으로 버려가면서 거짓 정보를 말하고 있다는 느낌을 지울 수가 없었다.

무엇보다도 두 놈 다 목숨을 초개와 같이 여긴다든지, 고구려군이 요동으로 가는 이유를 옛 고구려 땅이었기 때문이라고 말하지만, 거긴 지금 안동부 예하의 각 성이 지키고 있는데(비록 그 성들이 고구려나 키타이 잔군에게 공략을 많이 당했다 해도) 백성들을 데리고 보다 안전한 북도(北道)를 택하지 않고 굳이 요동(中道) 쪽으로 간다는 게 여태껏 의심스러웠던 것이다.

사실 한시가 천추 같은 이해고로서는 마냥 질질 끌 수가 없어 끝을 낼까 하던 차에, 천만뜻밖에도 그의 마지막 추궁에 을천이 걸려들고 말았던 것이다.

그것은 다름 아닌 이해고의 생각대로, 고구려군이 북도를 따라 올라가서 요수를 건너 부여성에서 다른 고구려군과 합류한 뒤 계속 동쪽으로 간다는 내용이었다.

이해고는 이 새로운 진술을 받아내는 순간, 멧돼지가 돌진하듯이 가슴이 마구 뛰었다. 자신의 성공과 승진이 황홀하게 스쳐지나갔다. 하지만 전연 내색하지 않았다. 지금 그는 이미 이 사실을 알고 곱사등이에게 온 것이다. 어떻게든 그의 입에서도 똑같은 진술을 캐내야 했다.

— 넌 네 목숨보다 더 귀한 게 뭐냐?

이해고가 부하에게 물었다.

— 충성입니다.

이해고는 가슴이 뜨끔했다.

— 그렇다면 저놈도 지금 충성하고 있는 거라고 생각하느냐?

— 아……아닙니다.

— 그럼 뭔가?

— 불충하고 있습니다.

이해고는 쓴웃음을 지었다.

— 한데 문제는 저 새끼가 불충을 지 목숨보다 더 귀하게 여긴단 말이

야. 왜 그러는 거지?

군인은 말이 막히는지 그를 보고 움찔거렸다.

— 허허, 놈도 제 딴엔 충성하는 거지.

이해고는 부하를 향해 말하면서 곱사등이에게 다가갔다.

— 일리가 있지 않느냐? 솔직히 나도 부럽다.

부하는 상관의 등 뒤에서 이젠 고개까지 숙이고 안절부절못했다. 자신도 같은 키타이로서, 아마도 이 위험천만한 발언을 소화하기가 무척 두려운 모양이었다.

— 넌 어때?

— …….

— 음, 좋아.

이해고는 갑자기 크게 깨달은 바가 있어 곱사등이의 심정을 헤아릴 수 있다는 투로 말했다.

— 그런데 을천이 그 친구가 말이야, 당신이 가장 큰 힘이 된다고 하던데 당신도 그 친굴 그렇게 생각하나? 솔직히 말해봐.

이해고가 말끝을 독백처럼 이었다.

— 물론 그러겠지……. 하늘을 두고 맹세하지만 사실대로만 얘기하면 그를 살려주겠어.

어둡고 퀴퀴한 공간, 창틈으로 들어온 한 줄기 빛이 곱사등이와 이해고 사이를 경계선처럼 그어놓고 있었다. 이해고는 그 경계선을 넘어 극도의 통증과 오한으로 덜덜 떨고 있는 곱사등이에게 구원자처럼 손길을 뻗쳤다.

— 내 말 알아들었나!

이해고는 고개를 돌려 나지막이 부하에게 나가 있으라고 명령했다.

— 어때 말해줄 수 없겠나. 나도 마지막이다. 내일은 출정을 해야 하니까.

그는 피투성이 된 곱사등이의 얼굴과 산발한 머리카락을 어루만지며 안쓰러운 목소리로 말했다.

— 나도 이러고 싶어서가 아니야. 을천이가 그러더구나. 나보고 더러운 배신자라고. 내 얼굴에 침까지 뱉었다. 그리고 여기 와서 보니까 당신은 내 부하 손가락까지 물어서 잘라버리고……. 어디서 그런 힘이 나는지 경탄스러울 뿐이고, 그럴수록 난 수치스러워져. 그 때문에 말할 수 없이 괴롭다. 이게 내 솔직한 심정이다. 알겠나?

그는 지독히 자애스러운 눈빛으로 곱사등이의 몸뚱이를 쭈욱 훑어내렸다.

— 쯧쯧, 이게 몸뚱어린가.

곱사등이는 신음을 삼키며 이해고의 말을 놓치지 않고 듣고 있었다.

— 음, 내 말 잘 들어라. 을천인 당신을 풀어주면 사실대로 다 말하겠다는 거야. 무슨 말인지 알겠나?

이해고는 잠시 뜸을 들였다.

— 그래서 말인데 당신을 풀어주기로 했다.

곱사등이의 몸이 갑자기 꿈틀거렸다.

— 을천이한테 무슨 할 말이 없나?

곱사등이가 애써 입을 달싹거렸으나 실제로는 말이 되어 나오질 않았다. 이해고는 내심으로 회심의 미소를 지었다. 그는 곱사등이의 파열된 얼굴의 상처를 손수 쓸어주며, 곧 출옥할 준비를 하라 이르고서 자리를 떴다.

나갔던 군인이 다시 들어왔다. 기(氣) 중에서 아마도 사람의 기가 가장 센지, 이상스러울 만치 실내의 구석구석에 도사리고 있던 살기가 아까부터 흐물흐물해지고 있었다.

— 이제 나가게 되면 어디로 갈 거요?

군인은 더운물로 터진 상처를 조심스레 문지르며 말했다. 아마도 이 해고의 명령을 받은 게 틀림없겠지만, 그는 어떻게 사람이 그럴 수 있을까 싶을 정도로 다른 태도를 보였다.

대조영은 돌이의 말을 들으면서 점점 낯빛이 밀랍처럼 허옇게 굳어져갔다.

— 두 분은 틀림없이 성공할 거라면서 작전을 변경하시라고 했습니다.

돌이는 말끝에 무슨 말인가를 하려고 몹시 주저하는 듯이 보였다.

— 망설이지 말고 어서 말해보려무나.

돌이는 더욱 안절부절못했다.

— 대체 무슨 말인데……?

— 화……황송하옵니다만,

돌이는 더듬거리긴 했지만, 눈 딱 감고 단번에 말해버렸다.

— 드……드린 말씀이 모두 사사……사실임을 제……제 목숨을 받쳐서 보……보여드리겠습니다.

그러나 소년의 말이 채 끝나기도 전에, 대조영은 눈 깜짝할 사이 단도가 쥐어진 그의 손목을 제압했다.

— 돌이야, 왜 그러는 거냐?

그는 소년을 끌어안으며 말했다.

— 절대로 목숨을 함부로 해서는 안 되느니라.

돌이는 숨쉬기가 어려워지고 머리가 빙빙 돌았다. 그런 와중에서도 무슨 말인가를 하려고 애를 썼다.

— 알았다. 하고 싶은 말이 있으면 좀 있다 얘기하도록 해라.

대조영은 소년의 등을 토닥거리며 마음을 진정시켜주었다. 어른과 소년의 가슴에서 가슴으로 강물이 흐르고 있었다. 푸르러서 때론 눈이 부시고, 도도해서 때론 가슴 벅차고, 연면해서 때론 슬프기도 한 누이 같은 강물이 흐르고 흘렀다. 소년아, 조국은 너의 꿈속에서 산다. …… 소년아, 일어서라. 조국이, 빛의 바다가 부른다. 그래, 그래야지. …… 어른과 소년은 어느 새 자신들의 강물이 흘러흘러 빛의 바다로 가고 있는 것을 보았다.

대조영은 돌이가 전언한 대로 작전을 수정했다. 원래는 북도(北道)를 타고 부여로 곧장 올라가서 거기서 다른 지구의 군대와 합류하기로 했었다. 그런데 적이 고구려와 말갈을 이간질시켜 각개격파를 하려고 하기 때문에, 이를 역이용하는 고도의 전략으로 변경했다. 을천과 곱사등이는 이 작전의 한가운데서 산화해가고 있는 것이었다.

작전의 내용은 이러했다. 일단 서둘러 요수를 건너서 아(我) 진영을 정비한 다음, 고구려와 말갈이 서로 반목하는 것처럼 꾸미기 위해 각각 별개의 나라를 세워서, 말갈은 북쪽(부여 방향)으로, 고구려는 동쪽(요동 방향)으로 갈라서기로 했고, 당군의 추격 여하를 보아가면서 양 진영이 적시에 협공하기로 했다.

여기에는 이유가 있었는데, 동쪽은 옛 고구려 지역이어서 비록 안동부 예하의 당군이 지키고 있다고는 하지만 여기저기 산재해 있는 고구려 부흥군과 백성들의 지원을 받아서 돌파해나가기가 용이했고, 북쪽은 역시 말갈세력이 많이 잔존해 있는데다 먼저 부여에 당도한 여타 지구의 군대가 남하하여(이를 알리기 위해 연락병을 급히 부여로 보내기로 했

다), 전혀 예기치 않은 중간 지점에서 이들과 합세하면 병법상 허허실실
이 되기 때문이었다.

2

　양피 가죽에 싸인 이 물건을 나쓰린한테서 처음 받았을 때, 아직 그
내용을 보기도 전이었지만, 사에나는 매우 불길한 예감에 사로잡혀 있
었다.
　— 사에나님.
　곁에서 나쓰린이 부르는 소리도 듣지 못하고, 그녀의 초점 잃은 눈은
허공 속을 헤매고 있었다. 나쓰린은 마음 같아선 주인의 눈앞에 손을 휘
이휘이 내저어서 그 환영을 쫓아버리고 싶었다.
　— 사에나님, 뜨거운 차를 한 잔……
　사에나는 여전히 허공을 보고 대꾸했다.
　— 으응, 괜찮아.
　— 그럼,
　나쓰린이 안타까워서 무슨 말인가를 하려는데 사에나가 가로막았다.
　— 아니. 혼자 있을래.
　나쓰린은 치맛자락을 끌고 불안스레 밖으로 나갔다.
　여러 겹으로 도톰하게 접힌 방형의 양피를 사에나는 한 꺼풀 한 꺼풀
벗겨냈다. 마침내 누런색의 황마 종이(麻紙)가 모습을 드러냈다. 자신
의 눈을 의심했지만, 겉장에 쓰여진 글은 짐작했던 대로였다.

눈물이 쭈르륵 뺨을 타고 흘러내렸다. 그녀는 갈찍한 손가락으로 종이를 더듬거렸다. 눈물방울에 아른거리는 소그드어로 된 글자들이 그녀를 마구 허물어뜨렸다.

'을천은 잡혔음.'

사에나는 벽에 기대어 간신히 몸을 지탱하였다. 눈을 지그시 감고 숨을 골랐다. 갖은 고문을 받고 있을 처절한 을천의 환영이 눈앞에서 참혹한 모습으로 떠돌았다. 사에나는 애타게 중얼중얼 마니를 찾으며, 그가 육신의 고통에서 한시바삐 광명의 빛으로 해방되어 나오길 간절히 빌고 또 빌었다.

사랑하는 사에나에게
옛날에 아주 먼 옛날에,
사람들이 죽음의 사막을 건너다녔다. 저 멀리 아득히, 그들은 이글거리는 지평선 위로 출렁이는 모래의 파도를 자주 보았다. 때로 얼른거리는 화염을 싣고 층층이 밀려오는 모래 물결은 그것을 보는 눈들을 꿈결처럼 감싸며 흘러갔다. 그러면 그 고운 모래결을 더듬는 눈먼 소녀의 손끝에서 감미로운 비파의 연주가 흘러나와 위로받고 싶은 심령들을 쓸어 안기도 하였다.

그러나 악마는 곧 이 꿈의 연주를 질투하였다. 검은 모래태풍이 걷잡을 수 없이 휘몰아쳤다. 집도 마을도 성도 심지어 모래 언덕까지도 하나도 남김없이 삼켜버렸다. 오직 풀 한 포기 없는 산맥들의 황량한 기스락만이 이 악마의 사자를 막아내는 최후의 방파제였다.

눈먼 소녀의 손끝은 다시 생명의 싹을 피워야 했다. 생명의 물이 필요했다. 소녀는 보이지 않는 눈을 들어 하늘을 우러러 보았다. 눈을 뜨게 해달라고 소원하는 대신 시뻘건 기스락의 끝에 있는 저 산꼭대기의 얼음장들을 녹일 광폭한 태양의 화염을 소망하는 연주를 탔다. 물은 골짜기마다 넘쳐 흐르고 새들은 하늘을 날며, 아이들은 산과 강을 마음껏 뛰어다니는 꿈을 다시 꾸기 시작하였다.

소녀는 기쁨의 눈물을 흘렸다. 그 뜨거운 눈물은 생명의 강이 되었다. 흐르는 강물 속에 소녀의 눈은 해맑게 빛나고, 미소를 머금은 소녀의 얼굴은 은빛으로 반짝이는 햇살을 받아 눈이 부셨다. 소녀는 생명의 강이 되어 끝없이 흐르고 있었다. 강둑에 꽃이 피고 나무가 자라났다. 거기서 양떼들은 풀을 뜯고 있었다. 한 지친 나그네는 걸음을 멈추고 물가로 다가갔다. 갈증으로 타는 목을 축이다 강물에 비친 자신의 얼굴과 이어 소녀의 얼굴을 보았다. 그리고 그 위로 어머니의 얼굴이 보이었다.

다시 비파의 선율이 나그네의 눈가로 슬프게 흘러갔다. 끝내 나그네도 눈물을 터뜨렸다. 소녀는 빗방울이 떨어지는 것을 느끼며 푸우 하고 얼굴을 들이밀었다. 쏴쏴 쏟아지는 빗발이 시원한 듯 머리카락을 차랑거렸다. 선율은 더 슬프게, 더 아리게, 흐르지 않고 제자리를 맴돌고 있었다. 이윽고 나그네는 자리에서 일어나, 강물 속에서 빛을 보는 소녀와 만나기 위해 빛의 바다로 걸어가기로 했다. 하늘은 푸르렀다. 푸르름 한가운데로 새가 날고 있었다. 출렁이는 푸른 바다 위로 새가 날고 있었다. 그 하늘과 바다가 맞닿은 곳에서 소녀와 나그네는 만났다고, 그렇게 전하여오고 있었다……

잊어버렸을지 모르지만, 이전에 보스탕 호수에서 내가 사에나에게 주기로 한 시를 이제 이걸로 대신하고자 해. 아버지와 함께 사마르칸드를 가기 전날 밤 쓴 거야. 아마도 지금쯤 이 편지를 읽고 있겠지. 그리고 비통한 절망의 눈물을 흘리고 있을지 모르겠어. …… (중략) …… 그러나 내가 이렇게 산다는 것이 무슨 의미가 있겠어? 내가 갈 곳이 어디며, 나의 희망이 무엇이며, 또 무엇을 위해서 사는지 말이야.

난 사람에게 희망이 없다면 살 가치가 없다고 생각해. 조국이 없는 사람은 아무런 희망도 가질 수 없어. 조국이란 무엇이길래 물과 공기처럼 없어서는 도저히 넋이 살 수 없는 걸까? 온갖 천대와 멸시와 학대 속에서도 희망을 잃지 않으면, 넋은 더 강해지잖아? 넋은 희망을 먹고 자라는 나무고, 조국은 바로 그 희망의 물이자 공기야.

난 나약하고 맘이 굳세지 못해. 개처럼 잡혀가고 고문받는 꿈을 꾸면서, 식은땀을 줄줄 흘리며 몸서리를 치는 밤들이 참 셀 수 없이 많았어. 그럴 땐 정말 사에나의 품이 그리웠지. 사에난 커다란 솜처럼 언제나 포근히 감싸줄 듯했거든.

아마 지금쯤은 사에나를 영원히 볼 수 없는 곳에 가 있을지 모르겠어. 아냐, 수정할게. 이렇게…….

어느 어름에 우리 다시 만날까
칠석에 은한별 건너
동녘 하늘이 희붐히 밝아 오면
서서히 어둠이 몰려가는 공중에
어느덧 흰 무명천 한 조각
안개 속을 떠돌며
너와 나를 묶을까

너무 긴 이별은 없어
너무 긴 슬픔도 없어
하늘의 신과 땅의 여신이 사랑을 시작하는
봄에
희망의 창이 열려
우리의 사랑은
반드시 아름다운 날을 구가할 것이니
그날에⋯⋯.

나의 사랑, 사에나. 우리에게 변치 않는 건 아무것도 없다지만, 오직
사랑만은 변하지 않으리⋯⋯.

─ 나⋯⋯나는 이⋯⋯이미 트⋯⋯틀려⋯⋯어⋯⋯쏘.
곱사등이는 간신히 입가에서 말을 흘려보냈다.
─ 다 된 밥에 코 빠뜨리지 말고 정신을 다잡으슈.
곱사등이의 상처는 만질수록 복잡해졌다. 그래서 군인은 상처에서 손
을 떼고, 송곳 꽂을 면적도 안 되는 괜찮은 부위만을 찾아 어루만졌다.
─ 아⋯⋯아니오.
곱사등이의 말은 힘겹게 이어졌다.
─ 나⋯⋯나보다⋯⋯아는 으⋯⋯을처언⋯⋯.
─ 잠시 말을 하지 말고 쉬시오.
언제 들어왔는지 뒤에서 이해고의 목소리가 들려왔다. 그는 실로 완전
히 성공했다는 생각에 관자놀이가 다 터져버릴 것 같은 심정이었다.

— 장군님, 다른 데로 옮기는 것이 어떻겠습니까?

이해고는 잠시 생각하다가 말했다.

— 좋아. 한 사람 더 불러오도록.

이 방은 채광이 무척 좋았다. 공기도 상큼했다. 온통 헌데투성이의 몸뚱어리가 깨끗한 백목 이불로 덮이고, 그 위로 하얀 빛발이 소나기처럼 쏟아졌다.

— 무⋯⋯물 조⋯⋯옴 주⋯⋯.

— 자, 여기 있소.

이해고는 손수 물을 따라서 자신의 몸에 반쯤 기대게 한 곱사등이의 입술에 잔을 대주었다. 개처럼 혓바닥으로 찰싹찰싹 목을 축인 곱사등이는 훨씬 기운을 차린 듯이 보였다.

— 으음, 좀 나아 보이는군.

이해고는 이어 말했다.

— 그런데 혼자서는 집에 갈 수 없겠는데, 어?

— 그러겠는데요.

군인은 딱히 자기한테 한 말인지는 알 수 없었지만, 아주 측은하게 여기는 목소리로 말하지 않으면 안 될 것 같았다.

— 아⋯⋯아닙⋯⋯.

이해고가 예상한 대로 곱사등이는 간신히 고개를 저으며 부정을 표시했다. 이때 이해고가 부하에게 눈짓을 하자 그는 말없이 밖으로 나갔다.

이해고는 곱사등이를 조용히 자리에 다시 누이면서 말했다.

— 왜 그렇게 호의를 거절하나?

— 아⋯⋯아닙니⋯⋯이다. 저⋯⋯저언 다마안⋯⋯.

— 그래, 당신은 지금 결코 말할 몸이 아니니 아주 간단히 하고 싶은

말만 해보시오.

— 을처언을 내보오…….

— 당신이 남을 테니 을천을 내보내달라는 것이오?

곱사등이는 고개를 간신히 끄덕였다.

— 그럼 사실대로 얘기하겠나?

— 으……네에.

목소리는 떨렸으나 고개는 끄덕이지 않았다.

— 좋아, 말해봐.

곱사등이는 다시 고개를 내저었다.

— 을천이를 먼저 내보내라는 말이지?

곱사등이는 고개를 끄덕이며 말했다.

— 보……볼 수 있도로옥…….

— 알겠다. 그러니까 을천이를 보고 나서 내보내준 뒤에 얘길 하겠다, 이거 아니냐?

— 으……네에.

— 좋아. 그렇게 하도록 하지.

한 사람이 들것에 실려 들어왔다. 얼굴만 내놓고 이불을 덮고 있었는데, 너무 흉하게 일그러져 있어 도무지 알아볼 수가 없었다. 들것은 곱사등이의 맞은편에 와서 멈추어 섰다. 침상에 옮겨 누인 다음 등을 받쳐 비스듬히 앉혔다.

이 사람이 을천이란 말인가, 가슴이 울컥울컥 복받쳐오르면서 대번에 눈물이 핑 돌았다. 곱사등이는 처음부터 줄곧 시선을 떼지 않았는데, 자신도 똑같은 모습일 거라는 걸 조금도 생각해내질 못했다. 서로의 눈이 부딪쳤을 때, 순간 강물 위의 얼음처럼 얼어붙었다. 그러나 그 아래 얼음 속은 동지애가 뜨겁게 뜨겁게 흐르고 있었다.

— 자, 뜨거운 차나 한 잔 하지.

이해고가 김이 모락모락 나는 찻잔을 을천의 입술에 물렸다. 부지불식간에 눈물이 한 방울 똑, 찻잔에 떨어졌다. 그는 눈을 지그시 감고 쏟아지려는 눈물을 꾸욱 붙들어맸다.

— 속이 좀 풀어질 게야.

놈이 꽤 완벽하게 넘어가는구나 싶어, 을천은 정말 속이 풀어졌다. 후르륵, 한 모금 마시고선 살짝 웃어 보인다는 게 그 흉물스럽게 일그러진 몰골 때문에 몹시 처연하게 보였다.

— 어허, 그래.

이해고는 좋아했다.

— 알겠어. 알겠어.

이해고는 부하들을 다 쫓아낸 다음, 무슨 극비 회담에 임하고 있는 사람처럼(사실 그렇기도 하지만) 매우 긴장한 얼굴을 하고 말했다.

— 이제 됐느냐?

이해고가 곱사등이를 보고 말했다.

— 으……네.

— 좋아.

이해고는 다시 을천을 보고 말했다.

— 자넨 이제 나가거든 날 원망하지 말게. 나도 이러고 싶어서 하는 건 아니니까.

아까부터 을천은 곱사등이의 얼굴만 애처롭게 쳐다보고 있었다. 오늘이 필시 마지막으로 보는 거겠구나 싶은 맘에 여러 생각들이 지나갔다.

— 그러나 내 눈엔 띄지 않게 해. 공무는 집행해야 하니까.

을천의 눈은 허공 속을 헤집고 곱사등이와 나란히 고마고리의 날개에 실려 하늘로 날아가는 환영을 쫓고 있었다. 아쉬움도 많지만 언제 죽어도 죽을 목숨, 조국의 제단에 이렇게 기꺼이 바쳐 영광스럽게 죽을 수 있다는 게 얼마나 행복한가?

— 자, 할 말들 있으면 하지. 이게 마지막이니까.

곱사등이가 눈을 빛내며 입을 움직였다.

— 자알 가. 내 거……걱정 마……말고오.

약속이나 한 듯이 두 사람의 뺨에 뜨거운 눈물이 주르륵 흘러내렸다.

— 요……용서해주……줘어. 다……다음 세사……상에서어 마…… 만나자아. 꼬오옥.

침묵이 흘렀다. 고문으로 걸레짝처럼 된 두 개의 몸뚱어리는 누가 지극정성으로 돌봐주어도 회복이 불가능한 상태였다. 이해고는 비웃었다. 그러나 비웃음 끝에는 생명의 성실함과 이들의 우정에 대한 경의가 달랑달랑 매달려 있었다.

— 자, 그럼 이걸로 끝내도록 하지.

이해고의 말은 일시 침묵을 깨고 잔잔한 파문을 일으켰다. 세 사람은 호수 위에 앉아 있는 새들처럼 밀려오는 물결에 제각각의 반응을 보였다. 이해고는 제풀에 놀란 새처럼 벌떡 일어났다. 을천은 눈을 부릅뜨려 애쓰는 것 같았고, 곱사등이는 담담히 눈을 감았다.

이해고의 부하들이 을천을 다시 들것에 싣고 나갔다.

— 이젠 얘기하겠느냐?

곱사등이는 눈을 떴다. 그리고 그렇게 하겠다고 끄덕였다. 그가 더듬더듬 얘기한 것을 잘 맞춰보니 을천의 말과 같았다. 그러니까 고구려군이 북도를 따라 올라가 요수를 건너 부여성에 다다라서 다른 고구려군과 합세한 뒤 계속 동진(東進)한다는 거였다.

이해고는 이제 끝났다고 생각했다. 더 우물쭈물할 필요가 없었다. 한시가 급하고, 승리가 눈앞에서 아롱아롱거려 견딜 수가 없었다. 이해고는 자리를 박차고 일어났다. 쫓기듯 서둘러 나가는 그의 뒷모습을 보며 곱사등이는 회심의 미소를 지었다.

이해고는 요 며칠 전부터 달라졌다. 그전에는 언제나 낙무정을 생각하면 침울했었다. 당군에 항복해서 둘 다 종삼품(從三品)의 벼슬을 받았지만 서열상으론 낙무정이 자신보다 위인 것에 불만을 가지고 있었고, 지금 키타이 잔당의 토벌도 낙무정의 책임하에 이루어지고 있었기 때문이다.

그런데 을천이와 곱사등이를 잡은 후, 고구려와 말갈 군대를 요동에서 토벌하여 공을 세운다면 낙무정을 누르고 자신이 더 승진할 수 있다는 계산이 섰던 것이다.

이해고는 흐뭇해서 견딜 수가 없었다. 그지없이 즐거운 마음으로 두 놈을 어떻게 처치할까를 잠시 생각해보았다. 그러나 그럴라 치면 어느새 제 취조 능력과 성과에 대해 그만 도취되곤 했다.

없애버린다……, 그러나 이해고는 나중에라도 혹 다시 쓸모가 있을까를 계속 저울질하면서 망설이고 있었다. 이때 문득 이 두 놈을 고구려를 토벌하러 가는 출정식에 제물로 바치면 어떨까 하는 기막힌 생각이 떠올랐다. 더욱이 벌건 대낮 중인환시(衆人環視)에 요것들을 확 처형하면 그 소식이 고구려군에 들어갈 것이고, 그러면 붙었는지 안 붙었는지 모르니까 판단을 못 내려 우왕좌왕할 터이니, 이때 파죽지세로 공격하면…… 으아하하하.

— 그렇게 하자. 으음, 그렇게 해.

모든 게 척척 잘 풀린다고 생각한 이해고는 몸뚱어리가 새털처럼 둥
둥 떠다니는 걸 아무리 안간힘을 써도 어찌할 수가 없었다.

3

이튿날, 잔뜩 흐린 날씨 때문인지 영주를 휘감은 산하가 모두 음산해
보였다. 희부옇게 중천에 떠 있는 해는 살벌한 동장군의 위세에 주눅이
들어 있었고, 웅성거리며 서 있는 사람들의 얼굴도 푸르뎅뎅하니 반쯤
은 얼어 있었다.

물론 경사(京師, 수도)의 저자 같지야 않지만, 이곳도 비록 전란의 와
중이긴 하나 국제시장답게 꽤나 크고 번화해서 오늘같이 공개 처형을
하는 날이면 저자거리는 발 디딜 틈 없이 꽉 메이는 것이었다.

높다란 나무기둥 위에 꽁꽁 묶여 있는 을천과 곱사둥이는 자신들을
지켜보는 수많은 눈들의 바다에서 마치 무사한 항해를 위해 곧 바쳐질
희생 제물 같았다.

두 사람은 서로를 바라보았다. 누가 먼저랄 것 없이 웃었다. 망가진
입으로는 아무 말도 할 수 없었다. 그러나 이렇게 말하고 있었다.

— 우린 해냈소, 형.

— 그래요, 놈은 완벽히 속은 거요.

— 기쁘지요?

— 그럼요.

— 빛의 바다로 가고 있는 고구려의 저 함성이 들리십니까?

— 허허, 을천님. 들리다마다요. 우린 좀 늦게 뒤따라가는 것뿐 아니겠소?

— 아뇨. 이제 곧 우리가 먼저 가 있게 될 겁니다.

— 맞아요. 정말 그렇군요.

— 어떻습니까? 우리 승리의 노래를 함께 부를까요?

— 좋습니다. 자, 그럼.

적들의 형장에 한 방울 이슬로 사라질 때에도 그들은 항상 노래를 불렀었다. 슬프지 않은 노래를……. 그것은 고구려 전사들의 오랜 약속이었다.

강산이 부르네
하늘 아래 높은 성
고구려를 부르네
함성이 부르네
붉돌 아래 높은 사람
고구려를 부르네

낮에는 해
밤에는 달과 별
마르지 않는 붉돌못의 물처럼
고마의 자손은 영원하네

노래하고 싶네
설움이 아닌 재회의 기쁨을
님의 부활을
고구려의 강물은
빛의 바다로 흘러가네

을천과 곱사등이의 목은 이들이 노래를 부르는 중에 잘려나갔고, 붉은 피는 하늘로 치솟아올랐다.

청동 고마고리는 을천의 품속에서 훠이훠이 날아서 하늘로 올라갔을까. 넋은 그의 아버지처럼 강물이 되어 오늘도 흐르고 있을까. 그럼 육신은 흙이 되어 겨우내 보리를 싹틔웠을까. 춘삼월 꽃 피고 새 울면 사람들은 그를 기억할까. 강물이 풀려 길이 열리면 그가 보일까. 그는 무엇으로 우리 앞에 다시 와 있을까. 고사리 같은 아들의 손이 갑자기 뜨거워질 때 나의 눈에서는 눈물이 흐를까. 강물처럼 흐를까. 눈부시게 부서지는 햇살 속을……

사람들은 눈을 감았다. 잠시 후 두 사람의 머리는 장대에 끼워져 효수되었다. 술렁거리는 소리가 여기저기서 일어났다. 낮게 드리운 하늘은 곧 폭설이라도 퍼부을 듯이 한층 어두워졌다. 반역질, 간첩질에 대한 경고를 꼬리처럼 길게 남기고 군인들은 떠났다. 그러나 그 자리에 오직 공포만이 기염을 토하였던 건 아니다. 군중들의 분노가 마치 땅거미처럼 스멀스멀 기어올라오고 있었다. 어느새 눈발이 하나 둘씩 날리기 시작했다.

사에나는 힘없이 양피에 싸인 종이를 툭 떨어뜨렸다. 저도 모르게 무릎이 꺾여 땅바닥에 털썩 주저앉았다. 눈물이 하염없이 흘러내렸다. 그런데 웬일인지 정신은 차츰 또렷해져왔다.

왜 그래, 어서 일어나. 을천의 목소리가 들려왔다. 그녀는 배시시 웃었다. 오빠, 나 괜찮아. 정말이야. 그녀는 입술을 삐죽삐죽하더니, 그런데 너무나 보고 싶어, 하고는 기어코 울음을 터뜨렸다. 보기에도 안쓰럽게 어깨를 바들바들 떨며 점점 걷잡을 수 없이 흐느꼈다.

시간이 얼마나 흘렀을까. 복받치는 감정의 폭풍우도 제풀에 좀 수그러질 무렵, 그 휩쓸고 간 자리에 아기 새싹 하나가 파릇파릇 나와 있었다. 오빠가 그랬지. 희망이 있어야 살 수 있다고. 그런데 난 이 세상에선 희망이 없어. 나의 새싹은 이 세상 것이 아니야. 우리 저 세상에서 빛으로 만나. 그녀의 새싹은 어느 새 맑게 트인 조각난 파란 하늘 너머로 고개를 쑤욱 내밀어 을천을 찾고 있었다.

— 오빠.

사에나는 제 목소리에 깜짝 놀랐다. 눈물로 범벅이 된 얼굴은 의외로 평안했다.

— 어허, 사에나니?

사에나는 순식간에 활짝 피어났다.

— 오빠…….

저만치서 을천이 웃고 서 있었다. 사에나는 벌떡 일어나 달려나가려다 말고 소리없이 주저앉았다.

오빠, 그러지 마. 깜짝 놀랐잖아. 사에나는 환영을 그대로 놔둔 채 조용히 눈을 감았다. 성수로 모그타셀레(물로 몸을 씻는 마니교 의식)를 하고, 오빠의 영령을 위해서도 같은 의식을 해야겠다는 생각을 했다. 명상은 그녀가 영지(靈智, gnosis)를 키우기 위해서 늘 사용한 방법이었다.

......

나를 당신의 영으로 덮고,

나에게서 가죽으로 된 옷을 벗겼나이다.

......

지금 영은 왕관을 쓰고 빛을 봅니다.

지금 그는 불행에 떨어집니다.

지금 그는 울고 지금 다시 기뻐합니다.

......

그리고 빠져나갈 수 없는 고통의 미로가

구원받지 못한 길 잃은 자들을 가두었습니다.

사에나는 명상과 기도를 마친 뒤 소리없이 벽으로 다가갔다. 은색 주전자를 들고 성수를 잔에 가득 따라서 자그마한 책상 앞에 놓았다. 그녀는 머리를 가지런히 푼 다음 옷을 하나씩 하나씩 벗었다. 알몸으로 무릎을 꿇고 앉아서 잔을 들어올려 정수리에 대고 부었다. 주전자가 다 빌 때까지 계속했다. 그러고 나서 하얀 면포로 몸을 닦았다. 그녀는 새옷으로 갈아입고 뜨거운 차를 한 잔 마셨다. 투명한 얼굴과 침착한 동작은 마음의 평정을 찾은 듯이 보였다.

그녀는 다시 나쓰린을 불렀다.

— 어서 와.

나쓰린이 웃으며 사풋이 다가갔다.

— 여기 앉아.

사에나가 낯설게 느껴지는 게 나쓰린은 몹시 불안했다.

— 네.

나쓰린은 서먹한 얼굴로 말했다.

— 근데 무……무슨 내용이에요?

— 부탁이 하나 있어.

— 뭔데요?

— 먼저 약속해. 이 일만은 무슨 일이 있어도 지키겠다고.

— …….

— 뭘 그런 눈으로 보고만 있어?

사에나는 새치름하게 눈길을 돌려버렸다.

— 네, 약속할게요.

나쓰린은 깍지 낀 두 손을 가슴에 꼬옥 대고 말했다.

— 고마워.

사에나는 비로소 활짝 웃었다. 그러나 그녀의 눈에는 눈물이 고여 있
었다.

— 이거야.

나쓰린의 짐작대로였다.

— 그 속에 있는 건…… 오빠가 보내온 글이야.

좀 전에 자신이 건네준 이 물건을 나쓰린은 다시 조심스럽게 받아들
었다.

— 그럼 제가 어떻게……?

— 절대로 아무한테도 얘기하지 말고 가지고 있다가…….

잠시 긴장 속에서 침묵이 흘렀다.

— 나에게 가져다줘, 반드시.

— 언제요?

— 그건 네가 알게 될 거야.

— 말해줄 수 없어요?

나쓰린의 목소리는 간절했다. 그러나 사에나는 고개만 끄덕일 뿐이었다.

— 알겠어요. 그러시다면······.

더 이상 묻지 않고 반드시 약속을 지키겠다는 뜻이었다.

— 무덤까지라도 가져와.

이번에는 나쓰린이 눈물이 가득한 채로 고개를 끄덕거렸다.

때마침 이해고는 방금 도착한 황제의 특사한테서 깜짝 놀랄 만한 특명을 받았다. 사신은 고구려의 걸걸중상에게는 진국공(震國公), 말갈의 걸사비우에겐 허국공(許國公)을 봉하여 그 죄를 사한다는 황제의 칙명을 가지고 가는 중인데, 만약 오랑캐들이 이를 거역하면 이해고의 부대가 당장 토벌에 나서서 이들을 격파시키라는 것이었다.

— 허허.

어쩌면 일이 서로 짠 것처럼 딱딱 맞아가는지 속으로 탄성을 지른 이해고는 되려 자신이 손바닥에서 놀고 있는 줄도 모르고 연신 실실거리고 있었다.

— 그럼 난 이만 가겠습니다.

— 아, 네.

이해고가 정중히 배웅하며 말했다.

— 곧 뒤따라가겠습니다.

입에서 김을 모락모락 내뿜고 있던 다갈색의 준마 한 필이 주인을 태우고 십여 기(騎)의 호위를 받으며 쏜살같이 사라졌다.

소복처럼 쌓인 눈 위를 치중(輜重 : 보급부대)을 길게 단 당나라 군대가 진군을 하는데, 마치 누에가 실을 토하듯 끝이 없었다. 겨울이라 추격전이 용이하지 않았다. 십수 만을 넘은 고구려 유민이 무사히 요수를 건넜다는 정보가 들어왔다. 강물이 꽁꽁 얼어붙었기 때문이었다.

이해고는 점점 초조해졌다. 유격전에나 단련된 그가 이런 대규모 정규군을 움직여야 한다는 중압감, 보고 있을수록 억장이 터지는 행군, 또 아직도 깜깜무소식인 특사의 일, 이 모든 게 한꺼번에 복대기쳐서 그는 견딜 수가 없었다.

그러나 이런 와중에서도 유일하게 위안을 주는 게 하나 있었다. 첩자가 가져온 정보가 을천의 것과 똑같다는 사실이었다. 흐음, 북쪽으로 요수를 건넜다구? 그는 한편으로 저으기 안심하였다. 그러나 이때를 놓치면 안 되었다. 분열공작은 바로 지금이 적기였다. 그러려면 적어도 이틀 안에는 요수에 당도해야 한다는 생각이었다. 그것은 그에게 필수 조건이 되었다.

제기랄, 이게 굼벵이지 군대야. 맘 같아서는 경기(輕騎 : 가벼운 장비로 민첩하게 행동할 수 있는 기병)로 단숨에 쳐들어가 요절을 내버리고 싶었다. 하지만 그럴수록 머리가 거미줄처럼 엉켜서 정수보다는 묘수만 떠올랐다.

해는 정오를 비켜갔는데 이해고의 군대는 이제 겨우 회원진(懷遠鎭)을 지나고 있었다. 의무려산(醫巫閭山)을 통과한 이후 속도가 제법 붙은 건 사실이었지만, 뒤에 달린 치중 때문에 그 이상은 옴쭉달싹할 수가 없었다.

안돼, 이래 가지곤 도저히……. 이때 한 떼의 까치가 깍깍거리며 후루룩 날아갔다. 이해고는 다급히 부장(副將) 색구(索仇)를 불렀다.

— 어떻게 하는 게 좋겠소?

부장은 얼떨떨하니 대답을 못하고 있었다.

— 오늘까지 연락이 안 오면 큰일인데.

— 제 생각엔 따로 기병부대를 조직하여…….

그는 상관의 심중을 감잡고는 자기 의견인 양 말했다.

— 맞소. 나도 내내 그 생각이었소.

이해고는 부장의 말을 싹둑 자르면서 말했다.

— 그러면 누가…….

— 음, 글쎄…… 중랑장 생각은 어떻소?

이해고는 이번에도 그의 말을 싹둑 잘랐다. 색구의 관직은 중랑장(中
郎將)이었다.

— 본대는 장군님이 계셔야…….

— 그게 고민이야.

이해고는 얼굴을 찡그리며 말을 계속했다.

— 본대를 맡길 사람이 없으니…….

다시 눈발이 하나 둘씩 흩날렸다. 멀리 새 쪽에는 눈이 몰려오는지 구
름이 잔뜩 내려앉았다.

— 저기 누가 오나봅니다!

다른 부장이 소리치듯 말했다.

— 어어, 정말이구나.

초원 출신인 이해고는 눈이 밝아서 그 숫자까지 셀 수 있을 정도였다.

— 허헛, 틀림없구만.

뜨거운 차 한 잔 마실 시간이 지나자, 그들이 도착했다. 온통 주위가
뿌예질 정도로 여남은 마리의 말 몸뚱어리에서 김이 무럭무럭 피어올랐
다. 이해고의 부하들이 말 한 마리에 두 명씩 달라붙어 마른 걸레로 비

오듯한 땀을 닦아냈다. 말들은 히이잉거리며 가만 있질 않고 발굽질을 해댔다.

— 벌써 조짐들이 보이기 시작합니다.

— 그렇습니까?

— 고구려와 말갈이 따로따로 나라를 세울 게 분명해요.

사신이 자신에 차서 말했다.

— 그러나 스스로 항복하진 않을 것이니 말갈부터 치면서 고구려를 쫴가면 틀림없소이다.

— 적들의 반응은 어땠습니까?

이해고는 틀림없다는 말에 비위짱이 상해서 단도직입적으로 그가 가장 궁금한 것을 물었다.

— 말갈의 걸사비우는 거세게 반발을 했습니다. 이젠 자기가 아주 국조(國祖)가 됐드만요.

얼굴에 비웃는 표정이 역력한 채 사신은 말을 계속했다.

— 고구려의 걸걸중상은 내가 도착하자 벌써 하직했어요. 공교롭게도 그리 돼가지고 대조영에게 칙명을 전했는데, 부친의 상중이니 시간을 좀 달라고 해서…….

성미 급한 이해고는 말 도중에 참지 못하고 물었다.

— 그러니까 걸걸중상이 죽었단 말씀입니까?

— 허허, 네.

갑자기 야만인을 상대하고 있다는 걸 깨달은 듯한 표정이 사신의 얼굴에서 스쳐지나갔다.

— 흐음.

이해고는 길게 신음을 토하였다.

— 알겠습니다. 그렇게 되었군요.

그 늙은이가 죽었다고? 그 늙은이가? 이해고는 믿기지 않는지 연신 뇌까리며 앞으로의 작전을 번개처럼 짜나갔다.

그 다음날로 걸걸중상은 자신의 유언에 따라 장례 절차 없이 땅에 묻혔다. 하늘은 눈을 많이 뿌렸고, 까마귀는 까아악까아악 울며 날아갔다.

아버지, 왜 하필이면 이때 가십니까? 대조영은 멀리서 천둥소리는 들리지 않고 번쩍번쩍하기만 하는 동녘 하늘을 올려다보고 있었다.

비록 불의의 사별은 아니었지만 백성들의 비통은 하늘을 찔렀다. 그래서 수령들은 죽은 자의 유언에도 불구하고 영구를 건국할 도읍지까지 가지고 가야 한다는 주장을 폈다. 그러나 대조영은 반대했다.

그는 조용히 무릎을 꿇었다. 그동안 참았던 눈물이 흘러내렸다. 아버지가 이끌고 오셨으니 아버지가 이끌고 가셔야 하지 않겠습니까? 삼십 년을 말입니다…….

뒤에서 인기척이 나는 듯했다. 대조영은 긴장해서 뒤돌아보았다. 멀찍이 마 대인이 서 있었다. 대조영이 웃음을 지어 보였다. 마 대인도 눈을 깜박이며 빙그레 웃었다.

— 어서 오세요.

— 그래도 복인이시지…….

마 대인이 잠시 뜸을 들이며 말했다.

— 평생의 소원이 이뤄지는 걸 보고 가셨으니. 또 돌아가셔가지고도 여기서 나라를 지키실 것이니 그 얼마나 행복한 분입니까?

침묵이 평화로운 강물처럼 흘렀다.

— 적들의 공격이 얼마 남지 않은 것 같습니다.

— 그러잖아도 드릴 말씀이 있어서…….

마 대인이 힘들게 입을 열었다.

— 우리 두 동지가 효수당했다 합니다.

— 네에?

아버지 같은 마 대인의 얼굴을 그는 넋을 잃고 바라보았다.

— 언제 그리 되었습니까?

— 닷새 전인데, 오늘 연락을 받았소.

마 대인이 말했다.

— 상심이 심할 텐데……. 그래서 내가 직접 나선 거요. 또 의논할 일
도 있고 하니.

대조영은 잠시 눈을 감고 마음을 진정시켰다. 예상했던 일이었지만
막상 견디기가 힘들었다.

— 좀 앉을까요.

마 대인이 대조영의 어깨를 토닥거리며 말했다. 노인은 돌무지에 쌓인
눈을 툭툭 털어내고 그를 먼저 앉혔다. 이름 모를 새가 후루룩 날아갔다.

— 허허, 고놈 참 시원하겠다. 나도 젊어서는 펄펄 날았지? 천문령(天
門嶺)이나 넘거든 고마님이 데려가셨으면 하오.

— 무슨 말씀을 그리하십니까?

대조영은 상대방이 무안할 정도로 정색을 하며 말했다.

— 아니오. 사실이오. 우리 아버지, 우리, 이제 대수령의 시대요. 오늘
두 동지의 비보를 받고 내가 너무 오래 살았다는 생각을 했소만, 사리
(걸걸중상의 존칭) 어른의 넋이 여기서 막고, 내가 천문령에서 막고, 대
수령이 동모산에서 막을 거라는 생각에 다시 기분이 좋아졌소.

그는 조금 전과는 전혀 다른 눈으로 대조영을 쳐다보며 말을 이었다.

— 그런데 어떻소? 내 생각 같아선 지금 떠나야 할 것 같소만.

— 아마도 적들이 모레 아침까진 당도하겠군요. 그리고 제발 그런 맘약한 소린 하지 말아주십시오.

— 허허.

마 대인이 웃으며 그런 충고엔 괘념치 않은 듯 말했다.

— 작전대로 걸사비우가 사나흘만 잘 막아주고서 북쪽으로 올라가면, 적들은 다시 우릴 쫓아올 거구…….

— 이해고가 성질이 급한 놈이라서 치중을 떼놓고 올 테니까, 부여 쪽에서 오는 우리 군대가 그것을 끊어버리면 놈들은 독 안에 든 쥐지요.

— 내 생각엔 천문령을 넘고 나서 결판을 내는 게 좋겠소.

— 저도 그렇습니다. 놈들이 천문령을 의지해 싸우게 되면 더없이 안심할 테니, 이때 뒤에서 오는 우리 군사가 그 배후를 쳐서 협공하면 완벽하겠습니다.

— 놈은 말갈과 우리가 서로 갈라진 줄로만 알고 죽자사자 공격해올 것이니, 정신만 바짝 차리면…….

마 대인은 결과를 미리 이야기하고 싶지 않은지 뒷말 대신 고개를 끄덕였다.

— 두 동지의 희생이 이렇게나 큰 힘이 되는군요.

을천과 곰사등이 얘기였다.

— 맞소. 군대만 대이동하는 것도 아니고, 이 수많은 백성들을 다 데리고 가는 것이…….

그는 점점 더 감격해서 말했다.

— 안 그랬으면 얼마나 큰 희생을 치렀겠소? 아, 참으로…….

— 마 대인님 말씀대로 하루 빨리 천문령을 넘어서 동지들의 원수를

갚고 백성들을 안전하게 지켜내야지요.

— 맞는 말이오. 어서 서두릅시다.

가야 할 동녘 하늘은 여전히 천둥소리 없이 번개만 번쩍번쩍 치고 있었다.

4

나쓰린은 끝없이 흐느껴 울고 있었다. 자신이 전해준 편지가 사에나의 목숨을 앗아갔다는 사실이 믿기지는 않았지만, 그걸 예감하고 있었던 것도 부인할 수 없었다.

왜 막지 않았어, 넌 나쁜 년이야, 그럴 줄까진 몰랐다구, 아냐, 넌 알았어, 확실히 몰랐다구, 조금이라도 그런 눈치가 있었으면 사생결단을 하고 말렸어야지. 그만, 그만 해, 나도 그것 때문에 미칠 지경이야. 그럼 아예 미쳐보시지. 나 죽을 수도 있어. 협박하지 마, 후훗. 웃지 마. 후후후. 싫어, 제발 그만 해⋯⋯. 나쓰린은 고개를 처박았다 들었다 하면서 머리를 쥐어뜯고 있었다.

— 나쓰린, 그만 해. 응?

파리후드의 목소리 같기도 하고, 사에나의 목소리 같기도 했다.

— 내가 원한 일이야. 난 조금도 슬프지 않아.

— 사에나님.

나쓰린이 고개를 들고 조심조심 그녀를 찾았다.

— 꼭 내 부탁을 들어줘.

— 근데 어디 계셔요?

— 날 찾으려 하지 마.

나쓰린은 안타깝게 두리번거렸다. 그러나 아무도 없었다.

— 흐흑, 보고 싶어요, 사에나님.

— 나는 네 마음속에 있어.

사에나의 음성이 이어져왔다.

— 눈을 감고 맘을 가라앉히고 조용히 심지(心地)의 촛불을 봐. 그리고 그 불빛을 더욱 밝혀봐. 그럼 내가 보일 거야.

나쓰린은 시키는 대로 했으나, 도무지 혼란스럽고 마음이 가다듬어지질 않았다.

— 사에나님, 잘 안 돼요. 그러나 약속은 꼭 지킬게요. 걱정 마세요. 알았지요?

— 그래, 고마워. 그리고 슬퍼하지 마. 난 기쁘니까.

— 기쁘다니요……?

나쓰린은 그날 밤새 예쁜 인형을 만들었다. 먼저 나무를 깎아 형체를 세우고 나서 그녀는 깊은 숨을 내쉬었다. 갈쭉한 손가락으로 사에나가 준 양피를 한 꺼풀씩 벗겨냈다. 그리고 거기서 글자가 가득 적힌 황마 종이를 끄집어냈다.

— 사에나님, 바로 이거지요?

어린애처럼 좋아하는 사에나의 환영이 눈앞을 어른거렸다.

— 그럼 보세요?

나쓰린은 황마 종이를 꼬깃꼬깃 꼬아서 인형의 양 팔로 하나씩 매달아 붙였다.

— 어때요, 근사하죠?

그런 다음 흙을 빚어 머리와 얼굴을 얹히고 몸뚱어리에 헝겊으로 당시 유행하는 옷을 만들어 입혔다. 마지막으로 인형의 얼굴을 화장시키고 머리에 검은 물을 들였다.

나쓰린의 뺨을 타고 뜨거운 눈물이 주르륵 흘러내렸다.

— 고마워, 나쓰린.

— 아녜요, 사에나님…….

나쓰린은 더 이상 말을 잇지 못했다. 새벽 공기가 어깨를 차갑게 내리눌렀다. 그러나 처녀의 육체는 이슬 맺힌 꽃처럼 탄탄하고 함초롬했다. 이 인형, 아침이면 사에나와 함께 영원히 땅에 묻힐 인형을 바라보며, 나쓰린은 야속하리만치 차분해지는 자신을 혐오했다. 그것은 죽음과는 너무도 거리가 먼 자신의 싱싱한 육체 때문일까? 육체는 빛을 가두는 철갑(鐵甲)인가? 어둑새벽 이슬을 머금고 막 피어나려는 꽃처럼, 나쓰린은 저미듯이 시큰거리며 살아나는 자신의 몸뚱이를 아주 망가뜨리고 싶은 충동에 휩싸였다.

— 나쓰린, 육신을 자학한다고 정신이 해방되는 건 아니야. 제발 그만둬. 지금 너에게 슬픈 마음이 없어져가는 건 마음의 불빛이 커지고 있기 때문이야, 알겠어? 너를 괴롭히는 건 다름 아닌 그걸 시기하는 육신이야. 제발 현혹되지 말고 정신의 빛을 봐, 응?

나쓰린은 다시금 제가 만든 인형을 품에 안고 고개를 파묻으며 흐느꼈다. 흐흑, 소리내어 울었다. 점점 더 몸부림치며 큰 소리로 흐느껴 울었다. 그러는 동안 사에나의 말은 점점 더 위력을 발휘했다. 속이 빌수록 울림이 커지듯, 그럴수록 그녀는 차차 진정되어갔다. 이것을 눈물의 모그타셀레라 하여야 할까?

— 잘 있어, 나쓰린.

사에나의 영구가 막 집을 나섰다.

— 네, 사에나님.

햇살이 만물을 환하게 비추고 있었다.

— 제가 만든 인형도 맘에 들었으면 해요.

나쓰린은 계속 중얼거렸다.

— 을천님은 행복하네요…….

눈부신 햇살 속으로 사라져가는 사에나를 보면서 그녀는, 을천님은 행복하네요, 라는 말을 연발하고 있었다.

사에나는 투르판의 아스타나 공동묘지에 묻혔다. 그리고 소원대로 예쁜 인형의 팔이 된 을천의 편지와 함께 영원히 잠들게 되었다. ……그러나 누가 상상이나 했으랴? 천 수백 년이 지난 어느 날, 그 인형이 다시 세상의 빛을 보게 될 줄을.

(1912년 일본의 오타니 탐험대에 의해 아스타나 공동묘지Astana 古墳群가 발굴되어, 그중 상당량의 유물이 1916년 조선총독부 박물관에 기증된 후, 현재 한국의 국립중앙박물관에 소장되어 있다.)

5

이해고는 결국 본대를 색구에게 맡기고, 기동부대를 조직하여 단숨에 달려갔다. 그는 먼저 말갈의 걸사비우를 공격하기에 앞서 항복할 것을 종용하였다. 고구려가 이미 귀순하여 황제의 명을 받아들였으니, 너희도 즉각 그렇게 하라는 것이었다. 그러나 그는 자신이 거꾸로 적에게 완벽히 속아넘어가고 있는 건 차치하고 고구려가 벌써 동진(東進)했다는 사실조차 까마득히 모르고 있었다.

걸사비우는 호랑이처럼 싸웠다. 하지만 닷새째 되던 날, 적군의 화살에 맞고 포효하며 쓰러졌다. 말갈의 군사는 북쪽으로 퇴각했다. 당의 보급부대는 이미 도착했고, 이해고는 말갈을 버리고 뒤늦게 고구려군을 맹렬히 추격했다.

그때 부여에서 내려오던 고구려군은 올라오는 말갈의 패전군과 합류하여 절벽에서 바윗돌을 굴리듯 이해고의 보급부대를 급습, 본대와의 고리를 끊어버렸다.

대조영의 무리는 마침내 천문령을 넘어 휘발하(輝發河) 상류에서 이해고의 부대와 대대적인 전투를 벌였다. 당시 이해고는 보다 유리한 지형에서 싸우기 위해 천문령에 진을 쳤다. 그러나 뒤에서 쫓아오던 고구려와 말갈의 군대가 이해고의 본대를 궤멸시키고, 나아가 천문령을 넘어 그의 기동부대를 공격했다. 결국 이해고는 앞뒤에서 협공을 받아 헤어날 길이 없게 되자, 부하 몇몇을 데리고 천신만고 끝에 겨우 도망쳐갔다.

중국의 역사서인 『당서(唐書)』는 이 사건을 다음과 같이 기록하였다.

…… 측천무후는 (말갈의) 걸사비우를 허국공, (고구려의) 걸걸중상을 진국공에 책봉하여 그 죄를 용서하였다. 걸사비우가 그 명령을 받아들이지 않자, 무후는 옥금위대 장군 이해고와 중랑장 색구에게 조서를 내려 그를 쳐죽였다.

이때에 걸걸중상은 이미 죽고 그의 아들 대조영이 패잔병을 이끌고 도망쳐 달아났는데, 이해고는 끝까지 추격하여 천문령을 넘었다. 대조영이 고구려병과 말갈병을 거느리고 이해고에게 저항하니, 이해고는 패전하고 돌아왔다.

이때 거란이 돌궐에 붙으므로 왕사(王師 : 제왕의 군대)의 길이 끊겨서 그들을 치지 못하게 되었다. ……

이해고의 배후를 친 고구려 군대는 흥안령의 대붉산 군대가 주를 이루었다. 이들은 부여 지구를 경유하면서 부여의 고구려군과 걸사비우의 패잔병을 합류시켜 천문령 전투를 승리로 이끄는 데 결정적 역할을 하였다.

양 대인을 비롯한 수많은 사람들이 이 전투에서 장렬히 전사하였다. 그중에는 오루방도 있었다. …… 그리고 하달탄과 양울력은 살아남아 발해의 개국 공신이 되었다.

고구려 유민들은 저 멀리 동몽고의 초원인 훌룬·부이르 지구에서, 돌론노르 지구에서 속속들이 도착하였다. 또 고구려 옛 땅과 천지 사방에 흩어져 살던 고구려 유민들이 모여들었다. 수없이 많은 말갈족도 모여들고, 함께 싸운 시르비(실위)와 키타이(거란) 사람들도 한 백성이 되었다.

이들은 핏줄을 넘어, 차별을 넘어 독립전쟁의 정통성 위에서 고구려를 계승하는 나라를 세웠다.

그 이름은 발해—— 빛의 바다였다.

고마고리에서 안시로, 다시 송골매(솔쿠루의 매)로 이어지는 고구려의 깃발은 붉돌에서, 안시성에서, 대붉산에서, 그리고 마침내는 동모산(東牟山)에서 발해의 깃발로 휘날리게 되었다.

그날을 아는가
밖에는 봄비가 내려
한 두어 보지락 촉촉히 젖은
부모의 땅 하늘
누이의 강물
형제의 산.

그날,
어린 뱀밥들이
만 가지 생물을 깨우며
이 강산의 얼어붙었던 땅거죽을 뚫고
그 맑은 눈을
누구를 위하여 두리번거렸겠나.

그대는 오는가
북소리 웅장한 천군만마
아니다
보금자리 빼앗겼던
수십만의 고구려 유민들
쇠사슬 끊고
발바닥이 헤지도록
시르마릅도록 수천 리 길을.

저벅저벅
덜컹덜컹
차랑차랑
절벙절벙
우르르우르르

많이도 다쳤구나 그대……
더 이상 말하지 말자
잊지 않았겠지 그대
갓난아이가 서른이 된 피눈물의 세월.

그대의 가슴속에
을천이가
아, 기분 좋다
빛나는 술잔을 들어
우리 한잔 하자
하면,

그대는 고구려의 노래를 부를까, 얼싸안고, 눈물 이제야 눈물 철철
흘리며…….

그날 소년의 빛나는 눈동자
을천의 가슴을
흰빛으로 붉은 피로
후벼놓은,

소년아
아, 조국의 동생 같다던 소년아

이제야 피눈물이 흐르구나
강물처럼 흐르구나
강이란 강은
지금에사 살아서
펄펄 살아서
흐르구나
형이 좋아했던
생명의 강은.

조국의 산과 들을 휘감고
할미꽃과
찔레꽃과
원추리꽃과
진달래꽃과
유채꽃과
꽃이란 꽃은 모다 피었구나
구비구비 도는 강물 때문에.

꽃뿐이 아니다,
쌀, 보리, 콩, 조, 기장, 수수, 메밀,
아냐, 술이 있어야지
노래가 있어야지

춤이 있어야지
고구려가 어떤 백성인데
녀석아, 얼싸안을 님도 있어야지.

사내님은 머리에 깃털 꽂고
계집님은 봄비 같은 눈을 하고
살내음 땅내음 물내음 밥내음 똥내음 비린내음 그밖의 모오든 살아
있는 내음 흠씬 풍기며 맡으며
이것이 사람 사는 세상이라고
빼앗기지 않겠다고
다시는 내 님을 강간당하지 않겠다고,

돌아
곱사등이 아저씨
양 대인
걸걸중상
오루방
양울력
하달탄
......
그리고 대조영은
다질렀다,
하늘을 두고
을천아, 을천아.

고마고리는 날았다
동방의 푸른 하늘을 훠이훠이 날았다
빛의 바다를
아아, 이 장한 날에
고구려의 백성들이 다시 찾은
빛의 바다를
날고 또 날았다.

해는 비추었다
조국의 강산을 비추었다
잃어버린 딸과 아들을 찾은 기쁨에
터져버린
우지직 빠개져버린
빛의 대폭발.

그 한가운데로
직선을 그으며
역사는 오늘도 지나간다
그날은 아직 천삼백 년밖에
안 지났어,
그대의 풋풋한 육신이
닿아오잖아
나의 살과 때 묻은 땀속에
섞여 있잖아.

그래서 불러보고 싶구나
지금 여기서
손에 손 잡고
목놓아
피가슴 터져라
아, 외쳐 불러보련다.

강산이 부르네
하늘 아래 높은 성
고구려를 부르네
함성이 부르네
붉돌 아래 높은 사람
고구려를 부르네

낮에는 해
밤에는 달과 별
마르지 않는 붉돌못의 물처럼
고마의 자손은 영원하네

노래하고 싶네
설움이 아닌 재회의 기쁨을
님의 부활을
고구려의 강물은
빛의 바다로 흘러가네.

에필로그

1

IMF 때문에 행사를 간소하게 치를 것이라 했다. 그런데도 사람들이 굉장히 많이 모였다. 사실 무악재를 넘을 때까지만 해도 오밤중에 웬 차가 이렇게 밀리나 싶었는데, 서대문 로터리에서 광화문 쪽으로 좌회전을 하고서야 그 원인이 종각이란 걸 알 수 있었다.

— 아빠, 늦잖아?

— 아직 이십오 분이나 남았는데?

생전 첨으로 제야의 종소리를 들으러, 나는 아이들을 데리고 종각에 가고 있는 중이었다.

— 야── 저기 사람들 좀 봐라.

애들은 이미 흥분했다. 나는 순간적으로 예전의 시위대를 연상했다. 광화문 네거리는 경찰의 통제로 더 이상의 직진이 불가능했다. 제지선 너머로 대로를 꽉 메운 군중들이 너무나 낯익었다.

— 아빠, 빨리 가아.

간신히 어느 골목 모퉁이에 주차를 하자, 벌써 종소리가 들려오고 있었다. 두 아이는 커다란 카메라 가방을 둘러멘 날 참으로 짐스럽게 여기며 사람의 파도 속을 과격하게 헤엄쳐 들어갔다.

— 야, 천천히 가. 손을 놓치면 큰일이야.

그뒤로도 우스꽝스럽게 난 연발 주의를 주면서 끌려가고 있었다. 그러나 되돌아오는 말은 가뜩이나 배가 불룩 나와가지고 왜 그리 늦냐는 쬐꼼한 아들놈의 핀잔뿐이었다.

옛날, 송도 말년에 모든 쇠붙이를 닥치는 대로 먹어치우는 괴물이 나타났다. 사람들이 그를 죽이려 해도 죽일 수 없어서 불가살(不可殺) — 불가사리 — 이라 이름을 붙였다.

이놈이 고려가 망하고 조선이 일어나자 감쪽같이 사라졌다가, 어느 날 개천에서 바위같이 커다란 쇳덩이가 되어 불쑥 나왔다. 한데 그 거죽에 수십 자의 알 수 없는 문자가 새겨져 있었다. 뭐라고 쓰여 있는지 아무도 아는 자가 없는 중에, ……세종이 마침내 이를 해독하여 한글을 창제하게 되었다.

대왕이 풀어본 그 뜻은 이러하였다. "이 몸이 한 번 인간 세상에 나타나매, 누구도 능히 죽이지 못한다 하나, 나 역시 스스로 없어지기 어렵다. 합하기를 쉬이 하고, 나누는 걸 어려이 하라. 인간에 인연이 있음이여, 나의 몸을 밤낮으로 때려 인간이 나의 소리인 줄 알게 하라."

세종은 그 뜻대로 불가사리를 녹여 큰 종을 만들게 했다. 그리고 네거리에 종각을 세우고, 때맞춰 이를 때려서 만백성이 해 가는 줄 알게 하였다.

딩— 딩— 딩 ······
사람의 물결은 그 힘이 엄청났다. 가까워져 갈수록 나 자신 할 수 있는 게 아무것도 없다는 걸 실감했다. 심지어 내 손을 잡아끌고 앞서가던 아이는 애비의 고함소리도 알아듣지 못했다. 커다란 카메라는 무용지물이 아니라 차라리 짐이었다. 사진 한 장 멋드러지게 찍어보려는 꿈은 이미 무망해진 채, 무인년의 새해는 어느덧 닻을 올리고 있었다.

한 해를 보내고 다시 한 해가 온다고……, 학창 시절의 앨범 생각이 난다. 벌써 세월이 꽤 흘렀다. 내 딸아이가 어느 새 그 나이 아닌가. 그리고 그때쯤부터의 기억 같은데, 제야의 종소리 한켠에서 흘러나오는 아나운서의 '제세이타(濟世利他)'란 말이 지금까지도 무슨 염불처럼 귀에 박혀 있다. 그런데 이런 게 다 요식행위처럼 느껴져 숫자놀음이라고 비아냥거린 시절이 있었다. 하여간 그뒤로는 무관심해졌다. 한데 오늘은, 갑자기 달려온 것이다. 무엇 때문에?

서른세 번의 타종이 끝나면 공백 같은 몇 분의 과도기는 흔적없이 사라지고, 세종대왕 탄신 육백 주년에서 발해 건국 일천삼백 년으로 훌쩍 넘어가게 된다.

일전에 나는 후배와 이런 얘기를 나눈 적이 있다.

그의 말이, 불가사리가 철을 먹어치우는 건 한 마디로 압제와 싸워 무너뜨리는 상징이 아니겠냐고, 그런데 그걸 백성이 죽이려 하니, 그 아이러니를 어떻게 해결할 거냐는 것이었다.

난 거기에는 아마 두 가지 측면이 있을 것 같다면서, 루쉰(魯迅)의 아큐와 시베리아의 곰 축제 이야기를 했다. (여기서 전자는 생략한다.)

시베리아에 살고 있는 몇몇 부족들은 오늘날까지도 스스로를 곰의 자손이라 하여 곰제(熊祭)를 지낸다. 이들의 곰 숭배는 그것을 죽이는 것에서 극치를 이룬다. 곰은 죽어서 살과 가죽과 뼈를 그의 자손들에게 풍족하게 나누어주고, 하늘로 올라가 더욱 건장한 몸이 되어 다시 땅으로 내려온다. 죽음과 번식의 이 순환과정의 정점에 제의(祭儀)가 있고, 그것은 하늘에 바쳐지는 희생의 의식이다. 이들은 하늘의 결정체인 해(하늘의 어원은 한(大) + 날(日) = 한날 〉하늘로 해가 됨)가 생명의 원천이라고 믿어왔다. 그래서 누구나 죽으면 영혼이 해에게로 가며, 그것을 새가 날라다준다는 신앙 속에서 살았다.

— 우리가 곰족이잖아. 불가사리는 기본 형체가 곰이고 부분부분이 여러 동물들을 떼어붙인 상상의 괴물인데, 그게 맥(貘)하고 흡사하거든.

— 형님, 그러니까 여러 번 들었는데, 철을 먹는 것도 똑같고 ……뭐, 그런 얘기 아니요? 헛헛.

하긴 후배가 놀릴 만도 했다. '고마의 곰'과 '단군 이전의 치우(蚩尤)'와 '고구려의 맥(貊)'과 '송도의 불가살이'의 일체성은 사실 내 단골 메뉴였다.

— 축제 때 곰을 죽이는 것과 연결해서 생각해보자구. 불가사리가 불로써만 죽는다는 건, 하늘만이 그의 영혼을 데려갈 수 있다는 거야. 불은 해고, 해는 하늘이니까.

또 다른 불가사리의 설화는 그 괴물을 오직 불로써만 죽일 수 있는 걸로, 그래서 '火可殺伊'(불-가살-이)라 했다고 전해진다.

— 천심은 민심이고…….

— 뭐, 그렇기도 하지만 궁극적으론 다음 세상에 대한 약속이지. 백성은 그를 죽이고, 그의 희생은 후손들에게 풍요와 공평과 정의, 뭐 그런 걸 내려준다는 스토리로 연결되어야 하는 것 아니겠어?

나는 이어 말했다.

— 맥족인 고구려의 사멸과 발해의 신생도 그런 관점에서 불가사리 전설을 소급시켜보면 재미있을 것 같아.

후배는 한참 생각하다 말했다.

— 한글 창제와 제세이타의 종소리라…….

이어 툭 말을 내던졌다.

— 형님, 그런데 올해가 슈베르트 탄생 이백 주년이라고 떠들면서, 지 놈의 말을 가르쳐준 세종대왕 생일은 이 따위로 내팽개쳐도 좋소?

난 뜨끔했다. 그 자리서 똥바가지를 둘러쓴 기분이었다. 솔직히 고백하건대, 슈베르트는 알았지만 세종대왕은 몰랐다. 적어도 불가사리를 떠벌리고, 소설을 쓴다는 내가 그랬다. 이게 행사적 발상이라고, 비본질적인 일이라고 내팽개쳐도 되는 일인가? 아니면 세계화의 추세라고 위안을 해야 하는가……? 이것이 내 안에 들어와 있는 불가사리의 실상이었다.

어둠을 뚫고 불가사리의 종소리가 창연히 울려퍼지는 동안, 나는 아이들을 데리고 마치 고해성사를 하는 사람처럼 시인 신동엽의 「껍데기는 가라」를 쉴새없이 읊조리고 있었다.

껍데기는 가라
四月도 알맹이만 남고
껍데기는 가라

껍데기는 가라
東學年 곰나루의, 그 아우성만 살고
껍데기는 가라

그리하여, 다시
껍데기는 가라

이곳에선, 두 가슴과 그곳까지 내논
아사달 아사녀가
中立의 초례청 앞에 서서
부끄럼 빛내며
맞절할지니

껍데기는 가라
漢拏에서 白頭까지
향그러운 흙가슴만 남고
그, 모오든 쇠붙이는 가라

2

한국에 있는 중앙아시아 유물은.

— 그 폭과 질이 일반인의 상상을 초월한다. 두 가지로 분류할 수 있는데, 첫째는 삼국시대 고분에서 나온 출토품이고, 둘째는 현재 국립중앙박물관이 소장하고 있는 구(舊)오타니 컬렉션이다.

삼국시대 것부터 설명해달라.

— 먼저 미추왕릉에서 발굴된 금제감장보검(5~6세기)이 있다. 이런 형태의 칼은 타클라마칸 사막의 키질 벽화에 등장할 뿐, 실물로서는 유일하다. 그리고 황남대총에서 발굴된 봉수형 유리병(5~6세기)이 있는데, 로만계 유리로 실크로드를 통해 들어온 수입품이다. 물론 당시에

국산 유리 제품이 생산되고 있었다. 그외에도 일일이 나열할 순 없지만 중앙아시아의 수입품에서 그 모티프를 차용해 만든 다양한 복제품들이 있다.

　우리쪽에서 간 것은 없는가.

　— 왜 없겠나. 일례로 돈황과 사마르칸드(아프라시압) 벽화 따위에 그려진 고대 한국인들이 그 증거이다. 뿐만 아니라 프랑스 학자 펠리오가 금세기 초 돈황 석굴에서 혜초의 『왕오천축국전』 필사본을 발견한 것도 좋은 예다. (참조 : 같은 굴에서 나온 「돈황 문서」 P 2255 V에 의하면 발해의 고공高公이란 자가 그곳의 어느 절에서 최고 실력자로 활약했다는 기록이 보인다.)

　구(舊)오타니 컬렉션이란 건 무엇인가.

　— 좀 복잡하다. 앞서 언급한 펠리오 따위가 활약한 20세기 전후 중앙아시아의 탐험사와 관계된다.

　간략하게 소개해달라.

　— 오타니는 니시홍간지(西本願寺)의 주지였다. 그가 조직한 탐험대가 중앙아시아를 세 차례 탐사해 발굴, 수집한 유물 중 조선총독부 박물관에 기증되어 오늘날 우리가 보존하고 있는 유물들이다. 당시 1916년 4월 30일자 「매일신보」에 첫 기사가 나왔다. 이 유물들은 60여 편의 벽화를 중심으로 조각, 공예품 등 총 2천여 점에 이른다.

　지금 모두 국립박물관에 보관되어 있는가.

　— 물론이다. 6·25 와중에도 관계자들이 필사적으로 보호한 덕택에 화를 면할 수 있었다. 이는 2차대전 당시 폭격으로 베를린 민속박물관의 중앙아시아 벽화가 약 40%나 유실당한 경우와 좋은 비교가 된다. 그런 의미에서 이제는 '코리아 컬렉션'이라 말하는 편이 좋을 것 같다.

이 분야를 전공하게 된 특별한 동기라도.

— 세계적으로 중앙아시아 미술 연구는 60년대 들어와서 제2의 파고기를 맞았다. 그런데 당시는 한국의 유물들만이 공개가 되지 않아, 자연히 세계 학계가 우리한테 이목을 집중했다. 그 와중에서 프랑스 초청으로 두 명의 학자가 유학길에 올랐는데, 내가 그중 한 사람이었다. 파리에서는 앞서 말한 펠리오의 수제자 방디에 교수에게서 주로 수학했다.

— 以上은 K 교수의 인터뷰

(한국의 오타니 컬렉션은 국립중앙박물관 4층에 전시되었다가, '96년 4월부로 폐지되는 바람에 관람이 불가능하게 되었다. 안타까운 일이었지만, 다행히 나의 소설은 이미 부화를 마친 뒤였다. 전시실 속의 인형은 벌써부터 유리벽을 뛰쳐나와 사에나의 분신으로 활약한 지 오래였다.)

— 거, 며칠 전에 K 교수님 인터뷰 보셨어요?
— 그럼요. 우선 기분이 좋던데요.
— 허허, 그렇죠?
박물관 학예관인 신 선생의 술잔이 나에게 다시 돌아왔다.
— 안 그렇겠어요? 사막 동진데.
나는 이어 물었다.
— 그런데 반응들이 어떤 것 같아요?
— 아직은 그렇죠 뭐.
— 우리도 시야를 넓혀야 하는데……. 하긴 세계화 바람이 불어가고 매스컴마다 안 쑤시고 다닌 데가 없긴 합디다만.

— 그러니까 맨날 찝차만 고생 아니요? 허허.

이때 아주머니가 계란말이 한 접시를 골뱅이 그릇에 솜씨 좋게 부었다. 그는 하던 말을 계속했다.

— 실크로드만 해도 이젠 그렇게 만들면 안 되지. 우리 시각을 가지고 제대로 한번 해봐. 일본 NHK 것하곤 차원이 전혀 다른 작품이 나올 테니까.

— 이 집 골뱅이는 참 시원하고 맛이 깨끗해요?

— 맞어요. 자——— 한잔 듭시다.

그는 맥주 컵을 치켜들고 기분 좋게 말했다.

— 신강 맥주 생각 안 나요?

— 왜 안나. 기가 막히지. 작년 이맘땐 우리가 아마 카쉬가르에 있었죠?

— 아, 또 낙타 방울소리가 딸랑딸랑 들립니다.

하하———. 우리는 이 말만 나오면, 때 돼서 자명종이 울리듯 정신없이 웃었다.

라티모어의 『아시아의 사막을 넘어서』에 나오는 얘긴데, 타부(낙타 끄는 사람)들이 그 생활이 너무 지긋지긋해서 다시는 이 짓을 안 하겠다고 하면서도 낙타 방울소리가 딸랑딸랑 들리면 가슴이 뛰기 시작해서 "에이, 제기랄! 또 한 번 고비로 돌아가 낙타를 끌어볼까." 한다는 것이었다.

— 아, 그리고 다음 달에 K 교수님하고 C 교수랑 신강 가기로 했는데, 같이 갑시다? 작년에 우리가 일리에서 미개방 지구라 못 들어간 곳 있죠?

— 위구르가 터져서, 그때 소소와 테케스를 못 가봤지요?

— 그렇죠, 그렇죠. 거기 율두스 초원으로 해서 쿠차로 빠지자구요. 고고연구소에서 올핸 갈 수 있다니까.

— 아이구, 이거 고민이네요. 난 이번엔 홍안령 쪽을 가려고 하는데……

— 허허, 그러지 말고 어떻게 김 선생 소설 주인공이랑 잘 애기해봐요.

— 그런데 신 선생님은 집에서 안 쫓겨나요?

우리는 또 한바탕 크게 웃었다.

3

지금은 호텔 레스토랑이 된 옛날 영국 영사관 건물에서, 우리는 양고기 파티를 했다. 위구르 아가씨가 서빙을 하는데, 보기 드문 미인이었다. 몸매도 미끈했고, 특히 미소가 막 쪼갠 석류알처럼 싱싱했다. 그녀가 다가와서 뭐라고 말하자, 중국인 가이드 양(楊)이 한쪽을 가리키며 포즈를 취하라고 했다. 밀고 다니는 탁자 위에 잘 구워진 양 한 마리가 목에 붉은색 긴 천을 드리우고 통째로 놓여 있는데, 그뒤로 구레나룻이 근사한 주방장이 빙그레 웃으며 기다리고 있었다. 우리는 마치 케이크를 자를 때처럼 칼을 함께 잡고서 양의 허리쯤에 갖다댔다.

— 됐습니다. 아주 멋있는데요.

가이드 양(楊)이 플래시를 터뜨리며 말했다. 우리는 다시 자리로 돌아왔는데, 나는 자의 반 타의 반으로 아가씨와 별도의 사진을 찍는 영광을 가졌다.

— 이것 참 대단한 별미구만.

C교수였다. 이번 여행에 붙여진 그의 별명은 초맥후백이었는데, 반드시 먼저 맥주로 입가심을 한 후 백주(고량주)를 매일 한 병씩 마셨기 때문이다.

— 자, 한잔씩 합시다.

그는 동석한 네 명의 젊은 친구들에게도 위구르말로 각별히 술을 청하며 이것저것 근황을 물었다.

— 어떻게 우리말을 그렇게 잘 하세요?

— 이분은 13개 국어를 한다오.

위구르 청년들이 악 소리를 질렀다.

— 거, 쓸데없는 소리…….

C교수는 웃으면서 얼른 말머리를 돌렸다.

— 그런데 여기 카쉬가르는 아무 일 없어요?

잠시 청년들이 긴장하는 듯했다.

— 호탄에서는 최루탄도 마셨다구.

— 글쎄, 오아시스에서 이런 일은 생각도 못했네.

— 호탄 가이드 말로는 여자들이 모스크에서 기도할 수 있게 해달라고 무슨 집단 항원가 하다 그랬다는데?

몇 개국 말이 난무하는 가운데 청년들은 적당히 알아듣고 자기들끼리 소리내어 웃어버렸다.

— 정치적인 문제예요. 여기도 들썩들썩합니다.

벌써 삼 년째 신 선생하고 알고 지낸다는 욜다쉬란 청년이 좀 심각하게 말했다.

우리는 다음날, 구러시아 영사관 자리의 호텔에서 공연하는 민속춤을 구경하러 갔다. 막 입구로 들어가려는데 신 선생이 옆 건물을 손가락으로 가리키며, 작년에 왔을 때에는 저게 아주 흉물스럽게 폭파되어 있더라고 했다. 난 그때 처음으로 위구르 분리 독립운동이라는 걸 어렴풋이 느꼈다. 그리고 나중에 알고 깜짝 놀랐지만, 그 연원이 우리와 무관치 않았다.

거문도 사건(1885년) 직후, 청(淸)의 이홍장(李鴻章)이 당시 아무것도 모르고 있던 우리 조정에 이런 통지문을 보냈다.

…… 요즈음 영국과 러시아 양국 사이에는 아프가니스탄의 국경 문제가 싸움의 실마리가 되어 러시아 군함이 블라디보스토크에 집결하고 있습니다. 이에 영국은 러시아의 남하를 막기 위한 조치로 귀국의 거문도를 점거하였습니다. 거문도는 귀국의 영토라 영국의 영사가 일찍이 군함의 정박소로 아국에 제의한 일이 있습니다(당시 조선은 청의 조공국이기 때문). 그러나 잠시 주둔하는 건 몰라도 조차나 구매를 요구하면, 이를 가볍게 허락할 일이 못 됩니다. …… 귀국은 부디 정견(定見)을 견지하여 많은 돈과 감언에 현혹되지 않기를 바랍니다.

—『고종실록』, 고종 22년 3월 20일자

이것은 19세기 용어로 '그레이트 게임'(The Great Game)의 진면목을 보여주는 하나의 극적인 사건이었다. 전 유라시아 대륙에 걸쳐 러시아의 남하정책과 영국의 북진정책이 충돌하는 이 거대한 게임은 크림 반도, 중앙아시아, 극동아시아에서 가장 첨예하게 부딪쳤다. 마치 지글지

글 끓는 용암이 약한 지표면을 뚫고 터져나오듯 크림 전쟁, 아프가니스탄 전쟁, 거문도 사건으로 표출되어 나왔다.

특히 거문도 사건은 중앙아시아의 정세가 그 '점령에서 철거까지' 바로미터로 작용했다.

① (청 · 러) 일리조약 때 러시아의 블라디보스토크 함대가 조선의 영흥만을 점령한다는 설이 나돌자, 영국은 거문도의 조차를 청에 제의한다. ② 아프가니스탄에서 영국과 러시아가 격돌하게 되자, 영국이 거문도를 무단 점거한다. ③ 아프가니스탄 문제가 일단락되고 청의 거중 조정이 성공함으로써 영국군이 거문도에서 철수한다.

우리가 양고기 파티를 하고 민속춤을 관람했던 영국 영사관과 러시아 영사관은 '그레이트 게임'의 중앙아시아 전진기지였다. 카쉬가르의 이 두 곳은 지구 최후의 탐험이라고 알려진 중앙아시아 탐사대에게 숙식과 정보, 연락, 의료 따위를 경쟁적으로 제공했는데, 이 '게임'에 깊숙이 관련되었다는 확실한 기록들이 있다.

다음날 오전, 우리가 찾아간 곳은 카쉬가르 교외에 있는 한 마자르(성스러운 무덤)였다. 오래 된 녹색의 타일들이 바싹 마른 흙 위에 시원하게 붙어 있었다. 그러나 이제는 할머니가 돼서 멋내는 것도 포기했는지 떨어져나간 타일 자리에 드문드문 누르께한 속살을 아무렇지도 않게 내보이고 있다. 난 잠시 생각에 잠겼다. 가령 이 건물이 이런 사막이 아니고, 날 궂어 늘 우중충한 하늘 아래 서 있다면 얼마나 꼴불견이랴? 아마 처녀 적의 고운 태깔로도 저 꼴이 뭐냐고 미친년 소릴 듣지 않았을까? 사막의 빛깔은 타일을 통해 자연에서 인간세계로 옮겨오는 것 같다……. 참 기막히군. 나는 마치 타일을 한장 한장 뜯어내듯 사진을 찍었다.

— 뭘 그렇게 열심히 찍어요?

— 네헤, 여러 장 찍으면 한 장은 건지겠죠.

나는 필름을 갈아끼우며 말했다.

— 근데 관광객이 참 많네요?

— 카쉬가르의 최고 명소 아닙니까?

신강 일대에서는 타일이 가장 아름답다고 하는 향비 묘(香妃墓). 거기에는 관광객의 발길을 끄는 슬프고도 아름다운 전설이 있었다.

…… 청나라 건륭 황제는 어느 날 꿈속에서 아름다운 한 여인을 만났다. 깨어나서도 자꾸만 그 여인이 눈에 밟힌 황제는 백방으로 수소문해보았다. 마침내 서역만리 떨어진 카쉬가르에서 그 여인을 찾아내 궁궐로 데려왔다. 어찌 된 일인지 이 여인의 몸에선 늘 향기가 감돌아, 황제는 그녀를 향비라 부르며 애지중지했다. 하지만 향비는 한사코 황제와의 혼인을 거절하고, 창가에 기대어 두고 온 서쪽 고향만 그리워했다. 그러던 어느 날 이를 못마땅히 여긴 황태후가 황제가 없는 사이에 그녀를 죽여버렸다. 황제는 사랑했던 향비를 불쌍히 여겨 그녀의 시신을 고향으로 돌려보냈는데, 만리 길을 오는 동안 관에서는 내내 향내가 끊이지 않았다. ……

그날 밤, 카쉬가르의 밤공기는 참으로 황홀했다. 찐덕거리면서도 시원한 바람에 피부가 홀렁 말리는 듯해 무척 상쾌했다.

— 술맛 나네.

식당은 제법 북적댔다. 위구르인들의 말소리가 시끌시끌했다. 우리는 거리로 내놓은 탁자에서 술을 마셨다. 양고기를 굽는 연기가 냄새 이상으로 보기에도 구수하고 맛있게 피어올랐다.

─ 아저씨, 거기다 고춧가루 좀 뿌려주세요.

위구르말로 전달되었다.

─ 이 집 케밥(양고기 꼬치)은 우리 입맛에 맞는데?

─ 그렇죠? 전혀 느글거리지가 않네요.

─ 자, 한잔 쭉 하세요.

욜다쉬가 위구르식으로 잔 하나로만 돌렸다.

─ 그럽시다. 맛이 참 기막히구만. 자앗, 김 선생님.

─ 안주 좋고 술 좋고, 이거 밤새겠는걸요.

─ 내일 오전은 푹 쉬기로 했으니까, 맘놓고 드셔.

밤하늘의 쏟아지는 별은 어느 동화책 그림에서 보았던 추억처럼 아름
다웠다. 육각형의 위구르 모자를 쓴 중년 사내가 자전거를 타고 지나갔
다. 잠깐 부딪힌 그의 눈엔 낯선 사람에 대한 호기심말고도 금방이라도
부르면 다가올 것 같은 외로움이 숨어 있었다.

그 외로움에 대한 얘기를 꺼낸 게 사단이었다. 우리는 욜다쉬한테서
숨겨진 한 무덤의 이야기를 듣게 되었다. 중국 공안의 철통 같은 보안
속에서도 그 소문은 끊임없이 나돌고 있다는 것이다.

무슬림들은 본래 '마자르(성스러운 무덤)'에 대한 신앙이 절대적이었
다. 그런 까닭에 이 비밀의 마자르는 마치 적에게 빼앗긴 거룩한 성소처
럼, 카쉬가르에 무한한 죄책감과 되찾아야 한다는 불타는 열망을 던져
주고 있었다.

강대한 상대(중국)는, 이를테면 너무도 화려하게 등잔을 꾸며놓고 그
밑에 이 비밀의 마자르를 교묘히 숨겨놓았다는 풍설이 끊이질 않았다.
더욱 절묘한 것은 그 등잔은 마자르 주인공의 아버지의 아버지의 아버

지의 …… 아버지의 마자르인데, 아주 먼 옛날 적의 황제에게 시집간 공주의 슬픈 전설로 변질되었다고 했다.

그뒤로는 호화스런 등잔에 눈이 팔리기도 하고, 등잔 밑이 어둡기도 하여 이 주인공의 이야기가 자꾸만 향비의 전설 속으로 파묻히는 걸 위구르 무슬림들은 분노한다고 했다. 그러니까 율다쉬의 말에 의하면, 이 주인공의 무덤은 향비 묘에서 채 오십 미터도 떨어져 있지 않은 등잔(향비 묘) 밑의 어떤 곳에 틀림없이 숨겨져 있었다.

그럼 이 무덤의 주인공은 누구인가? 카쉬가르를 수도로 하여 동투르키스탄 전역(일리 지역은 제외)을 통일한 위구르 민족의 영웅 야꿉 벡이었다. 동투르키스탄이란, 튀르크인(위구르는 튀르크계 민족이다)들이 사는 동쪽의 땅이란 뜻으로 지금의 중국 신강성을 말한다. (이에 대해 서투르키스탄은 파미르 고원 서쪽의 카자흐스탄·우즈베키스탄·키르기스탄·타지키스탄·투르크메니스탄으로 오늘날 구소련에서 독립한 나라들이다.)

야꿉 벡은 거문도 사건의 배경이 되었던 일리(伊犁)조약을 가져온 장본인이었다. 그리고 이 조약 역시 그레이트 게임의 연장선상에 있었다. 야꿉 벡이 당시 청을 몰아내고 동투르키스탄에 독립정권(카쉬가리아 : 1865~1877년)을 세우자, 러시아는 1871년 야꿉 벡과 영국의 북진(北進)을 차단하기 위해 동투르키스탄의 가장 서북방에 위치한 일리 지역을 점령하였다. 그러나 이곳은 청이 지배하던 영역이었기 때문에, 러시아는 청의 통제력이 회복되면 언제든지 철수하겠다고 북경에 약속하였다.

그런 와중에 야꿉 벡이 의문의 죽음(1877년)을 당하였다. 이를 기화로 청의 좌종당 군대는 1878년까지 일리 지역을 제외한 동투르키스탄의 전역을 회복하였다. 그 결과 일리조약이 체결되고, 청은 러시아에 많은 보상을 해준 대신 일리의 대부분을 되찾을 수 있었다. 그리하여 동투르 키스탄은 1884년 '새로운 영토'라는 이름의 '신강(新彊)'으로 중국의 한 성(省)이 되었다.

(이를 그레이트 게임과 관련해 조금 더 살펴보면, 야꿉 벡은 러시아의 남하에 대처해 오스만 터키에 정신적·군사적 원조를 요청했다. 당시 오스만 터키 역시 러시아의 남하에 대항해 전 이슬람을 보호하기 위한 범이슬람주의, 전 튀르크인들의 연대를 주창하는 범튀르크주의의 물결이 한창 무르익고 있었다.

그런데 사실 오스만 터키의 국력은 대단히 미약하여, 러시아의 남하를 막으려는 영국에 의해 보존되고 있다고 해도 과언이 아니었다. 그것은 오스만 터키와 러시아의 종교분쟁이 크림 전쟁으로 비화하는 과정에서 여실히 드러났다. 즉, 러시아가 오스만 터키 내의 기독교인들을 보호하겠다고 압력을 가하자, 영국이 러시아에 선전포고한 사실이다.

그러나 야꿉 벡은 오스만 터키를 종주국으로 받듦으로써 이슬람 정권의 정통성을 보장받고, 더불어 영국의 군사적 지원까지도 끌어내려 하였다. 하지만 영국은 기본적으로 청을 이용해 러시아의 남하를 막으려 했기 때문에 당시 청과 싸우고 있던 야꿉 벡으로서는 결국 영국의 소극적인 지원밖에 얻어내지 못했다.

어쨌든 이러한 한계 속에서 야꿉 벡 정권은 패망하였고, 바로 이 정권이 수립된 수도 카쉬가르에 영국과 러시아의 총영사관이 세워졌으니, 이곳이 바로 뒤이어 이야기할 중앙아시아 탐험을 지원하는 센터였던 것이다.)

4

중앙아시아 탐험사의 큰 별들. 러시아의 프르제발스키, 영국의 스타인, 스웨덴의 헤딘, 프랑스의 펠리오, 독일의 르콕, 일본의 오타니, 미국의 와너.

그러나 이들은 도적질해 간 유물들 때문에 '실크로드의 악마들'이라 불리기도 하고, 당시 열강들의 스파이전에 일조했다는 불명예를 훈장 한편에 달고 다니기도 한다.

어쨌거나 이들 대부분은 돈황의 왕 도사와 암거래를 하여 세기적인 업적을 남겼는데, 그 대표적인 행운아가 스타인과 펠리오이며 그 반대의 불운아는 르콕이었다.

여기서는 왕 도사가 돈황의 석굴에서 세기적인 고문서를 발견하게 된 일화만 잠깐 소개하기로 한다.

바람이 억수로 불었다. 계절풍이 부는 사오월은 특히 심했다. 날아오는 모래의 양이 상상을 초월하여 그대로 두면 석굴은 머지않아 파묻히고 말 게 뻔했다.

왕원록(王圓籙)은 잔뜩 얼굴을 찌뿌렸다. 작고 마른 체구 때문인지 웃고 있을 때도 약간은 신경질적으로 보였다. 그렇지만 상대를 꿰뚫을 듯한 눈은 왠지 그 위에 신비한 분위기를 얹혔고, 기형적으로 큰 이마는 괴기스러우면서도 뭔가 많이 들어 있을 것 같은 인상을 풍겼다.

석굴 입구에 수북이 쌓인 모래더미를 내려다보는 왕의 눈초리엔 짜증이 묻어 있었다. 이번처럼 사나흘만 자리를 비워도 이 지경이니 어떤 근본적인 대책이 필요했다. 인부를 사다가 수리한 건 또 몇 번짼가. 돈황

현내에 나가 공양주들한테서 돈을 얼마간 모아오긴 했지만, 그것으로는 조족지혈이었다.

— 놈은 또 어디 갔단 말이야?

양(楊)가라는 이 젊은 놈은 경전을 베껴쓰는 사경생(寫經生)이었다. 차라리 상전 같은 조수였는데, 그것은 왕이 글자를 모르기 때문으로 공양이나 축복 따위를 받기 위해선 사경이 필수적이었던 것이다.

왕원록은 엉성하기 그지없는 문을 밀치고 석굴 안으로 들어갔다. 햇살이 실내에까지 침범한 모래를 따라 꽤 깊숙이 비쳐들었다. 안은 밖에서 볼 때와는 딴판으로 무척 컸다. 하지만 공사를 하다 말아가지고 석굴의 원래 규모를 가늠하기는 쉽지 않았다. 실은 그가 문밖에서 냈던 짜증도 이 실내 공사와 더 깊은 관계가 있었다. 그에게 근본대책이란, 불어오는 모래바람을 원천적으로 차단해보자는 게 아니고 원상복구, 즉 지금의 사찰을 원래대로 복원하여 제대로 된 도장(道場)을 갖고 싶다는 열망에서 나온 것이었다. 그렇게만 되면 오늘처럼 그때그때 쌓인 모래만 쓸어내도 완전히 달라 보일 건 필지의 사실이었다.

— 이게 거지 굴이지 도장이야?

그는 바닥을 빗질하면서 점점 화가 치밀어올랐다. 그런데 이때 마침 사경생이 눈치를 살피며 들어왔다.

— 잘 다녀오셨습니까?

순간 왕의 눈빛이 파닥했다. 젊은이는 좀 머쓱한지 모른 척하고 제 책상으로 갔다.

— 뭐 하려구?

양가는 아무 말이 없었다.

— 사경은 손끝으로 하는 게 아니야.

젊은이는 자리에 앉았더니 눈을 감았다.

— 마음이 가 있지 않으면 그건 공양이 되지 못해.

햇빛 한가운데 서 있는 왕은 조금 우스꽝스럽게 보였다. 너무 큰 도복과 너무 작은 모자가 극적인 대비를 이루었다. 어둠 속에 파묻힌 사경생은 귀찮은 듯 우두커니 앉아 있었다.

— 넌 왜 그 일을 하는 거냐?

— 저도 먹고 살아야 하잖아요.

어둠 속의 사경생은 뜻밖에 입을 열었다.

— 그것뿐이냐?

— ······.

— 난 너의 신심을 보고 있다만, 여간 더디 자라질 않구나.

왕은 계속했다.

— 네 맘은 가물어 있어. 한 마디로 물이 부족해. 그러니까 재주만 승하고 도가 없단 말이야. 명심해.

왕 도사는 밖으로 나가버렸다.

— 제기랄.

양가는 담뱃대를 꺼내 입에 물었다.

— 무슨 물이야. 나한테는 불이 부족하지.

그는 담배 연기를 입안에 하나 가득 빨아들이며 야유하듯 말했다.

— 아나, 꽃아. 냉갈 좀 마셔봐라, 히히.

그는 벽에 그려진 꽃에 대고 담배 연기를 후욱 불었다. 그러고는 또다시 헤헤거렸다. 그 짓을 몇 번이나 하다가 어느 순간 고개를 갸우뚱했다.

— 어, 이것봐라?

사경생은 벽을 찬찬히 들여다보았다. 담배 연기가 벽 속으로 쏘옥 빨려들고 있는 게 아닌가. 그는 다시 한 번 연기를 내뿜어보았다. 이게 웬일인가, 똑같은 현상이 일어났다.

— 아……아니, 정말로 먹네?

우리 도사가 참말로 도술을 부린 건가, 그는 자리에서 일어나 우왕좌왕했다. 그러다가 등잔을 벽으로 가져가 찬찬히 살펴보았다. 일직선으로 틈새가 나 있었다. 손가락을 구부려 두드려보았다. 속에서 울리는 소리가 났다. 이게 뭐야, 그럼 안이 비었단 말이야? 두려움은 차츰 호기심으로 변해갔다. 가슴이 팔딱팔딱 뛰었다. 그는 등잔을 내려놓고 밖으로 뛰쳐나갔다.

왕은 도복 자락을 펄럭이며 들어왔다.

여기서 잠깐 왕 도사의 이력을 소개하고 넘어가면…….

그는 호북성 마성현 사람으로 전직 군인이었다. 숙주(肅州 : 지금은 감숙성의 酒泉)의 순방군으로 있었는데, 아마도 좌종당(左宗棠)의 야꿉 벡 토벌대에 있었던 것 같다. 왜냐하면 좌종당 군대가 주로 호북에서 모집된 군사였고, 숙주는 토벌대의 근거지였기 때문이다. 그는 군을 제대하고 이곳으로 흘러들어 도사가 되었는데, 능력이 됐든 수완이 됐든 뛰어나 돈황 일대에서 나름대로 신망을 쌓아가고 있었다.

— 벽을 허물어보자.

왕은 벽 속이 비었음을 확인한 뒤 말했다. 사경생은 곧바로 연장을 가져왔다.

— 자, 이리 줘봐.

왕은 망치를 집어들면서 별의별 생각이 다 들었다. 이게 무슨 일일까, 복이 될까 화가 될까…….

뿌옇게 쏟아지는 먼지 속에서 벽은 힘없이 무너져내렸다. 콜록콜록……. 두 사람은 코를 틀어막고 한쪽 팔로 허우적거리며 굴 속을 빠져 나왔다.

— 그게 문이었나봐요?

— 글쎄, 누가 거길 벽으로 막고 그림까지 그려놨을까?

— 맞아요. 무슨 굉장한 걸 은폐시키려고 그랬을 거예요.

젊은이는 누구나 짐작할 수 있는 소리를 내뱉으며, 속이 바짝바짝 타는지 자꾸만 굴 속을 들여다보았다.

— 먼지가 대충 가신 것 같은데요?

왕 도사가 먼저 안으로 들어갔다. 흙더미를 밀치고 허물어진 벽 안으로 등잔을 집어넣으니, 완전히 예상 ——금은보화 같은 걸 꿈꿨는데—— 을 뒤엎고, 방안 가득 빼곡히 쌓여 있는 두루말이들만 보였다.

— 아니, 이게 뭐예요?

흐음……. 왕의 입에서 긴 신음소리가 흘러나왔다. 그는 조심스레 두루말이 몇 개를 빼냈다.

— 청소부터 하자.

— 이 흙덩어릴 저기다 집어넣고 다시 막아버리죠.

사경생은 입을 쭉 내밀고 불만스럽게 말했다.

— 무슨 소릴 하는 거냐?

왕 도사의 목소리는 날카롭고 신경질이 묻어 있었다. 사경생은 한편으로 생각하면 다 자기 때문에 일어난 일이라 끽소리 못 하고 흙더미를 밖으로 날랐다.

소문은 급속도로 퍼져나갔다. 하루는 왕이 그 두루말이들을 가지고 돈황 현내로 나갔다.

— 이게 그 벽 속의 방에서 나왔다는 건가요?

학자는 웃으며 신기한 듯이 펼쳐보았다.

― 한번 살펴봐주세요.

― 허허, 글쎄.

학자는 한참을 들여다보더니 말했다.

― 흐음, 미안합니다만 내 실력으론 안 되겠소.

― 그럼 어떻게?

왕은 난감한 표정을 지었다.

― 수량이 무진장 많다면서요?

― 네, 그렇습니다.

― 그걸 제대로 감정하려면 경사(수도)에 있는 대학자들이라야 할 게요. 그러니 내 생각엔 우선 관청에 알리는 게 좋겠소.

― 사실 현청에는 신고를 했습니다.

― 그럼 왕 지사를 직접 만났소?

돈황현의 왕종한(汪宗瀚) 지사를 두고 한 말이었다. 왕은 입맛을 쩝쩝 다셨다.

― 뭐랍디까?

― 별로 관심을…….

왕은 고개를 저었다.

― 허어, 그래서야 되나. 나도 좀 알아보겠소이다.

그러나 왕 도사는 누구보다도 이 두루말이들의 중요성을 직감하고 있었다. 전에 군대 있을 적에도 들은 소리가 있거니와, 또 지금은 자신의 신도 중에 상인들이 많아서 이런저런 소문뿐만 아니라 돌아가는 시세에도 매우 민감했다.

당시 카쉬가르에 있는 영국과 러시아 영사관은 이런 고문서 수집의

센터였고, 이는 뒤따른 중앙아시아 탐험 경쟁의 도화선이 되었다. 왕이 돈황 고서의 가치를 알아내고자 이리저리 다니며 감정을 의뢰하는 동안, 이 고서 발굴의 소문은 코앞의 신강 지역까지 날개 돋친 듯 퍼져나갔다.

한편 왕은 아무런 양심의 가책도 느끼지 않고 고서들을 조금씩 조금씩 밀매하기 시작했다. 이것들의 진가를 아무도 알아보지 못한 상황에서, 그는 서양인의 골동품 취미를 이용해 석굴 복원사업의 자금을 구한다는 사명감마저 자못 느끼고 있었다.

심지어 새로 부임한 감숙성의 장학사 섭창치(葉昌熾)가 이런 소문을 듣고 조사해본 결과, 그중 몇 권이 당나라 때 것이란 걸 알아내고 성(省)에 특단의 조치를 건의했는데, 난주(감숙성의 성도) 당국은 그 많은 고서들의 포장비와 운반비가 엄두가 나지 않는다는 이유로, 원래의 자리에 그대로 밀봉하여 두라 명하고서 왕 도사를 여전히 그 책임자로 임명할 정도였다.

1900년경 이렇게 기상천외하게 발견된 돈황의 고서와 유물들은 동투르키스탄에서 유물 발굴작업을 하던 각국의 탐험대에게 알려져 엄청난 양의 고서가 해외로 밀반출되었다.

돈황을 찾은 영국의 스타인은 필사본 스물네 상자, 회화와 공예품 따위의 다섯 상자를 왕 도사에게 마제은(馬蹄銀) 사십 매(枚)의 적은 돈으로 사서 런던의 대영박물관에 보냈다(1907년). 그리고 프랑스의 펠리오는 혜초의『왕오천축국전』을 포함한 고문서 오천여 부와 그림, 조각, 직물류, 목각품, 테라코타 따위를 단돈 500타엘(약 90파운드)에 구입해 본국으로 빼돌렸다(1908년).

이 두 사람은 중앙아시아 탐험가들 중 돈황 발굴에 있어서 가장 대표적인 행운아였다. 그러나 무릇 일에는 동전처럼 양면이 있듯이 그 전모를 짐작하기 위해서, 행운의 여신이 고개를 돌려버린 독일의 르콕에 대한 일화를 하나 더 소개할까 한다.

5

운명의 장난은 독일의 탐험가 르콕에게 동전 하나로 찾아왔다. 스타인이 돈황의 고서를 빼돌리기 일 년 반 전인 1905년 여름 어느 날, 돈황에서 거의 정북 쪽으로 삼백 킬로미터 떨어진 오아시스 도시 하미에서 그는 역사적인 동전 하나를 던지고 있었다.

— 제기랄.

르콕은 공중에서 막 굴러떨어진 청나라 은화 한 닢을 주워 손바닥에 올려놓고, 침울하게 열사(熱沙)의 사막을 안경 너머로 바라보고 있었다. 그의 조수 바르투스는 아무 말 없이 말에 안장을 얹혔다.

— 먼저 출발하시죠.

르콕은 고개를 끄덕거렸지만 좀처럼 움직이려고 하질 않았다.

— 잊어버리세요.

바르투스는 무뚝뚝하게 말했다.

— 하긴…….

르콕이 말했다.

— 이제 남은 건 루비콘 강을 건너는 것뿐이다.

사실 며칠 전에 이들은 수백 년 된 고서적들이 숨겨져 있는 어느 '고대 서가'에 관한 소식을 들었다. 그곳은 한 도사가 발견했다는데, 돈황에 있는 어떤 석굴 사원이라 했다. 르콕은 이 얘기를 지나가던 상인한테서 듣고 반신반의하면서 곧 찾아떠날 채비를 하던 중이었다. 그런데 난데없이 전보 한 통이 날아들었다.

그것은 베를린에서 온 전갈이었다. 탐험 도중 고국으로 돌아갔던 대장(隊長) 그륀베델이 건강이 회복되어 다시 탐사에 착수할 것이니, 6주 후에 카쉬가르에서 합류하자는 통지였다. 르콕은 난감했다. 둘 중의 하나는 포기하지 않으면 안 되었다. 돈황까지만 거꾸로 왕복 5주가 걸렸다. 던져진 동전이 가른 운명은 카쉬가르행(行)이었다. 이것은 세계 최초의 돈황 문서 발굴이라는 영예를 그에게서 앗아간 ──스타인에게 빼앗긴── 일생 일대의 가장 불운한 선택이 되고 말았다.

그러나 르콕이 한 달 반 동안 사막을 가로질러 허겁지겁 달려간 카쉬가르에서는 실망스럽게도 그륀베델의 소식은커녕 그의 흔적조차 찾을 길이 없었다. 그리고 르콕보다 며칠 더 늦게, 짐을 가득 실은 낙타대를 끌고 도착한 바르투스는 어이가 없는 듯 허허 웃으며 땅바닥에 침을 뱉고 오줌을 갈겨버렸다.

이들은 카쉬가르에 독일 공관이 없기 때문에 영국 영사인 마카트니의 집에 짐을 풀었다. 이 년 전 원정 때는 러시아 영사 페트르브스키의 집에 머물렀다가 크게 봉변을 당한 일이 있었기 때문이다. 영국 영사관 숙소에서 두 사람은 스타인이 이차 원정(이때 돈황 문서를 수집함)을 준비하고 있고, 러시아와 프랑스인들도 곧 원정에 나선다는 풍문을 들었다. 한시가 급해 마음이 초조했다. 유적지들을 선점하려면 더 이상 이곳에 머물러 있을 여유가 없었다.

그런데 허송세월로 2주가 지나서야 그륀베델한테서 연락이 왔다. 황당하기 짝이 없는 소식이었다. '러시아의 어느 철도역에서 짐을 잃어버렸는데 앞으로 얼마나 더 늦어질지 알 수 없다'는 내용이었다.

— 제기랄것, 내가 어리석지.

르콕은 콧수염을 손질하면서 간헐적으로 혀를 끌끌 찼다.

— 너무 속끓이지 말아요. 다 죽은 아들 붕알 만지기니까.

— 허참, 이럴 줄 몰랐던 것도 아닌데…….

— 알았던 것도 아니잖소.

르콕은 잠시 손질을 멈추고 퉁명스럽게 내뱉는 바르투스를 힐끗 쳐다보았다.

— 하긴 그래.

이때 바르투스가 앉은 채로 팔을 쭉 뻗쳐 창문을 여니 찬바람이 확 들어왔다. 나무 이파리들도 다 떨어져 마음까지 한층 스산해졌다.

— 커피 한 잔 할래요?

— 좋지.

르콕이 이어 말했다.

— 최고야. 그대의 솜씨는 정말 황홀하다구.

— 맛이 좀 육감적이지 않아요?

— 묘한 맛이야. 여자도 타는 사람에 따라 맛이 달라지겠지?

르콕이 육담으로 대꾸했다.

— 내가 뱃놈 출신이라 그런지 옛날 생각이 자주 나네요. 이 생활하고 너무 똑같거든요.

바르투스는 여기 오기 전에 오랫동안 선원 생활을 했었다.

— 한 마디로 오아시스는 항구예요.

— 정박해 있으면 오입이라도 하러 나가야지……

— 맞아요.

— 우리 배는 선장이 애먹이는구만.

— 자, 커피 다 됐어요.

그는 김이 모락모락 나는 잔을 건네며 말을 이었다.

— 난 선장님을 존경하지만, 왜 소득이 없는 방법을 고집하는지 모르겠어요.

대장 그륀베델은 벽화나 유물들을 마구잡이로 가져가지 말고 정확하게 측정하고 설계 도면에 그려가서 베를린의 박물관에 그대로 재현하자고 주장하는 사람이었다. 그는 그 일로 대원들과 적잖은 불화를 일으켰다. 사실 당시 탐험대들의 유물 수집 방식은 약탈행위 그 자체였다. 르콕은 벽에 구멍을 뚫고 거기에 여우꼬리 톱을 집어넣어 벽화를 도려냈고, 미국의 와너는 특수 접착제를 발라 동물 가죽 벗기듯 투두둑 뜯어냈으며, 일본의 오타니 대원들은 생선회를 뜨듯 정교하게 하나하나 발라냈다.

— 그야 학자의 양심이겠지.

르콕이 비양거리는 투로 말하다 말고 머뭇거렸다.

— 그런데…….

— 말해봐요.

— 우리 탐험대의 목표는 연구가 아니라 수집이라구. 더구나 세계적인 경쟁이지. 연구만 하려면 우리가 왜 왔겠어? 실적이 있어야 돈도 나오고 연구도 하는 거 아닌가.

— 그게 제 말입니다. 또 사람 욕심이 그렇잖아요. 보물을 눈앞에 두고 지나가면 바로 그 다음 놈이 와서 집어가는데, 이런 판에 양심이란

게 자기 만족밖에 더 되겠어요?

바르투스는 커피를 마저 후룩 마셨다. 그리고 일어나서 창가로 갔다. 바람에 빨래들이 이리저리 춤을 추었다. 아까부터 오르간에 맞춰 찬송가 소리가 들려왔다. 마가트니 부인이 아이들과 함께 부르는 성가였다. 그는 신의 축복이 내린 이 가정을 부러운 눈으로 떠올렸다. 무슬림들의 이방세계에 복음과 문명을 전파하는 파수꾼……. 어느 새 그의 상념은 불과 몇 달 전에 자신이 경험한 놀라운 '신의 역사(役事)' 속으로 빠져들어갔다.

그는 혼자서 투르판 북쪽의 어느 유적지를 둘러보고 있었다. 그의 상관 르콕은 며칠 전에 러시아 영사관에 일을 보러 우룸치로 떠나고 없었다. 그런데 사건은 바로 이때 터졌다.

그가 우연히 파낸 유적지에서 초기 기독교 필사본들이 우수수 쏟아져 나온 것이다. 그리스어로 씌어진 5세기경의 구약 시편과 마태복음 일부, 니케아 신경, 그리고 헬레나 여왕이 찾아냈다는 예수의 십자가와 아기 예수를 경배하러 온 세 왕에 관한 기록들……. 도대체 이걸 뭐라 설명해야 하는가. 이 까마득히 먼 곳에, 수천 년 동안 이교도들이 지배해 온 땅에 주님의 파수꾼이 있었다니! 그것도 자신의 손으로 그 증거들을 찾아냈다니!

뒤에서 르콕의 목소리가 들렸다.

— 무슨 생각을 그렇게 골똘히 하나?

— 쉬팡의 성서들이요.

그가 그것들을 발굴한 곳은 화염산 계곡의 쉬팡이었다.

— 근데 말일세. 돈황 건이 영 안 잊히는데?

— 난 우리가 운명을 거역할 순 없다고 생각해요.

바르투스는 돌아서면서 말했다.

— 소문에 한두 번 속은 것도 아니잖습니까.

— 물론. 그러나 대부분의 유적은 그 소문들 속에 있었잖아.

막 손질이 끝나 잘 정돈된 콧수염이 르콕을 더 완고하게 보이게 했다.

— 하지만 소문이 맞고 안 맞는 건 동전과 같은 것 아녜요?

르콕이 피식 웃었다.

— 이렇게 빈둥대고 있으니 자꾸만 그 생각이 나는 게지. 예감이란 게 있잖아. 이렇게 선택했던 일이 안 풀리면, 포기한 쪽에서 뭔가 터져도 큰 게 터지게 돼 있어…….

6

다음날 우리는 투르판의 또 다른 유적지인 아스타나 고분군(古墳群)을 찾았다. 이 거대한 공동묘지에 태양이 작렬하고 있었다. 저 멀리 뻘겋고 쭈굴쭈굴한 화염산이 보였다. 한 위구르 아이가 팻말 옆에 앉아서 관광객들을 보고 있었다. 묘로 내려가는 지하 계단이 꽤 깊어서 웬만한 재력가가 아니면 이런 무덤을 어떻게 썼겠냐는 생각이 들었다.

강의라 정도면……. 장례신의 묘는 230호, 그의 부친 장회숙은 501호 묘, 조부 장웅은 206호 묘, 강의라는 209호 묘, 그를 키워준 강보겸은 15호 묘……. 사에나는 몇 호 묘일까?

나는 묘실 안으로 들어가 실내를 둘러보았다. 전등불에 비친 벽화가 매우 인상적이었다. 풀 한 포기에 새 한 마리씩 그려진 병풍 같은 그림 아래 천 년 이상 누워 있었을 미라를 떠올리면서, 식기나 인형들이 놓여 있을 곳을 찬찬히 들여다보았다. 상상 속의 인형 하나가 점점 되살아났다. 손짓을 하며 웃으려고 애쓰는 것 같았다. 어, 나보고 그러는 거야? 인형은 맞다고 고개까지 끄덕였다. 나는 잠시 당황했다. 너 혹시 사에나의 인형이니?

— 김 선생님.

— 네엣?

— 아니, 왜 그렇게 놀라요?

나는 고개를 흔들며 아니라고 했다.

— 무덤 속에서 그렇게 넋을 놓으면 됩니까? 또 소설 생각을 한 게로군요.

— 허허.

— 내가 얘기 하나 해드릴게. 김 선생이 듣고 쓸 만하거든 접수하슈.

신 선생은 미라가 놓였던 자리 위를 가리키며 설명을 시작했다.

— …… (오타니 탐험대의 일원인) 요시카와가 딱 들어와 보니까, 시체 위로 약 두 척 높이, 그러니까 저만큼에서 모기장 같은 게 쳐져 있는데, 그 맨 위 천장 부분에 '머리는 사람이요 몸뚱이는 뱀' 모양을 한 「복희여왜도(伏犧女媧圖)」가 그려져 있었던 거죠. 근데 이 멋진 그림이 바로 우리 국박(국립중앙박물관)에 와 있는 겁니다. 이건 고구려 벽화와도 관계가 깊다고 해요. 헛헛, 이건 K 교수님 전공인데…….

— 아……아니, 무슨 말씀을…….

K 교수가 한사코 사양하며 손을 내젓다가 성화에 못 이겨 말을 받았다.

— 아, 그래요. 특히 집안 4호 분의 「복희여왜도」와 관련시켜 연구해

야죠. 비교해보면 제일 큰 특징이 우리 것은 윗옷 소맷자락이 '깃털' 형
식으로 표현된 것이에요…….

　나는 그날 밤 내내 새(鳥) 꿈을 꾸었다. 그리고 그 꿈은 내 소설의 윤
곽에 살을 붙였다. 사에나는 페르시아 신화에 나오는 신령한 새이다. 이
새는 빛의 신, 아후라 마즈다의 사자(使者)이다. 우리의 고마고리 모티
프와 같다. 발해는 빛의 바다이고, 을천의 죽음은 그 밑거름이 되어 고
마고리의 날개에 실려 다시 빛으로 돌아간다. 사에나를 택한 이유는 당
시 고구려 유민이 처한 국제적 상황 때문이고……, 특히 우리 임시정부
의 사신이 소그드인의 본거지인 아프라시압 벽화에 나타나지 않는가?
그리고 이 사신의 가장 큰 특징은 모자 위의 깃털이고, 이 깃털의 모티
프는 또다시 사에나(神鳥)에게 투영된다…….

　을천과 사에나를 묶어주는 사연의 기록은 오늘날 투르판 문서로 되살
아난 그 당시의 수많은 이야기들 중에서 존재하고, 그 애절한 사연은 오
늘 우리 국립중앙박물관의 오타니 컬렉션 안에서 인형의 팔이란 형태로
숨쉬고 있다는 상상을 나에게 허용한 것이다. 무엇이……?

　며칠 전의 신문 기사가 생각난다.

　「거친 파도가 삼킨 '발해의 꿈'」―뗏목 탐사대 바다에 묻히다. ……
1천3백 년 전 발해인들의 해상교역 발자취를 좇는 한국인 청년 4명이
뗏목에 몸을 의지한 채 …… 러시아 블라디보스토크를 출발하여 ……
"구난 요청하지 마세요. 우리 힘으로 부산에 돌아가겠습니다." (22일 낮
12시) ……

　'무엇'은 나에게도 발해의 꿈이었을 것이다. 틀림없이 발해는 다시
살아날 것이다. 발해 탐험대의 탐사는 과거 열강들의 중앙아시아 탐사

와는 근본적으로 다르다. 약간 다른 얘기지만, 어떤 사람들은 중국의 입장에서 열강의 탐험대를 중국 고대 유물의 약탈자들이라고 비판하기도 한다. 그러나 나의 시각은 좀 다르다.

사실 서구 학자의 말대로 문명세계에 대한 안티테제로서, 즉 야만인의 역사 속에서 생성된 중앙아시아의 유물이라면, 그래서 이것들은 역설적으로 야만인 자신의 것이다. 동아시아에서 야만은 중국의 변방이고, 그것은 한반도를 포함한 모든 오랑캐들 ——동이 · 서융 · 북적 · 남만—— 인 것이다. 따라서 발해의 것이 중국의 것이 아니듯이 중앙아시아의 것 또한 중국의 것이 아니다. 그래서 발해의 꿈은 중앙아시아의 꿈도 되는 것이다.

스타인들이 금세기 최후의 탐험을 했던 타림 분지의 오아시스 도시들은, 야꿉 벡 정권의 실패 이후 실의와 좌절 속에서도 점차 민족적 자각에 눈뜨기 시작했다. 그 선구적 지식인 물라 무사 사이라미(이하 사이라미)는 그의 저서 『하미드사(史)』에서 '중앙아시아의 꿈'을 이렇게 말하고 있다.

그는 먼저 야꿉 벡 시대를 회고하여,

뿌리 깊고 기세 높은 귀족들, 벡과 벡자데들과 농노와 광부와 백성들이 동등하고 똑같이 되었다. 그 당시에는 늑대가 양과 함께 한 샘물에서 물을 마셨고, 비둘기가 매와 함께 한 가지에 둥지를 틀었다.

이어 청나라가 재정복한 것에 대하여,

그러나 오늘날 (청)황제의 관리들은 다시 양심을 버리고, 정의로운 통치를 망각의 벽장 속에 갖다놓고 학정을 순간순간 더 심하게 하기 시작했다. 힘없고 무력한, 고통받는 사람들의 눈물이 다시 흐르기 시작했다.

그리고 '정의'와 '백성'과 '국가'에 관해 다음과 같이 말했다.

나라는 백성이 없으면 안 된다. 백성이 없이는 나라도 없다. 재화가 없이는 세상이 없다. 재화와 세상은 백성이 모은다. 공정한 통치가 없으면 백성이 어떻게 재화를 모으겠는가?

당시 교사였던 이 위구르 지식인 사이라미는 1864년 무슬림 반란이 일어났을 때, 수백 명의 학생을 이끌고 쿠차 군대에 참여하였다. 그후 야꿉 벡 군대가 동투르키스탄 전역을 통일하자 이에 합류하였다. 그러나 청군에 의해 무너지고 다시 이 지역의 주인이 이교도 중국인들로 되자, 그는 인생의 말년을 흔적도 없는 골목에 은둔하여 살면서 자신의 저술에 전념했던 것이다.

그가 보여준 근대적 민족에 대한 각성은 타림 분지(모굴리스탄)의 백성을 하나의 공동체 단위로 인식한 데서 나타난다. 즉, 그가 예티샤르(7개의 도시)라고 했던 카쉬가르·야르칸트·호탄·악수·우시 투르판·쿠차·투르판 들이 이전엔 각기 별개로 취급되던 것을 단일의 동일한 개념(영역)으로 묶어 사용한 것이다.

스타인 등의 탐험가들은 다름 아닌 바로 이들 지역에서 활동했으며, 이 위대한 학자들이 써놓은 원주민에 대한 스케치는 마치 구한말 비숍 여사가 조선인에게 보냈던 류의 시선을 떠올리게 한다.

그러나 사이라미는 민족 사회를 움직일 원리를 이슬람의 율법에 의존하는 전통적인 태도를 보였다.

　무질서한 이교도와 문란한 자들의 학정과 압제를 힘없는 백성들이 건 어낼 수 없어, 저 생명의 주인이신 알라의 거룩함에 탄원하고 희망을 걸 며 눈물을 흘렸다. 그들의 기도와 통곡이 알라께 받아들여졌다. 알라는 이 폭학자들 위에 쿠차의 호자(스승)들을 던져주었다.

　사실 이 근대적 사회사상에 관한 문제는 아시아의 전역에서 대단히 복잡하고, 또 핵심적인 문제였다. 이것은 대체로 서구가 종교개혁을 통 해 프로테스탄티즘적 합리주의로 나아가듯이, 비서구 사회는 전통 사회 를 파괴하는 서구에 저항해서 자신들의 종교에 근본주의적 혹은 개혁주 의적으로 의존하여 근대화의 길을 걸으려고 하였다. 이를테면 무슬림 국가는 이슬람교, 몽골과 티벳은 라마교, 중국과 한국은 유교 따위를 근 대적 민족 통합과 사회 운영의 이념으로 재해석했으며, 특히 중국의 변 법 자강 운동은 그 극명한 예였다. 오늘날도 몇몇 문명권에서는 이 실험 이 아직 끝나지 않고 있는 것이다.

　쿠차 음악은 경쾌하고 육감적인 선율로 요즘의 락 음악처럼 장안은 말할 것도 없고 한국과 일본에까지 일대 센세이션을 일으킨 고대 서역 음악의 진수였다.
　그래서인지 쿠차에 가면 악기를 연주하는 비천상(하늘을 나는 천녀상) 의 멋들어진 모습을 어디에서나 볼 수 있는데, 그것들은 시내 로터리의 거대한 조각상에서 상가 진열대의 액세서리에 이르기까지 가히 헤아릴 수 없다.

하지만 그 원조 그림은 키질 석굴의 38호 굴로, 르콕의 독일 탐험대가 경탄해 마지않아 음악 동굴이라 이름 붙였던 벽화들이다.

쿠차의 북서쪽, 아름다운 무짜르트 강이 흐르는 산벼랑에 수많은 사원들로 가득 찬 키질 석굴은 일·러·독·프·영 탐험대에 이어 놀랍게도 한국인의 발자취가 남아 있다.

— 저길 좀 보세요.

막 열린 석굴 문으로 볕이 확 쏟아져 들어오자, 벽면에 그려놓은 굵고 커다란 정사각형의 테두리가 첫눈에 무척 위압적으로 다가왔다. 그 안에 빽빽이 새겨놓은 글귀들이 보였다.

— 근데 저게 조선족 화가가 쓴 겁니다.

— 네?

나는 깜짝 놀라 곧장 벽으로 달려갔다. 줄거리는 열강의 탐험대인 르콕, 스타인, 오타니들이 벌인 약탈행위를 격렬히 질타한 것인데, '……이 귀중한 문화재를 잘 보존하자'로 끝나는 호소 밑에 한락연(韓樂然)이라 쓴 서명이 선명했다.

— 한락연이란 사람이 누굽니까?

그분은 국민당의 금지에도 아랑곳하지 않고, 저에게 그림의 본질은 대중 속으로 파고드는 것이라고 가르쳐주셨어요. 선생님은 프랑스 유학에서 귀국한 이후로도 줄곧 항일운동에 관여했습니다. 특히 구속 직전에 연안을 방문하여 '항일전쟁 시기의 민족 문화예술'을 강연하셨는데 굉장한 호응을 받았죠. 저한테 루쉰과 고리끼에 대한 얘기를 자주 하신

걸 보면, 문학에도 일가견이 있었던 듯합니다. 그분은 3년간 옥고를 치르고 출소한 후론 온통 석굴 벽화를 모사하는 작업에 전념하셨습니다. 선생님 자신이 소수 민족이어선지 몰라도 창작에선 실크로드 여러 민족의 생활상, 풍습, 민속 따위를 특징적으로 화폭에 담고 있어요.

—「제자 황주(黃胄)의 회상」

— 바로 이 동굴을 한락연 선생이 발견한 거예요. 보세요, 밖에 요 큰 굴이 있고, 우리가 있는 이 굴은 당시에 감춰진 새끼 굴이었거든…….
— 허어, 재밌네요. 그러니까 이중 굴인가요?
— 그렇죠. 이 새끼 굴을 특 1호로 명명한 건데, 이분이 편호 작업(석굴 번호 붙이는 것)을 한 게 대략 백 개쯤 돼요.
— 그럼 이 바깥 굴은 몇 호로 했나요?
— 13호로 했어요.
키질이란 말이 붉다는 뜻인데, 밖은 정말 모든 게 벌건 폭염 속이었다. 그러나 믿기지 않을 정도로 굴 안은 냉방처럼 시원했다.
— 딱 한숨 자고 가면 좋겠네.
조선족 석굴 안내원이 빙실거렸다.
— 어째, 허락해주겠소? 허허.
뒤에서 농담이 오가는 동안, 나는 벽 앞에 쭈그리고 앉아 한락연 선생이 쓴 글귀를 베껴썼다.
— 이 내용이 볼수록 통쾌하네요. 당시로는 첨 아닙니까? 이런 입장은 말이죠.
— 맞습니다. 굉장한 선각자였죠.

바람이 굴 안으로 휙 불어왔다. 그는 눈을 찡긋하더니 안경을 벗어 닦으며 말을 이었다.

― 그분의 그림들을 보면 실크로드에 흩어져 있는 여러 민족에 대한 애정이 분명하게 느껴져요.

7

서구 열강들이 한 손에는 총을, 다른 한 손에는 성경을 들고 식민지를 침략하는 동안, 중앙아시아 탐험대는 문명의 위대함을 과시하며 유물들에 대한 약탈을 서슴지 않았다.

이들 유럽 열강과 일본의 시민들은 세계를 자신들의 문명으로 개화시킨다는 사명감에 불타 자국 탐험대의 성과에 열정적으로 고취되었다. 그 결과 중앙아시아 극오지(極奧地)의 유물들은 천 수백 년 넘게 간직해온 생명력을 잃고 박제처럼 이들의 박물관과 연구소들의 유리벽 안에 갇히고 말았다.

더욱이 이것은 학문의 이름으로 칭송되었으며, 그 기저에는 적자생존의 사회진화론이 유럽 열강의 유식한 시민들의 정신을 사로잡고 있었다. 이는 나아가 '백인의 책임'을 부채질하고, 마침내는 인류를 재앙으로 몰아넣은 우생학(優生學 : 인종개량학)으로 정당화되었다.

우생학은 1930년대 가장 극성했다. 아리안족의 영광을 부르짖은 나치만의 이야기가 아니다. 문명 사회를 위한 잡초 뽑기의 과학인 우생학은 민주주의의 발상지인 영국에서 19세기 말 탄생했으며, 미국과 북구

(北歐)에서 독일에 앞지르는 인간개조와 순수 혈통의 보존에 대한 집념
으로 지구상에 개화하였다.

　이 문명 혹은 과학의 이름으로 저질러진 천인공노할 반인륜적 범죄
는 우리 근현대사에도 똑같이, 아니 더욱 무자비하게 일어났다. 그리고
중앙아시아에 남아 있는 고려인 동포의 경우 아직도 그 범죄의 피해에
서 벗어나지 못한 채 정처없이, 이를테면 가수면 상태를 헤매고 있는
것이다.

8

앓아서 누운 지가 닷새
病監으로 넘어간 지가 불과 열흘이 되지 못하여
철아, 그대가 영영 돌아오지 못할 길을 떠났단 말이 참말이냐?
언제나, 언제나 저 좁다란 운동장으로 나오면,
駿馬와 같이 힘차게 쫓아다니던 그대가
出廷을 할 때마다 벽을 두드린 후,
갔다가 오겠다고 빙긋 웃으면서 수갑에 손을 잠그던 그대가
아! 지금은 그 열정에 넘치던 뜨거운 맥박이 끊어지고
굳센 힘이 약동하던 근육이 굳어진 차디찬 시체로 化하여서
무겁게 닫혀 있는 저 문을 열고서
소리없이 나간단 말이 참말이란 말인가
우리들 동지가 4개월 동안의 유치장을 버리고

이곳으로 이끌려올 때
洪秀全의 부하와 같은 사나운 꼴이 된 우리들의 모양을 보고
미친 듯 실성하여 목놓아 울으시면서
그대의 허리를 꽉 껴안다 못 하여
자동차의 뒤를 잡고 끌려오시던 그대의 어머니를 보고,
어머니! 어머니 같은 어머니가 어머니만이 아니란 것을
알아주셔요.
이 세상에 수많은 우리 동지들의 어머니는
모두가 어머니와 같은 처지에 있지 않아요.
나만이 자애하신 어머니를 가진 것이 아니며,
어머니만이 이러한 자식을 가진 것이 아닙니다.
어머니 몸 편히 잘 다녀오라고 웃어주셔요.
그것만이 나를 참으로 위로하는 것이며
어머니 스스로를 생각하는 것이 아니겠습니까?

한편으로 눈물을 씻으면서도
어머니를 대하여는 굳센 태도로서 위로를 드렸던 그대가
아니었던가
이렇게도 多感하면서
철과 같은 의지의 뭉치를 보여주던 그대가 아니었던가?
그러한 그대가 煉獄數朔의 고난과 미미한 병마의 침해에
이기지 못하였단 말이 참말인가.
나는 그대의 죽음이 믿어지지도 않으며
결코 믿기란 미칠 것만 같구나

그러나 나의 앞에는 그대의 찬바람이 나는 시체가
놓여져 있는 것을 어찌한단 말이냐
아무리 눈을 닦고 보아도 그전이면
"寬이냐." 하고 반갑게 악수하여 주던 그대가
묵묵히 입을 다물고 있는 데야 어떻게 한단 말이냐?
철아, 아무리 아무리 하여도 그대는 영영 돌아가고야 말았구나.
그러나, 철아!
그대의 몸을 위하여 주야로 걱정하다
청천의 벽력과 같은 그대의 訃報를 받고서 미쳐질 그대의
어머니를
단 하나밖에 없는 자식의 시체를 안고 딩굴 그대의 어머니를,
이번에는 어떻게 위로하여 드려야 좋단 말인가?

「동지의 부보(訃報) 그의 죽음을 곡(哭)하면서」,
李正寬, 『東光』, 1933년 3월호

이후 시인 윤동주에 이르기까지 사상범들의 생체실험이 일본 제국주의자들에 의해 자행되었다.

생체실험이란, 동물 대신 인간을 대상으로 하는 각종 세균실험, 약물실험 따위를 말한다. 제731 부대의 천인공노할 만행은 소설 『마루타』에서 잘 그려지고 있다. 부대장 이시이는 이렇게 지껄인다.

— 아시아 제 민족 가운데 우리 대일본인이 가장 우수하다는 사실을 입증하는 결과이기도 하다. 구국의 일이면서 세계 인류를 위한 업적이기도 하다. 제731 부대에 종사하는 모든 대원들은 그 자부심을 가져야 한다.

아우슈비츠의 유태인 학살로 그 극치를 보여주었던 이러한 인종주의
는 독일과 일본만의 일이 아니고, 당시 서구 열강의 보편적인 정신 상태
였다. 그것은 '우생학'이란 과학의 이름으로 포장되었으며, 심지어 '자
궁에서 천당까지' 완전한 복지국가를 추구했던 스웨덴의 사회민주당 정
권도 이 이론에 근거한 반인륜적 법률 제정을 우파보다 더 열렬히 주도
했던 게 사실이다.

금세기 인간의 질(質)에 대한 편견은 좌와 우를 가리지 않고, 특히 기
독교 문명권에서 발생, 폭발하여 전 지구를 재앙으로 몰아넣었다. 그러
나 그 뿌리는 아득히 멀리 문명과 야만(스키타이 · 흉노)의 투쟁에서 시
작하여, 보다 가까이는 근대의 전야인 십자군 전쟁에서 패배한 유럽인
의 콤플렉스에 기인한다.

그것의 단초에 '프레스타 존의 전설'이 있다. 신의 사자로서 이교도를
제압할 동방의 대왕, 머나먼 동쪽 끝에서 파죽지세로 이슬람의 심장부
를 함락시켰다는 기독교도의 군주, 그가 전설의 프레스타 존이었다. 이
것은 계속된 십자군의 패배로 교황의 절대 권위가 무너지고 신앙이 위
력을 잃자, 이슬람을 타도하고 기독교도를 구해줄 구세주를 열망하는
속에서 나왔던 것이다.

그러나 그 프레스타 존은 유럽인들이 '지옥에서 온 사자'(라틴어로 타
르타르)라고 부른, 즉 '타타르'의 괴수로 변했다. 몽골제국의 대침략이
었던 것이다. 우연의 일치로 이 몽골의 중심 부족 이름이 타타르 ——퀼
테긴의 비문에도 보이며, 중국어 호칭은 달단(韃靼) —— 였다. 이들 몽
골 군대는 동지중해를 함락시키고 막 유럽 본토로 진격하려던 참이었
다. 전 유럽은 공포에 떨었다.

교황청은 이 타타르에 대한 대책 끝에 (이슬람을 정복한) 이들을 기

독교인으로만 개종시킬 수 있다면 기독교 사회는 평안해질 것이라는 결론을 내렸다. 그리하여 신부 카르피니는 교황의 친서를 휴대하고 몽골 초원으로 타타르의 대칸(大汗)을 만나러 갔다. 그러나 대칸의 답신은 "기독교도가 되라는 그대들의 요구는 당치도 않으며, 하늘에 의해 선택된 우리에게 하루 빨리 항복하라."는 것이었다.

이때 다행히도 몽골제국은 지중해를 건너기 직전에 계승분쟁으로 분열되었으며, 유럽은 이 틈에 중세의 긴 잠에서 깨어나 새로운 시대로 나아갈 절호의 기회를 맞았다. 그것은 이슬람의 고도한 과학과 몽골제국의 흘러넘치는 재화를 끌어들여 르네상스라는 꽃봉오리를 터뜨림으로써 가능했다. 그 상징적인 사건이 '몽골과 베네치아 사이의 통상조약', 그리고 콜럼부스가 한 손에 마르코 폴로의 『동방견문록』을 들고 대칸(大汗)의 나라를 찾아 떠난 '신대륙의 발견'이다.

이른바 야만의 충격으로 깨어난 유럽이 쇠퇴하는 야만(이슬람과 몽골제국)을 그냥 놔둘 리 없었고, 특히 몽골로부터 2백 년 간이나 지배당했던 러시아는 오늘날까지도 그 콤플렉스에서 벗어나지 못하고 있다.

그것이 이름하여 '몽골 타타르의 멍에'라는 것이다. 몽골은 자신들의 침략에 가장 순종하는 '모스크바국'과 '러시아 정교회'를 통해 러시아를 지배해나갔다. 마르크스는 이 치욕적인 사건에 대하여, "타타르의 멍에에 의해 출세한 모스크바. 몽골 노예제의 피비린내 나는 오욕이 모스크바국의 요람이 되었다."고 말했다.

그러나 역사는 바뀌어, 마침내 강대해진 제정 러시아가 이들을 혹독하게 핍박해 들어가는 시대가 왔다. 타타르의 거주 지역들을 점령하고, 말 잘 타고 용맹한 이들을 용병으로 만드는 등 대대적인 동화정책이 펼쳐졌다.

이어 스탈린 체제에서도 타타르 정책은 더욱 철저하고 가혹하게 시행되었다. 타타르어로 된 책을 모두 불태우고, 타타르의 교육을 금지시켰다. 그리고 급기야 적성민족(敵性民族) 처리정책에 의해 크림 반도의 타타르를 모두 중앙아시아로 강제 이주시켰다.

그런데 바로 이보다 한 발 앞선 1937년 가을, 연해주의 고려인 18만 명이 '적성민족'으로서 이 중앙아시아로 강제 이주당하는 천인공노할 사건이 벌어졌다. 이것은 스탈린과 몰로토프가 극비리에 내린 명령이었다.

그 이유는 극동에서 고려인을 이용한 일본의 간첩활동을 원천적으로 근절한다는 것이었다. 이전부터 소련 당국은 고려인 집단농장을 일본의 첩보기지로 간주, 고려인들의 혐의 사실을 개인별로 모두 조사해 체포할 준비를 하고 있었다.

사실 강제 이주를 단행하기에 앞서 불시에 포고한 계엄령 속에서, 애국지사, 공산당 간부, 지식인, 군인 장교 따위의 지도급 동포 이천오백여 명이 한밤중에 영장도 없이 일시에 반역죄와 간첩죄로 몰려 처단당한 것이다.

그러고서 바로 전 고려인이 여행증명서를 압수당하고 일가친척 사이의 연락도 금지된 채, 단지 3일분의 식량과 간단한 짐만 챙겨가지고 행선지도 모르는 화물 열차에 강제로 몸을 실어야 했다. 약 사십여 일에 걸친 이 죽음의 수송선 끝에 또다시 가혹한 스탈린의 특명이 기다리고 있었다.

즉, 조선어가 소수 민족 언어에서 제외되고 고려인 학교는 만들 수 없으므로 러시아 학교에 대체되며, 고려인은 적성민족이기 때문에 공화국 이외의 땅엔 여행이 금지될 뿐 아니라 군인으로 복무할 수 없다는 것이었다.

일본이 식민지 조선인을 황민화했던 것처럼, 소련은 적성민족 고려인을 사회주의 러시아화했다면 지나친 말일까? 그레이트 게임 시절, 그 서쪽 끝인 크림 반도의 타타르와 동쪽 끝인 블라디보스토크의 고려인이 역시 그 전선이었던 중앙아시아로 강제 이주된 이 현대사를 과연 우연으로만 볼 것인가?

약소 민족의 해방을 부르짖으며 마치 식민지의 구원자(거꾸로 서방의 프레스타 존)처럼 나타났던 소련이 자국 내 소수 민족을 (정치 · 경제적 차별을 넘어) 우생학적 관점에서 인종 차별을 했다면, 페레스트로이카 이후 나타난 이들의 적대적인 분리 독립운동은 실상 너무도 당연한 귀결이 아니었을까?

그런데 우리 고려족 동포는 어디로 가야 하는가? 갈 곳이 없다. 그 넓은 러시아 대륙에 이들을 '민족'으로서 받아들일 땅은 한 군데도 없다.

그러나 이들이 꿈에도 그리는 곳은 블라디보스토크의 신한촌(新韓村)이요, 원동(遠東)이라 불리는 연해주다. 그리고 이들은 '그 땅에서' 한국말을 하고, 한민족의 문화 전통을 유지할 수 있는 최소한의 '자치'를 바랄 뿐이다. 하지만 연해주의 러시아인은 이것을 절대로 허용하지 않는다. 그들이 고려인을 받아들일 수 있는 단 한 가지 조건은 고려인의 노동력뿐이기 때문이다.

이 중앙아시아 고려인들의 정신적 고향—— 블라디보스토크. 고대에는 북옥저 · 동부여 · 고구려 · 발해의 땅으로, 특히 지근 거리의 혼춘(琿春)은, 발해가 일본과 신라로 가는 출발점인 동경 용원부가 있던 곳이었다. 그래서 '발해 항로 탐사대'가 블라디보스토크에서 그 꿈의 항로를 찾아 떠난 것이 아닌가?

지난 세기 중엽까지도, 러시아어 '블라디보스토크'가 '동방을 지배하다'는 뜻으로 쓰이기 훨씬 전부터, 조선인들은 그곳을 자기 땅으로 알고 (설령 모르고도) 자유롭게 출입하고 있었다.

을사조약 이후에는 블라디보스토크의 신한촌은 연해주와 만주 일대의 무장유격대를 비롯한 한인 독립운동의 근거지였다. 안중근, 홍범도, 이범윤 등이 이곳에서 무기와 탄약을 구입하고 조직을 정비했다.

그후 일본의 블라디보스토크 침공과 이에 이은 시베리아 전쟁, 소련의 내전, 시베리아 철도를 타고 몰려드는 유럽 · 러시아의 이주민들, 신한촌 사건과 자유시 참변으로 약화되고 분열되는 독립운동, 그리고 마침내 중앙아시아로 강제 이주당하는 고려인. ……

지난 여름 아이들을 데리고 아내와 함께 「수난과 영광의 유민사—신순남」전을 보러 갔을 때, 나는 아이가 묻는 끝없는 질문을 감당할 수가 없었다. 타쉬겐트가 어디에 붙어 있는지, 고려인은 누구인지, 같은 한국 사람인데 왜 그랬는지, 수없이 죽어 있는 사람들, 통곡하는 사람들, 아들을 한 손에 들고 절규하는 엄마, 그리고 촛불들은 무슨 뜻인지…….

그러나 나는 그보다도 그의 작품에서 '전설의 먼 옛날'과 '고통의 과거'와 '초라한 현실'과 '믿고 싶은 미래' 사이를 연결하는 어떤 선에 집착하고 있었다. 그뒤로 타쉬겐트에 가서도 내내 그 생각을 뇌리에서 떨쳐버릴 수 없었다. 그러나 난 그를 만나는 걸 회피했다. 당신을 만났을 때 나는 무슨 말인가를 해야 한다. 그러나 내가 드릴 말은 아직 완성되지 않았다. 이 소설이 내가 그에게 할 말이라고 생각했기 때문이다.

그런데 어느 날, 그는 내가 나누고 싶은 말 중 한 토막을 한 일간지를 통해 갑자기 회신해온 것이다.

나는 그의 편지에서 '고통의 과거'와 '초라한 현실'을 읽었다. 그리고 그는 '미래의 희망'을 훗일의 채워야 할 여백으로 남겨놓는다고 말했다. 그러나 '전설의 먼 옛날'에 대해서는 침묵했다. 나는 그의 침묵 위로 아직 떠오르지 않은 '전설의 먼 옛날'이 '사마르칸드(아프라시압)의 벽화'의 비밀과 깊은 관련이 있을 거라고 확신한다.

봉오동·청산리 전투에서 백두산 호랑이로 알려진 홍범도 장군이 말년에 중앙아시아의 키질오르다에서 극장 수위로 생을 마감했다는 사실은 억측이나마 사마르칸드 벽화를 보는 데 참으로 기묘한 자극을 준다. 홍범도는 고구려 후예의 무사임에 틀림없고, 을천과 양울력과 하달탄처럼 망한 나라를 되찾기 위해 싸운 독립군 대장이었고, …… 똑같이 중앙아시아에 나타난, 천삼백 년을 사이에 둔 이 운명의 만남을 도대체 무엇으로 설명해야 옳단 말인가?

역사는 분명히 반복되는 것이 아님에도 불구하고 고구려 멸망으로 흩어진 유민들의 실상이 구한말과 너무도 흡사하여, 그래서 진정한 발해의 꿈이 무엇인지를 오히려 오늘의 현실에서 찾게 하는 것인지도 모른다.

— 아빠, 발해가 뭐야?
— 빛의 바다야.
— 왜 빛의 바다야?

작품 속의 주요 사건 연표

668년   고구려 평양성 무너지다. 주인공 을천 태어나다.

671년   고구려 부흥운동의 중심지였던 안시성이 무너지고, 저자거리에서 을천의 아버지 처형당하다. 영주로 강제 이주당하는 고구려 유민의 대열 속에 을천은 엄마 손 잡고 따라가다.

671~677년   영주의 거상(巨商) 안마타사치 집에서 을천과 어머니는 노예 생활을 한다.

677년   을천은 투르판의 강의라(위러스뒤판) 집으로 보내진다.

688년   봄   투르판의 야르호토 성의 카라반 사라이에서 을천이 사르타바호, 파리후드와 이야기하는 것으로 소설은 시작한다.

689년 5월 15일   튀르크의 일테리쉬 카간과 백성들이 수도 외튀켄 산에서 천제(天祭)를 지내다.

     5월 18일   고구려 임시정부의 특사 장 대인이 튀르크의 군사령관 톤유쿠크와 극비리에 회담을 하다.

693년   여름   홍안령 대붉산에 있는 고구려 임시정부에서 키타이 문제를 토의하다. 고구려의 젊은 장수 하달탄은 키타이군을 간단히 제압하고, 특사 양울력은 키타이 군장 이진충을 간곡히 설득하여 고구려 · 키타이 연합전선의 기초를 마련하다.

     12월 7일   당의 대장군 이다조가 고구려 임시정부를 공략하기 위하여 군대를 이끌고 영주에 도착하다.

694년 1월~   고구려 임시정부군과 당군의 전쟁.
    2월 10일

2월 20일	을천, 하달탄, 양울력, 오루방이 양만춘 장군의 책을 필사하기로 하고, 민족의 새로운 진로를 모색하다.
2월 25일	고구려 임시정부에서 건국의 새로운 원칙을 채택하고, 소수파가 다수파로 되다.
초여름~11월 말	을천이 주인 강의라를 수종하여 투르판→쿠차→악수→이식쿨→수이압→신성→사마르칸드→부하라→페르가나 계곡을 지나 카쉬가르에 이르다. 사마르칸드에서는 그곳의 왕을 알현하려 온 고구려 임시정부 사신 양울력과 하달탄을 극비리에 만나다.
11월 말	을천이 카쉬가르에서 타클라마칸으로 도망, 약 한 달 간 사막에서 사투하다.
695년 1월 7일	을천이 소년 돌이를 데리고 고구려 임시정부를 향해 만리 길을 떠나다.
696년 5월 12일	고구려 임시정부와 키타이가 연합으로 독립전쟁을 일으켜 영주 도독 조문홰를 죽이고 영주성을 빼앗다.
9월 21일	키타이의 군장 이진충이 튀르크군에게 배후를 습격당해 전사하다.
697년 6월 20일	이진충을 대신해 키타이군을 이끈 손만영이 피살당하다. 독립전쟁이 시작된 이래 이때까지는 고구려 임시정부군과 키타이군의 연합전선이 당나라 군대를 연전연승으로 무찌르다. 그러나 그의 사후 키타이군은 튀르크군에 항복하고, 당나라 군대가 영주를 재탈환하다. 이즈음 고구려 임시정부는 유민들을 이끌고 옛 고구려 땅으로 대장정을 시작하다.
698년	고구려 임시정부군은 요동의 천문령 전투에서 당나라 군대를 대파하고, 동모산으로 가서 고구려의 계승국가인 발해를 건국하다.

감사의 말

아무것도 몰랐던 필자에게 실크로드 답사의 기회를 마련해주고, 중앙아시아 역사를 볼 수 있는 눈을 틔워준 고려대학교 권영필(權寧弼) 교수, 서울대학교 김호동(金浩東) 교수, 국립경주박물관 민병훈(閔丙勳) 학예관께 먼저 심심한 감사를 드린다. 1995년 6월 29일부터 8월 15일까지 48일간의 중국 신강(新疆) 지역 답사는 이 소설의 태반이 되었다.

그뒤로 몽골 답사에 나선 필자를 도와준 울란바토르 대학의 김기성 유학생과, 중국 하서주랑 및 흥안령 답사를 도와준 중국 중앙방송국 권기홍(權基洪) 과장께도 감사를 드린다.

일손을 멈추고 길을 가르쳐주던 이름 모를 사람들이 지금도 눈에 밟힐 듯 선하다. 오아시스의 어느 골목 모퉁이에서, 물결치는 초원의 양떼들 속에서, 유적지의 허물어진 담벼락 아래서 호기심 어린 눈을 하고 때로는 수줍은 듯 웃으며 베푼 그들의 친절에 따스한 인정을 느낀다. 그리고 현지의 학자, 박물관원, 유지, 안내인, 운전사 들에게도 감사한다.

필자가 소설을 집필하면서 앞선 연구에 힘입은 바 컸기에 말할 수 없는 고마움을 철감했다. 여기서는 선배 제현들의 양찰을 구하면서 부득이 가장 도움을 받은 대표적인 학자와 분야만 말하고자 한다. 그러나 혹 이 일이 이분들의 명예에 누를 끼치는 건 아닌지 몹시 걱정이 앞서지만, 결과에 대한 책임은 오직 필자에게 있음을 밝히는 걸로 한 가닥 위안을 삼고자 한다.

노태돈(盧泰敦, 고구려사), 송기호(宋基豪, 발해사), 이성규(李成珪, 중국사), 유원적(柳元迪, 중국사), 김호동(중앙아시아사), 민병훈(중앙아시아사), 무함마드 깐수(중앙아시아사), 이재성(李在成, 거란사), 정재훈(丁載勳, 돌궐사), 주채혁(周采赫, 한몽관계사), 김재원(金載元, 한국 미술사), 권영필(중앙아시아 미술사), 오춘자(吳春子, 중앙아시아 복식사), 김용문(金容文, 중앙아시아 두발양식), 이성숙(페르시아 문학), 김방한(金芳漢, 언어학), 이기문(李基文, 국어학), 김영일(고대 튀르크어 연구) 제위이다. 그리고 자료를 구하는 데 힘써준 후배 안길정(관아 연구)에게도 고마움을 전한다. 또 여기서 이름을 밝히지 않은 일본·중국·러시아·영미 등지의 외국 학자들에게도 감사를 표한다.

물라 무사 사이라미의 『하미드사(史)』 인용은 김호동의 「위구르 역사가 사이라미(1836~1917)의 역사 저술에 나타난 전통과 근대」에서 발췌하였으며, 퀼테긴의 비문은 김영일의 『고대 튀르크 비문의 연구』를 참고하였다. 그리고 고려족 동포의 현실은 문화방송의 다큐멘터리 「한민족 러시아 유민사」에서 일부 인용하였다. 이밖에 다소의 참고나 인용은 이 책이 소설이란 점 때문에 일일이 명시하지 못한 점, 관계된 제위께 너른 이해를 구한다.

문학의 길에 들어선 필자에게 격려와 추천을 아끼지 않은 존경하는 고은(高銀), 권영필, 임형택(林熒澤), 김호동 선생님께 감사를 드린다.

마지막 교정쇄를 출판사에 넘기고 허적한 마음을 달래려 북한산 기슭을 돌고 오는 길이다. 돌아가신 아버지 생각이 무척 났다. 한두 번도 아니고 몇 차례씩 교도소 앞에서 출소하는 나를 기다렸다 데리고 가시던 아버지의 초라한 모습이 가슴에 사무친다. 징역 보따리를 옆에 낀 채, 나는 전봇대 뒤에서 아버지가 건네준 담배를 한 대 피우고 나서야 세상을 향해 걸어나갔다. 그런 뒤끝에 아버지는 숙환으로 돌아가시고, 어머니는 이듬해 대장암 수술을 받으셨다. 다행히 수술은 성공적이어서 지금까지 건강하시다. 아버지의 병간과 아들의 옥바라지를 하면서 어머니는 긴 세월 동안 우리 가족의 생계를 꾸려오셨다. 이러한 어머니에게 힘이 되어준 건 새 식구인 내 아내였다. 연애 시절부터 옥바라지로 이력이 난 그녀라 이번 원고 작업에도 묵묵히 신뢰와 지원을 아끼지 않았다. 딸 솔미와 아들 상민은 가장 믿음직하고 확실한 후원자였다. 특히 소설을 막 쓰기 시작했을 때 솔미가 나에게 준 격려의 편지는 언제까지나 내 맘속에 함께 있을 것이다. 그리고 아우 영철은 표지와 본문 디자인을 맡아주었다. 가족에게 고맙다는 말 한 마디 변변히 한 적이 없어 쑥스럽기도 하지만 이 기회를 빌어 감사함을 전한다.

끝으로 이 책의 출판에 열과 성을 다해준 강맑실 사장과 최옥미 기획위원을 비롯한 사계절출판사 여러분들에게 감사의 말을 덧붙인다.

1998년 초여름, 무악재 안산 기스락에서
저 자